Steindl · Terme Neroniane

Michael Steindl

Terme Neroniane

Roman

Isele

Wem sonst als Dir, Irmgard Benedikta

Umschlag: Thomas Design, Freiburg
Druck: AZ Druck und Datentechnik GmbH, Kempten
ISBN 978-3-86142-492-5
www.edition-isele.de

1

Da war etwas – etwas, das nicht in den Hochglanzprospekt passte, nicht jetzt, nicht um diese Zeit. Alfredo streckte den linken Arm aus, der Ärmel des goldbedressten Livrees gab die Armbanduhr frei, kurz vor 7 Uhr, morgens.

Kein Mensch, vom Bademeister vielleicht abgesehen, hatte um sieben Uhr morgens etwas in den Becken der Außentherme zu suchen.

Alfredo spürte das kühle Fensterglas an seiner Stirn. Ein Mensch im Swimmingpool. Und nicht, wie sonst, zu sehen mit Kopf und Armen, nein, man sah den ganzen Körper, ausgestreckt, verschwommen zwar, weil unter Wasser, den ganzen Körper sah man, die Beine, leicht gespreizt, die Arme angewinkelt.

Ein Mensch im Swimmingpool.

Eine sanfte Morgenbrise strich über die Wasserfläche, als ob der Mensch seine Arme und Beine bewegte. Aber der Mensch kam nicht vom Fleck, und als sich das Wasser glättete, war er immer noch da, wo er gelegen hatte, seine Beine, seine Arme, sein ganzer Körper.

Da ist einer ertrunken, schoss es Alfredo durch den Kopf, o Dio mio, da ist einer ertrunken.

Noch nie hatte es so etwas in den TERME NERONIANE gegeben, so lange er hier war, siebenundzwanzig Jahre lang war nie so etwas passiert – er hatte allerdings davon gehört, von anderen Thermen, dass Menschen im Wasser vom Schlag getroffen lautlos untergingen; manchmal fand man sie erst nach Stunden, und immer war es ein herber Schlag für die betreffende Hotellerie. Man versuchte das Unglück geheim zu halten, denn wer wollte schon in ein Wasser, in dem ein Toter gelegen hatte.

Was stand er noch und starrte hinunter!

Alfredo winkelte die Arme und hob die Beine.

Der Geschäftsführer Federico hörte sich mit gesenktem Kopf an, was Alfredo zu sagen hatte, dann richtete er sich auf, warf einen prüfenden Blick auf den Sprecher, packte ihn am Oberarm und ging schnellen Schritts zum Lift.

Zweiter Stock.

Durch das große Fenster war ein Mensch zu sehen, tatsächlich, deutlich-undeutlich auf dem Boden des Beckens wie es schien, bewegt durch die Bewegung des Wassers, doch selber unbewegt, und, was Alfredo entgangen war, ein weißer Bademantel, weiße Badeschuhe und eine rote Segeltuchtasche am Rand des Beckens.

Keine Frage, da lag ein Mensch im Wasser, regungslos.

Der Geschäftsführer Federico griff nach Alfredos Arm und drehte den Mann zu sich her.

Ich werde das Nötige veranlassen, sagte er, *du lässt die Jalousien auf diesem Stock herunter, und dass das klar ist, kein Wort über das da unten, verstehst du, keines.*

Alfredo hatte verstanden, ließ der Reihe nach die Jalousien an den Gangfenstern herunter und ging treppab zum ersten Stock. Dort lud er die Koffer von zwei Familien, die abreisen wollten, auf sein Carrello und danach in die beiden Autos, steckte das Trinkgeld in seine Tasche und tat alles, ohne zu wissen, was er tat.

Ertrunken, in den TERME NERONIANE ist einer ertrunken.

Aufgeregte Telefonate im Büro der Rezeption. Wenig später ein dunkler Lieferwagen des Pronto Soccorso am Hintereingang des Parks der TERME NERONIANE, vier Männer entstiegen ihm, zwei in weißen Mänteln mit rotem Kreuz, zwei in grauen Anzügen und grauen Schildmützen. Sie zogen eine Sargbahre von der Ladefläche des Lieferwagens.

Der Geschäftsführer erwartete sie am Tor. Im Eilschritt bewegten sie sich durch den Park, und es schien, als ob sie bei aller Eile hinter den Bäumen und Sträuchern Deckung suchten. Vom Hotel her waren sie nicht zu sehen.

Die Gäste waren in Fango gepackt, machten Morgentoilette auf ihren Zimmern oder köpften das Vierminutenei im Frühstückssalon. Wer unterwegs war, etwa im zweiten Stock, beeilte sich, um aus dem Dämmerlicht des Ganges mit den heruntergelassenen Jalousien herauszukommen.

Die grau gekleideten Herren mit der Bahre blieben im Dunkel der Bäume zurück. Die Weißkittel mit dem roten Kreuz traten an das Wasserbecken und schauten sich um.

Federico gab den beiden Weißkitteln einen Wink, ihm zu folgen. Das Zeichen nahmen auch die grau gekleideten Herren wahr und deuteten es fälschlich als Aufforderung, mit ihrer Bahre aus dem Schatten des Parks zu treten.

So kam es, dass sie nicht unentdeckt blieben.

Eine Dame mit schlohweißem, welligem Haar, eingehüllt in den hauseigenen cremefarbenen Frotteemantel, war aus der Fango-Applikation getreten. Sie fühlte sich, wiewohl vom Fango gänzlich freigespült, immer noch umlodert von den Höllenfeuern des heißen Granitschlamms und kämpfte tapfer gegen die Verlockungen bewusstseinsfreier Schwerelosigkeit.

Keine Schwäche jetzt, Liz, sagte sie sich und rang um Atem, das bist du dir und Luc schuldig. Was täte der Kleine ohne dich, er braucht dich, wo doch seine Mama – ach, sie mochte nicht daran denken und öffnete bereitwillig ihre Poren, wie es der Fango will, damit der Schweiß und mit ihm, wie es der Fango will, alle zivilisatorischen Giftstoffe in Strömen dem Körper entwichen.

Das hatte aber zur Folge, dass ihr Herz schwer zu arbeiten hatte und die Windrose in ihrem Kopf verdrehte, hatte zur Folge, dass die Dame statt auf ihr Zimmer an die Glastüre zur Außentherme geriet. Da stand sie und rüttelte sacht, und als sie den schweißverklebten Blick hob und nach draußen blickte, sah sie zwei grau gekleidete Männer mit grauen Dienstmützen und grauer Sargbahre den Beckenrand entlang auf sich zueilen.

Oh Gott, dachte sie, oh Gott, so weit ist es also mit mir, und sie sank mit einem Seufzer zu Boden.

Die Feuer des heißen Granitschlamms auf ihrer Haut durchloderten ihre Bewusstlosigkeit, sie wähnte sich im Purgatorium und erduldete geduldig die Pein in der ahnungsvollen Erwartung, dass sie, nicht anders als bei der Fango-Applikation, von den Giftstoffen ihres dreiundsiebzigjährigen Lebens entschlackt würde. Und als sie gar von sanften Händen und kräftigen Armen emporgehoben wurde, glaubte sie sich von Engelshänden getragen, aufgehoben ins Elysium für alle Zeiten, und pries die grau gekleideten Männer mit der grauen Bahre, die solches in die Wege geleitet hatten.

Es war aber nur das Personal der neronianischen Fango-Abteilung, das, für solche nicht eben selten auftretenden Schwächemomente ihrer Klienten aufs Beste geschult, zu Hilfe geeilt und der Dreiundsiebzigjährigen auf ihre unsicheren Beine geholfen hatte.

Da stand sie nun, flankiert von kräftigen Fango-Damen, und wusste kaum, ob sie es mit Diesseitigen oder Jenseitigen zu tun hatte. Fühlte aber bald den festen Steinboden unter den Füßen und hörte die Aufforderung *forza, signora, forza avanti*, hob ihre Augen und sah mit verschleiertem Blick jenseits der versperrten Glastür die zwei grau gekleideten Herren mit den grauen Mützen und der grauen Sargbahre unschlüssig herumstehen.

Sie haben mich also nicht gewollt, dachte sie, noch nicht. Wohl eine Art Generalprobe. Doch ihr kritischer Verstand war damit nicht einverstanden und legte ihr die Einsicht nahe, dass zu solcher Übung die Graumützen nicht gekommen sein konnten. Nicht, um mit mir den Ernstfall zu proben. Es gibt in diesem Hotel offenbar noch andere Aspiranten finaler Inszenierungen.

Diesmal also noch nicht, dachte sie aufatmend und folgte willig den beiden Diesseitigen auf ihr Zimmer. Und legte sich aufs Bett.

Doch der Gedanke an die Sargbahre und für wen sie wohl bestimmt war, ließen Liz nicht los, und während sie auf ihrem Bett liegend mit schnell klopfendem Herzen die letzten

Schweißtropfen aus den weitgeöffneten Poren presste, standen die grau gekleideten Männer mit der grauen Sargbahre wieder vor ihr, sie aber schüttelte den Kopf und machte mit der Hand eine scheuchende Bewegung.

Im Bad nebenan hörte sie Wasser rauschen und laute Gurgelgeräusche.

Das ist Luc.

Die Morgentoilette nimmt der Junge sehr genau, zu genau und zu lange, so dass ich oft in Zeitnot gerate. Manchmal, ich habe ihn dabei erwischt, tupft er sich sogar etwas von meinem Riechwasser auf die …

und glitt in einen wunderbaren Schlaf, einen Schlaf, der nur denen geschenkt wird, die sich am frühen Morgen dem Höllenfeuer einer Granitschlamm-Applikation ausgesetzt haben.

Federico winkte die Graumützen samt Bahre mit heftigen Armbewegungen aus dem Thermenbereich.

Weg mit euch, rief er, *macht euch davon.*

Achselzuckend und verständnislos um sich blickend, verzogen sich die Graumützen samt Bahre in den Halbschatten des Parks.

Federico war mit den weiß gekittelten Begleitern die Außenbecken des Thermalbades abgelaufen, mehrmals sogar, hatte sich in Blickposition zu besagtem Fenster im zweiten Stock gebracht, war gebückt, um von den Spiegelungen des Wassers nicht getäuscht zu werden, am Beckenrand entlanggeschlichen und hatte Ausschau gehalten nach einem weißen Bademantel, weißen Badeschuhen und einer roten Tasche.

Nichts. Aber auch gar nichts.

Die beiden Weißkittel mit dem roten Kreuz verschränkten die Arme.

Ihr meint wohl, sagte Federico, *ich hätte … ich wäre …* und machte mit der flachen Hand eine kreisende Bewegung vor seiner Stirn.

Einer der Weißkittel schaute auf die Uhr.

Signor Federico, sagte er, *das waren eineinhalb Stunden, bitte bestätigen Sie den Einsatz.*

Ein Mensch im Wasser, auf dem Boden des Beckens ein menschlicher Körper, unbewegt.

Eine Wasserleiche.

Ich habe sie doch gesehen.

Bade-Utensilien, hier an dieser Stelle, ein Bademantel weiß, Badeschuhe weiß, eine Tasche rot.

Ich hab sie doch gesehen.

Und jetzt?

Er unterschrieb das Papier.

Eine Stunde Einsatz wäre korrekter, sagte er, *aber lassen wir das. Soll mir recht sein, wenn es dabei bleibt*, und er schritt auf die große Glastür zu und öffnete sie mit seinem Universalschlüssel.

Soll mir recht sein, wenn es dabei bleibt.

Dennoch.

Ein menschlicher Körper auf dem Boden des Swimmingpools, und über längere Zeit. Eine Sinnestäuschung kann es nicht gewesen sein, der Bademantel, die Badeschuhe, die rote Tasche …

Federico ging zurück zur Rezeption, stellte sich hinter den Tresen und grüßte die Gäste, die die Treppe herunterschritten.

Sie haben alle nichts bemerkt.

Sie alle haben, so darf man hoffen, gut geschlafen, mit und ohne Fango, vielleicht schon gefrühstückt, gut gefrühstückt, oder sie hatten die üppige Offerte des Frühstücksbüfetts noch vor sich.

Die Gäste.

Die Pflichten.

Die Routine.

Der Tag in den TERME NERONIANE nahm seinen Lauf.

Da kam, es war kurz vor neun, Robert Mathul die Treppe herunter und ging zur Rezeption.

Bon giorno, Federico, Post für mich?

Bon giorno, Professore.

Federico drehte sich um und visitierte das Fach 219. Zwei Briefe, dicke Briefe, beklebt mit ausländischen Wertzeichen. Keiner der Gäste hatte so viele Auslandstelefonate und Auslandsbriefe wie er.

Professore Mathule, ein Signore mit weltweiter Vernetzung.

Mathul steckte die beiden Briefe in die Innentasche seines Jacketts und begab sich, fast möchte man sagen schlendernden Schritts, zum Frühstücksraum.

Federico sah ihm nach.

Interessante Type das, nicht mehr jung, so um die fünfzig, drahtig wie ein Hundertmeterläufer, dunkle, exakt gescheitelte Haare ohne eine Spur von Grau, können natürlich auch gefärbt sein, lässig gekleidet, aber nie unordentlich, gutes Italienisch, mit deutschem Akzent, auch Englisch und Französisch hat man ihn sprechen hören, in der Spalte ›Beruf‹ seiner Anmeldung stand ›Prof.‹, und Professore passte zu ihm. Federico wollte mehr wissen und fand im Internet heraus, dass er Professor für experimentelle Physik und Vorstand des Zentralinstituts Angewandte Akustik an der Technischen Hochschule in Darmstadt war. Von Infra- und Ultra-Schall handelten seine letzten Vorlesungen.

Und noch etwas fiel Federico auf. Mathul benutzte kein Handy. Nie sah man ihn mit dem kleinen Ding an der Backe. Ungewöhnlich für Menschen seines Schlags.

Letztes Jahr, Federico erinnerte sich, war er zum ersten Mal gekommen und blieb eine Woche. Vor drei Tagen kam er wieder und hatte eine stanza familiare bezogen, also zwei Zimmer, die durch eine Tür miteinander verbunden waren. Im zweiten Zimmer waren nicht wie sonst die Kinder untergekommen, sondern drei Koffer mittlerer Größe.

Hallo, Professore!

Federico schwang sich um den Tresen und eilte ihm nach, *darf ich Sie an den Arzttermin um 10 Uhr erinnern?*

Da standen sich die beiden Männer, etwa gleich groß, auf kurze Distanz gegenüber.

Federico mit grauer Bürste auf dem Kopf und mit kleinen, flinken Augen hatte vor sich einen Kopf mit exakt gescheitelten Haaren und um die Augen viele kleine Falten. Krakelee, kam ihm in den Sinn, ein Krakelee wie auf alten Bildern. Die linke Augenbraue war leicht hochgezogen, der linke Mundwinkel verkniffen.

Ich habe die Nachricht gelesen, sagte Mathul. Eine leichte Drehung seines Oberkörpers, ein paar Schritte. Er verschwand im Frühstückssalon.

Etwa zur gleichen Zeit löste sich vom Tresen ein Mann, der dort die ausgelegten Tageszeitungen visitiert hatte, ein kräftiger Mensch mit vollem Gesicht und kurzem Haarschnitt, so um die dreißig. Er schob einen Euro über das Mahagoni-Holz des Tresens und klemmte sich eine bunt aufgemachte deutschsprachige Zeitung unter den Arm. Auch er betrat den Frühstücksraum und schaute sich um. An die zwanzig Gäste an kleinen Tischchen sowie servierende Mädchen.

Mathul saß allein an einem Tisch und bekam grünen Tee. Der neue Gast setzte sich an den freien Tisch daneben, Rücken an Rücken. Ein servierendes Mädchen schaute ihn an.

Kaffee, bitte.

Er schlug die Zeitung auf und hielt sie so, dass man sein Gesicht nicht sah.

Es folgte eine merkwürdige Konversation.

Sieben Minuten, sagte er in die Zeitung hinein, *das verdammte Chlor.*

Mathul räusperte sich: *Das nächste Mal, bevor das Chlor eingeleitet wird.*

Das sagte er, ohne den Mund zu bewegen. Dabei ließ er seinen Blick durch den Frühstücksraum wandern.

Unbedingt, erwiderte der andere.

Mathul bestrich ein Croissant mit Honig und tauchte es in den grünen Tee.

Ich habe mein Bein mit Chlor behandelt. Die Haut ist rot gereizt.

Der andere faltete die Zeitung zusammen, ging zum Frühstücksbüfett und deckte sich ein. Birnen und Bananen schauten aus seinen ausgebeulten Taschen. Mathul sah ihn an und schüttelte, wegschauend, den Kopf: *Der Bademantel, die Badeschuhe und die rote Tasche, ich habe sie gesehen.*

Der andere belegte sein Toastbrot mit Ricotta und Schinken und schob es in den Mund.

War alles weg, als sie kamen.

Und kaute weiter.

Heute um drei. Bei der Osteria Belvedere.

Mathul legte die Serviette zurück auf den Teller und erhob sich. Ohne den anderen mit einem Blick zu streifen, schritt er durch den Frühstücksraum und hinaus in den Park.

Ein herrlicher Maitag stand am Himmel. Mathul schaute auf die Uhr. Noch Zeit, um die beiden Briefe zu lesen.

Er setzte sich auf eine der gelb bezogenen Hollywoodschaukeln, zog einen Brief aus der Tasche, schloss die Augen und hob sein Gesicht in die Sonne.

Hier zu sitzen und die Maisonne im Gesicht zu haben.

Die Sonne.

Seine Züge entspannten sich. Er fingerte in seiner Tasche, fand ein kleines silbernes Messer und öffnete den ersten Brief.

Die Maisonne im Gesicht. Er steckte das aufgeschlitzte Kuvert mit dem ungelesenen Brief zurück in die Tasche.

Kurz nach zehn stand Mathul im Ordinationszimmer des Hausarztes der TERME NERONIANE.

Ich wollte Ihnen die Rötungen auf meiner Haut zeigen, sagte er und schob sein rechtes Hosenbein in die Höhe.

Der Arzt, ein spitzbärtiger älterer Herr, der sich nach seiner Pensionierung ein Zubrot als Hausarzt in den TERME

NERONIANE verdiente, saß in einem Lehnstuhl, besah sich den nackten Schenkel und tastete die Flecken mit den Fingern ab.

Haben Sie diese Auffälligkeiten auch an anderen Stellen Ihres Körpers?

An beiden Beinen.

Die Rötungen sind harmlos.

Harmlos?

Ich gebe Ihnen eine Salbe. Manche reagieren empfindlich auf das Chlor im Thermalwasser. Wir sind aus hygienischen Gründen verpflichtet, dem Wasser Chlor beizumischen.

Und wann geschieht das?

Der Arzt schaute überrascht auf: *So viel ich weiß, wenn das Wasser ausgetauscht wird, also nachts. Aber fragen Sie, wenn Sie das interessiert, die Hoteldirektion.*

Dottore, ich bin wegen des Thermalwassers gekommen. An Chlor bin ich nicht interessiert.

Mathul trat nahe an den Doktor heran.

Ich will Thermalwasser haben ohne Chlor, verstehen Sie, und sei es nur eine halbe Stunde, von mir aus, wenn es nicht anders zu haben ist, auch nachts.

Der Arzt war von der ungewöhnlichen Forderung und der Heftigkeit seines Klienten überrascht.

Mein Herr, sagte er, *Sie werden in Italien nirgendwo ein Thermalbad finden, das gegen die Vorschriften des Staates Thermalwasser verabreicht. Aber sprechen Sie bitte mit der Direktion, ja, sprechen Sie doch mit ihr.*

Dottore, Sie sind mein Arzt, und wie Sie sehen, reagiere ich empfindlich auf gechlortes Wasser.

Mathul griff in seine Gesäßtasche, zog die Börse heraus und legte dreihundert Euro in drei Scheinen auf den Tisch.

Geben Sie mir, Dottore, bis zum Abendessen Bescheid, wann ich in diesem Haus in chlorfreiem Thermalwasser baden kann.

Der Arzt schaute konsterniert auf die Banknoten und auf Mathul. Er musste, das rechnete sich schnell, in diesem Haus eine Woche Dienst tun, um dreihundert Euro steuerfrei zu haben. Sein Mund öffnete sich und wollte eben ›Aber ich bitte Sie‹ sagen, da stand Mathul schon unter der Tür, scharfe, sichelförmige Falten um den linken Mundwinkel, die Hand auf der Türklinke.

Der Mann mit dem Bürstenkopf im Frühstückssalon saß lässig auf seinem Stuhl, das eine Bein weggestreckt, das andere unter dem Stuhl. Er zerdrückte eine Banane in seinem Teller, gab geröstete Cereals dazu und goss Pflaumensaft darüber. Mit der Linken, man sah die fetten Überschriften des Sportteils, hielt er die Zeitung.

An Mathuls Tisch hatten eine Dame mit schlohweißem, welligem Haar und ein Junge Platz genommen. Kaum hatte der Junge, ein etwa zehnjähriges Bürschchen, den Zeitungsleser wahrgenommen, da machte er zu der alten Dame hin Gesichter und deutete mit dem Finger.

Der da, flüsterte er, *der da.*

Cioccolata come disolito? fragte ein Mädchen und schaute auf Luc, und Luc nickte. Sie wandte sich der alten Dame zu, *e per la signora?*

Heute nehme ich auch Schokolade.

Allora due cioccolate.

Was war mit dem Mann? flüsterte die alte Dame und neigte sich dem Jungen zu.

Luc machte ein bedeutsames Gesicht.

Im Fünfundzwanzig-Meter-Becken, draußen, hat er mir gezeigt, wie man mit den Beinen schlagen muss, so, weißt du, und er machte mit gestreckten Händen eine Paddelbewegung.

Das doppelte Schokoladegedeck wurde auf den Tisch geschoben, die alte Dame sah hoch und bedankte sich mit einem Lächeln.

Ich hol mir was, sagte Luc und stand auf. *Soll ich dir auch … ?*

Zwei Scheiben Vollkornbrot und ein Cornetto bitte und Honig, Butter und einen Apfel.

Sie schaute Luc nach, bis er außer Hörweite war, dann wandte sie sich an ihren Nachbarn.

Darf ich Sie stören?

Der Nachbar senkte die Zeitung.

Sie haben meinem Enkel Unterricht im Kraulen gegeben, hat er mir erzählt. Das war sehr nett von Ihnen.

Ah, Unterricht kann man nicht sagen, Tipps, nur ein paar Tipps.

Wie der Mann das herausbrachte, knapp und hart artikuliert, Deutsch war offenbar nicht seine Muttersprache.

Die alte Dame reckte den Hals und hielt Ausschau nach ihrem Enkel, und als sie sah, dass er am Büfett prüfend hin- und herging, drehte sie sich in konspirativer Absicht ihrem Nachbarn zu.

Heute Morgen, sie flüsterte und kniff die Augen zusammen, *heute Morgen zwischen den Außenbecken – da waren zwei Männer mit einer Sargbahre.* Sie machte eine Pause und kontrollierte die Wirkung ihrer Worte.

Was meinen Sie? Eine Wasserleiche?

Der andere ließ die Zeitung sinken und schaute auf die alte Dame. Nach zwei, drei Sekunden stieß er ein lautes Lachen aus, viel zu laut für einen Frühstücksraum.

Seien Sie ohne Sorge, ganz ohne Sorge, rief er.

Die Frühstücksgäste schauten auf. Ein Hustenanfall hinderte ihn am Weitersprechen.

Bin ich auch, lächelte die alte Dame und wollte zeigen, dass sie mit den Hygiene-Einrichtungen von Thermalbädern in Italien wohl vertraut war.

Sie legte ihre Hand auf seinen Arm: *Das Wasser ist ja gechlort, nicht wahr. Ich meine für alle Fälle.*

Ja, sagte der andere, *jaja, da haben Sie völlig Recht.*

Luc kam an den Frühstückstisch zurück. Seine Hände umklammerten ein Tablett, so vollgepackt, dass er, den Blick darauf gerichtet, nur in kleinen Schritten zu gehen wagte. Er stellte das Tablett ab, sah dem Mann am anderen Tisch ins Gesicht, streckte ihm seine Hand hin und fragte ohne Umschweif, ob er heute Nachmittag wieder zum Fünfundzwanzig-Meter-Becken komme und machte, quasi als Erkennungszeichen, mit beiden Händen Paddelbewegungen. *Das war prima, gestern.*

Die alte Dame zog Luc am Ärmel auf den Stuhl.

Du kannst den Herrn nicht in Beschlag nehmen. Komm, trink deine Schokolade, ich mische dir ein Müsli.

Der Herr fühlte sich geschmeichelt und verzog den Mund.

Wie lange bist du noch hier?

Luc schaute auf seine Oma: *Wie lange sind wir noch hier?*

Wenn ich das wüsste, Luc, acht Tage, vierzehn Tage. Du weißt doch, deine Mama …

Wenn du vierzehn Tage hier bist, kraulst du am Ende wie ein Profi, sagte der Mann.

Wirklich?

Versprochen.

Der andere streckte seine Hand hinüber.

Luc schlug ein.

Wir bleiben vierzehn Tage, Liz-Oma, abgemacht?

Und die Schule?

Der Mann fuhr sich mit beiden Händen über die Stoppelhaare und sagte *›Pavel‹*, und sagte es unbeholfen. *Das ist der deutsche ›Paul‹. Du bist Luc, und ich bin Pavel, und deine Tante*, er wippte leicht mit dem Oberkörper, *soll auch Pavel zu mir sagen.*

Dann, mit einem Ruck, stand er auf und ging weg; so schnell, dass der alten Dame keine Chance für eine freundliche Erwiderung blieb.

Doch plötzlich stand er wieder da: *Ich habe vergessen, heute Nachmittag am Fünfundzwanzig-Meter-Becken, drei Uhr. Eine halbe Stunde Training.*

Luc strahlte.

Der Mann mit den Stoppelhaaren und dem bulligen Körper, der sich Pavel nannte, trat vor das Hotel, und nicht anders als kurz zuvor sein geheimnisvoller Gesprächspartner am Frühstückstisch streckte er sich dem Maimorgen entgegen.

Er atmete tief, zog die Schultern hoch und streckte seine Arme. Einen Augenblick lang hielt er sein Gesicht in die Maisonne. Auf einer der gelb bezogenen Hollywoodschaukeln fand er Platz, und da es in seiner Zeitung noch Ungelesenes gab, schlug er die Beine übereinander und begann zu lesen.

Da ging ein Schatten über ihn und die Zeitung. Er schaute hoch und sah Mathul.

In diesem Moment fiel ihm das Treffen an der Osteria Belvedere ein, drei Uhr, verdammt, und für drei hatte er sich mit Luc verabredet.

Vielleicht finde ich den Jungen und seine Tante noch im Frühstückssalon. Er steckte die Zeitung in den Papierkorb, aber dann, noch auf dem Kiesweg, schwenkte er seitwärts und so heftig, dass der Kies unter seinen Sohlen knirschte, ging zur Rezeption und bat, der Dame mit dem Jungen zu bestellen, dass das Training erst morgen beginnen könne.

Langsam trat Pavel aus dem Hotel und ging um die Rasenfläche herum zum Parkplatz.

Am Ende einer langen Reihe von Autos stand, von den tiefhängenden Ästen eines Kastanienbaums fast zugedeckt, ein Wohnmobil. Pavel schloss es auf und stieg ein.

Kein Wohnmobil. Eher ein Laboratorium. Gasflaschen, wie man sie zum Schweißen braucht, eine Drehbank mit Schneide- und Pressmaschinen, ein Justiergerät, ein Mikroskop und seitwärts in speziellen Halterungen eine Unzahl kleiner und kleinster Werkzeuge. In peinlicher Ordnung.

Und dann: zwei Käfige mit grauen Spitzmäusen. Eigentlich nicht überraschend, denn schon beim Eintreten war da ein Geruch, der nicht zu metallischen Gerätschaften passte.

Pavel hatte sich am Frühstücksbüfett, wir erinnern uns, mit Obst eingedeckt und zog es jetzt aus Hose und Jacke.

Für Hermann eine Banane, und Hermann hält die Scheibe in den zierlichen Mäusepfoten und funkelt mit schwarzen Knopfaugen.

Dorothea im anderen Käfig bevorzugt Kernobst. Sie bekommt einen Apfelschnitz und knabbert hörbar.

Hermann und Dorothea haben auf ihrem kleinen Mäusekopf rötliche Markierungen, die, wenn man genau hinsah, etwas erhöht waren. Darunter verborgen war eine Antenne.

Isolde teilt mit Dorothea die Behausung. Sie nimmt das Stückchen Camembert aus Pavels Hand und verzieht sich in eine Ecke.

Tristan liebt auch Bananen und bekommt eine Scheibe. Aber anders als Hermann schiebt er sie mit seinem Schnäuzchen vor sich her, bis er den Platz gefunden hat, der ihm für die Mahlzeit taugt.

Tristan und Isolde waren gelblich markiert, und das Mäusefell sträubte sich – wegen der Antenne – an dieser Stelle auf dem Köpfchen.

Pavel setzte sich und sah den Spitzmäusen zu, wie sie ihr Futter in kleinen Bissen verzehrten.

Dabei pfiff er. Keine Melodie. Es war auch kein richtiges Pfeifen. Eher ein unmelodisches Zischen durch die Zähne.

2

Die Hotellerie der TERME NERONIANE ist zwei- und dreistöckig gebaut und in die Länge gezogen, mit kleinen Balkons wie Schwalbennester, ein Hotelbau des neunzehnten Jahrhunderts.

Die AUGUSTUS TERME, dreihundert Meter weiter, steht da wie ein Collosseum, vierzehn Stockwerke übereinander und mit umlaufenden Balkons, hundert Jahre jünger.

Von den Balkons der oberen Stockwerke der AUSGUSTUS TERME sieht man im Süden die Colli Euganei, die Euganeischen Hügel. Vulkane en miniature, so zwischen hundert und fünfhundert Meter hoch.

Wenn man ihnen Rauchfahnen aufpflanzte, die im Tramontana westwärts und im Scirocco ostwärts flatterten, wäre man in einer paläolithischen Montanwirtschaft.

Wenn Herakles auf dem Monte Alto Felsbrocken gegen Nessos auf dem Monte Ceva schleuderte oder Skiron vom Monte Cinto gegen Prokrustes auf dem Monte Venda, böte sich dem Betrachter der Kampf der Giganten gegen die Kentauren.

Wenn man sich Herrensitze an den grünen Abhängen mit Rinderherden, Schafweiden, Pferdekoppeln und Hirtenfeuer denkt und Pan mit der Doppelflöte, lebte man in Vergils bukolischer Landschaft.

Wenn beim Nachmittagstee über das euganeische Spritzgebäck eine Glasur aus Schokolade oder Vanille gegossen würde, meinte man, in einem Wiener Kaffeehaus zu sitzen.

Eine stimulierende Gegend.

Vanessa im zwölften Stock der AUGUSTUS TERME.

Man betrachte den Stapel Bücher auf dem Boden.

Ein Buch über Nero und noch eins und noch eins und obenauf ein Büchlein ›Nero lässt grüßen‹ von Martin Walser. Nero über Nero.

Vanessa nimmt den Walser zur Hand.

Ich soll meine Meinung zu Martin Walsers Büchlein sagen, wissenschaftlich, quellenkritisch. Das geht, so dachte ich mir, am ehesten im Anblick der Thermen des Nero, der TERME NERONIANE. Darum bin ich hier. Dabei weiß ich nicht einmal, ob der Kaiser jemals in dieser Gegend war. Vielleicht auf der Rückreise 67 nach Christus, von seiner Tournee durch Griechenland. Vielleicht.

Wenn ich aufschaue, sehe ich drüben auf dem Dach die Leuchtschrift TERME NERONIANE. Das motiviert.

Und das Fernglas auf der Balkonbrüstung? Wozu?

Wer so wohnt, wer im zwölften Stock der AUGUSTUS TERME wohnt, braucht ein Fernglas, weil er den Monte Alto, 25 Kilometer entfernt und 290 Meter relative Höhe, auf dem Balkon haben will oder die barocke Kirche von Torreglia oder das spätmittelalterliche Castello Draghi.

Vanessa nimmt das Fernglas in die Hand und stützt sich auf die Brüstung des Balkons.

Um sie herum die Badegäste der TERME NERONIANE, halb vier Uhr nachmittags, ein maiblau überspannter Nachmittag, und sie ist mitten unter den Badegästen der TERME NERONIANE.

Luc, sagt sie, *da ist er, Luc, mein Junge …*

Vanessa rückte den Sonnenschirm so, dass sie im Vollschatten saß und selbst aus geringer Entfernung nicht zu erkennen war. Sie holte sich die Menschen der neronianischen Terme auf den Balkon, einen nach dem anderen.

Da ist er wieder, mein Junge. Übrigens das einzige Kind unter all den Leuten, denn eine Schulvakanz im Mai gibt es nicht, weder in Italien noch in einem anderen europäischen Land.

Vanessa folgt Luc mit dem Fernglas zu einem weißen Liegestuhl. Der Kopf einer älteren Dame wird sichtbar, ein Kopf mit schlohweißem Haar.

Liz-Oma, sagt Vanessa, wohl wissend, dass es niemand hört, *Liz-Oma, pass gut auf ihn auf.*

Dann steigt sie langsam in den Swimmingpool.

Wir haben uns im alltäglichen Erkennungsdienst auf Äußerlichkeiten wie Frisur, Kleidung, Gangart, Tonfall eingestellt. Wenn aber das Gesicht, die Nase, der Mund und die Augen zum alleinigen Merkmalgeber werden, haben wir Schwierigkeiten.

Vanessa schwebt über den Wassern und wechselt von Gesicht zu Gesicht, immer wieder, unsicher, unschlüssig, von einem zum andern.

Sie legt das Fernglas aus der Hand und geht langsam in den Salon zurück.

Sie trägt einen rohseidenen dunklen Hosenanzug und hochhackige Schuhe. Das gibt ihrem Gang Eleganz und Anmut.

Sie dreht sich um, und für kurze Zeit sieht man ihr schmales Gesicht, auf der einen Seite gerahmt von halblangen blonden Haaren.

Cellospielerin könnte sie sein.

Oder Bratschistin.

Oder Harfenistin.

Stünde ihr gut.

Ist sie aber nicht.

Sie befasst sich mit einem anderen Instrument, befasst sich mit alter Geschichte, die, wie sie sagt, ein hochwertiges Instrument sei zur Hervorbringung politischer und humaner Einsichten.

Der Verlag wollte von ihr einen Beitrag haben zu Martin Walsers ›Nero lässt grüßen‹, einem Büchlein, dem schon von seinem bescheidenen Umfang her keine historische Ernsthaftigkeit anhaften konnte. Wen lässt Nero grüßen? Und warum? Und überhaupt: Nero und Walser?

So hatte sie es sich gedacht: Ich schreibe über Nero und Walser im AUGUSTUS und quartiere den Jungen mit Oma Liz in den TERME NERONIANE ein. Ich bleibe unsichtbar, habe Luc in meiner Nähe und kann ungestört arbeiten.

Sie griff wieder zum Fernglas.

Wo ist er?

Da, im Swimmingpool, und schiebt einen abgeschnittenen Elefantenrüssel vor sich her. Abgeschnittener Elefantenrüssel. Kein schönes Bild. Aber wenn man diese Schwimmhilfen aus Plastik im Wasser liegen sieht …

Luc schlägt mit beiden Beinen den Paddelschlag, macht dabei die Beine lang und steif. Er schaut zwischen durch nach oben an den Beckenrand. Da steht ein bulliger Mensch mit Stoppelhaaren und nickt aufmunternd.

Der Bademeister?

Vanessa schaut auf die Uhr, mit welcher Ausdauer der Junge schwimmt.

Unnachgiebig wie sein Vater.

Der Vater.

Sie hat ihn noch nicht entdeckt.

Er sei in den TERME NERONIANE, hatte man ihr gesagt. Sie erkennt ihn nicht, weil er jetzt vielleicht einen Bart trägt oder eine Brille oder eine Narbe im Gesicht hat.

Vanessa legt das Fernglas auf die Brüstung, nimmt den Sueton zur Hand und blättert in Neros Leben.

Luc. Nero. Walser.

Zimmer 219 der TERME NERONIANE. Robert Mathul an seinem Schreibtisch. Vor sich die beiden Briefe, die er gestern bekommen hat. Der eine aus Neuseeland, der andere aus Spanien.

Beide in gleicher Sache.

Das eine Mal ein Mädchen, zehn Jahre, das andere Mal ein neunjähriger Junge.

Das Mädchen wurde im letzten Monat in Neuseeland entführt. Der Vater, Besitzer einer Hotelkette, ist bereit, das Lösegeld von einer Million Dollar zu zahlen, auch wenn es ihn fast ruiniert. Verhandlungen sind im Gange, telefonische, vom Kind gibt es Lebenszeichen. Der Briefschreiber, ein Schulfreund Mathuls, bittet für die betroffene Familie um Hilfe. Er, der Schreiber, erinnerte sich, dass Mathul voriges Jahr ein

Kidnapping auf spektakuläre Weise beendet hatte. Das war in Paris gewesen, den Täter fand man bewusstlos. Wenig später starb er. Äußere Gewalteinwirkung nicht erkennbar. Mathul war an der Sache als Berater der Polizei beteiligt und hatte mit dem Kidnapper telefonischen Kontakt gehabt. Weiter nichts.

In dem Brief aus San Sebastian geht es um einen Jungen, neun Jahre, höchstwahrscheinlich von der ETA verschleppt. Lösegeldforderungen in unbekannter Höhe. Der Chef der Guardia Civil von San Sebastian hatte auch das Pariser Kidnapping in Erinnerung. Über die Universitätsverwaltung in Darmstadt war er zu Mathuls Adresse gekommen und bat um Unterstützung.

Ausgerechnet jetzt.

Seit langem die ersten freien Tage. Thermalwasser und Fango und Ruhe und Zeit zum Nachdenken.

Das Mädchen zehn, der Junge neun.

Nein. Ich will nicht.

Nicht nach San Sebastian und nicht nach Wellington.

Es klopfte. Mathul erhob sich, und als er sich umdrehte, stand der Geschäftsführer Federico im Zimmer.

Scusi, Signor Mathule.

Federico tat vertraulich.

Heute Nacht zwischen 2 und 3 Uhr wird der Swimmingpool, die Piscina, also das Becken mit 29 Grad Wassertemperatur neu gefüllt. Um 4 Uhr mischen wir Chlor bei. Zwischen 3 und 4 Uhr können Sie ein chlorfreies Vollbad nehmen.

Grazie, Federico. Ich weiß, auf das Haus ist Verlass. Herr Urbanek von Zimmer 225 wird dabei sein. Wir benötigen niemanden sonst, kein Personal.

Und damit das auch richtig verstanden wurde, drückte er eine Zwanzig-Euro-Note in Federicos Hand.

Abendessen in den TERME NERONIANE.

Der Salon in Cremeweiß und Gold, Muranoleuchter von der Decke und an der Wand, die Tische nach Bedarf gruppiert. Im Marmorboden Sichtfenster auf die zweitausendjährigen neronianischen Thermen im Keller.

Der Gong.

Die Herren im dunklen Anzug und mit Krawatte, die Damen im kurzen Schwarzen. Es soll vorgekommen sein, dass junge Wilde am Eingang zum Salon an die Kleiderordnung erinnert wurden.

Mathul kam mit einem Herrn die Treppe herauf, ganz überraschend war er am Abend vor seiner Tür gestanden, ein Forscher in biologischer Kybernetik mit einem Lehrstuhl an der Münchner TU. Mathul arbeitete mit ihm zusammen.

Bin auf der Rückreise von einem Kongress in Rom und wusste, dass du hier bist. Wollte dich sehen, sagte er, *dich und meine Liebespaare.*

Deine spitzköpfigen Liebespaare, lachte Mathul.

Weil der Kybernetiker viel unterwegs war und wenig geduldig, und weil Geduld bei Pavel Urbanek und Ortsansässigkeit vorhanden waren, hatte er die Liebespaare in dessen Obhut gegeben, und tat damit beiden, dem Assistenten Pavel und den Tieren, etwas Gutes.

Pavel hatte ein Arbeitsprogramm und führte genau Buch. Heute zum Beispiel musste getestet werden, wie weit sich die Liebespaare durch Licht und Lärm und Gerüche ablenken lassen. Nirgendwo war das besser zu erfahren als im Speisesalon der TERME NERONIANE.

Da traf es sich gut, dass der Münchener Professor anwesend war. Unter den Augen des Chefs ein Experiment mit den Liebespaaren.

Mit einer steifwandigen schwarzen Aktentasche betrat Pavel den Salon. Wenn ihn jemand gefragt hätte, warum die Tasche, hätte er mit einfältigem Gesicht von einer Briefmarkensammlung gesprochen, die er wegen der seltenen Exemplare, die sie enthalte, nie aus den Augen lasse. Ich habe da einen Tick, war sein Spruch.

Die Briefmarkensammlung unter den Tisch.

Er machte es sich bequem, rieb beide Knie mit den Händen, breitete die Serviette über seinen Schoß, lehnte sich zurück und studierte die Speisekarte.

Dem Kybernetiker von der TU München – lassen wir es bei dieser anonymen Bezeichnung – war bei seinen wissenschaftlichen Versuchen ein Kunststück der besonderen Art gelungen. Nach unzähligen Fehlschlägen hatte er es fertig gebracht, Nervenzellen mit Halbleiterchips zu koppeln und elektrische Signale über Chip und organische Zelle zu geben, elektrische Ströme über unterschiedliche Leiter. Das gab es bisher nicht. Die wissenschaftliche Welt war beeindruckt und anerkannte seine Leistung mit dem Philip-Morris-Forschungspreis.

Signale über Chip und Zelle. Zum Beispiel im Gehirn von Spitzmäusen.

Der Kybernetiker pflanzte in die Bewegungsmodule der Spitzmäuse Transistoren, und Mathul steuerte den Touchpad bei. Wie der Cursor über den Bildschirm, so wanderten die Mäuse vorwärts, seitwärts, sie drehten sich um und liefen rückwärts, mal schneller, mal langsamer. Der Finger auf dem Touchpad gab ihnen die Impulse vor. Einmalig: Nicht die Technik hatte sich etwas von der Natur abgeguckt, sondern die Natur profitierte vom technischen Einfallsreichtum.

Mathul und sein Kompagnon nahmen Platz und studierten die Speisekarte.

Mathul entschied sich für die Zahnbrasse.

Ich muss immer wieder die Kiemen studieren, sagte er, *komme nicht los davon. Sauerstoff aus dem Gegenstrom des Wassers ins Blut, so einfach. Und ich, ich plage mich Tag und Nacht mit künstlichen Kiemen herum!*

Sein Kollege hatte Lust auf einen Braten.

Bitte, sagte er, *wenn ich den Braten verzehre, kein Wort über Transistoren und Halbleiterchips* und grinste.

Die Zahnbrasse wurde serviert.

Der Braten wurde serviert.

Mathul zerlegte den Fisch. Bevor er das weiße Fleisch auf die Gabel lud, hob er die Kiemenblätter, jedes Blatt einzeln mit dem Messer, und strich mit dem Finger über die rötlichen Lamellen. Blut und Wasser im Gegenstrom, maximale Ausbeute von Sauerstoff.

Sein Kollege beobachtete ihn.

Mein Freund, sagte er, *dahinter steckt eine Evolution von hundert Millionen Jahren. Und du willst das Kunstwerk der Kiemen von heute auf morgen nachbauen?*

Mathul schaute auf. Dann klopfte er mit seinem Knöchel an die Stirn. *Die Evolutionszeit da drinnen*, sagte er, *musst du abziehen.*

Auch wahr.

Guten Appetit.

Gleichfalls.

Während des Essens schauten sich die beiden um.

Da drüben, deutete Mathul, *da drüben in der nächsten Tischreihe sitzt ein guter Bekannter.*

Ah, Pavel, dein Assistent.

Bitte keine Aufmerksamkeit schenken. Offiziell kennen wir uns nicht.

Und die sechs Kaffeebraunen am übernächsten Tisch? Gäste aus Afrika?

Gäste aus Wien. Kommen von Sankt Moritz, erholen sich vom Skiurlaub. Gleich wirst du ihr breites Wienerisch hören, no härst?

Der Braten schmeckte ausgezeichnet, zart das Fleisch und gut gewürzt, und als der Gast schmausend aufschaute, ging sein Blick beiläufig hinüber zu den sechs Kaffeebraunen.

Und sah einen Beistelltisch.

Und auf dem Beistelltisch einen Sektkübel.

Und auf dem Rand des Sektkübels eine Maus.

Eine balancierende Maus. Schnuppernd nach allen Seiten. Ohne Scheu.

Die Serviette über dem Kübelrand war ihr Operationsfeld.

Sie stellte sich auf die Hinterbeine und besah sich die Gesellschaft des Speisesalons.

Der Kollege stieß Mathul an und gab ihm mit dem Kopf ein unauffälliges Zeichen.

Zur gleichen Zeit hatte eine Kaffeebraune aus Sankt Moritz die Maus entdeckt, drückte die rechte Hand auf ihre Brust und stieß mit weit aufgerissenen Augen einen spitzen Schrei aus.

Eine Maus.

Wo?

Ihr rechter Arm fuhr zum Sektkübel.

Fünf Köpfe flogen herum.

Wo?

Da stand der silberne Sektkübel mit einer schräg gestellten Flasche, eine Serviette hing über den Rand.

Wo, bitte?

Wenn ich euch sage, auf dem Rand des Sektkübels, auf der Serviette, eben stand sie noch da, so, und die Kaffeebraune ließ ihre Hände wie Mäusepfoten hängen.

Und jetzt?

Sie muss irgendwo sein, im Sektkübel, auf dem Stuhl, unter dem Tisch, was weiß ich.

Man schaute in den Sektkübel, auf den Stuhl, unter den Tisch.

Keine Maus.

Der Aufruhr am Tisch legte sich.

Man nahm sich die erschreckte Dame vor.

Du warst zu lange in der Sonne, Elvira, zu lange, da spielt dir die Iris einen Streich, gaukelt dir allerlei vor. Auch Mäuse. Zu lange in der Sonne, Elvira.

Wenn ich euch sage, entgegnete Elvira, und noch immer waren ihre Augen groß und ihr Busen in heftiger Bewegung, aber ihre Beteuerungen verloren an Überzeugungskraft und klangen matt, *aber wer weiß, vielleicht war ich wirklich zu lange in der Sonne …* Die Dame warf mit einem energischen Ruck eine Locke aus der Stirn, weg damit, wollte sie sagen, und weg mit solchen Schreckbildern und hin zum Karamellpudding, sie zog die Schale heran.

Mathul und sein Kollege warfen sich einen Blick zu, und der eine, der Kollege, zog die linke Augenbraue hoch. Die Dame aber, die Kaffeebraune, führte den kleinen Löffel, beladen mit Karamellpudding, zum Mund.

Auf halbem Weg streifte ihr Auge wieder den Sektkübel und wollte es nicht glauben.

Zwei Mäuse.

Eine hellgraue und eine dunkelgraue.

In possierlicher Haltung. Und dann spazierten sie ungeniert hintereinander über den Rand des Kübels.

O mein Gott, jetzt sind es schon zwei, flüsterte sie. *Die Störung meines Augenlichts nimmt chronische Züge an.*

Sie machte weiter kein Aufhebens, wollte nicht als Hysterikerin gelten. Der Dessertlöffel mit dem aufgehäuften Karamellpudding entglitt ihrer Hand und ging zu Boden.

Sie selbst folgte lautlos.

Von den Tischgenossen wurde ihr Fall nicht ernst genommen, weil es aussah, als suche sie nach dem entglittenen Löffel. Als sie aber nicht wieder hochkam, hoben die Fünf das Tischtuch und schauten nach. Da lag Elvira gekrümmt am Boden und atmete schwer.

Antonio!

Ein Wink, ein leiser Ruf, zwei kräftige Camerieri griffen ihr unter die Arme und führten sie – es war mehr ein Ziehen und Tragen – aus dem Speisesalon. Und alles ging vor sich, als gehörte der Abtransport von Ohnmächtigen zum abendlichen Ritual der TERME NERONIANE.

Gäste an entfernteren Tischen, hätte man sie später, zum Beispiel an der Bar, nach besonderen Vorkommnissen befragt, so hätten sie geantwortet, das Mahl sei im Stil des Hauses verlaufen, wohlschmeckend, reichhaltig und in kultivierter Ruhe.

Es gab einen, der die Szene genau beobachtet hatte.

Luc, sagte die weißgelockte alte Dame, *du hast deinen Kara-*

mellpudding noch nicht einmal angerührt. Warum schaust du denn immerzu da hinüber?

Luc hatte bemerkt, dass Pavel seine Hände nicht auf dem Tisch, sondern auf seinen Knien und den Blick auf die Kaffeebraunen gerichtet hatte. Und als Luc Pavels Blick folgte, sah er zwei Mäuse auf dem Rand des Sektkübels balancieren, sie turnten in Windeseile die Serviette hinunter, wurden kurz zwischen zwei Stühlen und ein letztes Mal unter Pavels Tisch gesehen.

Luc blickte auf und sah, wie Pavel sich zurücklehnte und mit beiden Händen auf den Tisch ging. Die eine Hand holte sich die Schale mit dem Karamellpudding, die andere einen kleinen Löffel. Und als sich Pavels und Lucs Blicke kreuzten, hob Pavel seinen gehäuften Löffel und prostete ihm zu.

Pavel, die Mäuse und die Kaffeebraunen.

Luc stand auf und setzte sich an Pavels Tisch.

Hast du sie auch gesehen? fragte Luc.

Gesehen, was?

Nun komm schon, die Mäuse. Was in Pavels Kopf vor sich ging, ist nicht mit einem Satz wiederzugeben. Er hätte so tun können wie die am anderen Tisch. Da ist nichts und da war nichts, hätte er sagen können. Aber es stand zu befürchten, dass sich Luc damit nicht zufrieden gab. Und es machte Pavel auch Spaß zu spielen, ein wenig mit dem Geheimnis zu spielen und das Geheimnis zu lüften, ein wenig. Und, ganz ehrlich, was täte es schon, wenn es am Ende einen Mitwisser gäbe?

Was, Mäuse? sagte Pavel.

Dann aber kam er nahe an Lucs Ohr und sagte: *Es waren ›Tristan und Isolde‹.*

Tristan und Isolde?

Du hast vielleicht schon von ihnen gehört. Ein berühmtes Liebespaar. War aber verbotene Liebe. Du weißt, so etwas gibt es. Und sind verzaubert.

Verzaubert in Mäuse?

Pst, machte Pavel und legte den Finger vor den Mund.

Und wo sind Tristan und Isolde jetzt? fragte Luc und baumelte mit den Füßen. Dabei stieß er an die schwarze Tasche unter dem Tisch.

Ah, sagte er.

Pavel machte ein merkwürdiges Gesicht, besonders sein Mund nahm einen sonderbaren Zug an, so, als müsse man das, was jetzt herauskam, ganz anders verstehen.

Weißt du, Luc, sagte er, *ich habe da eine wertvolle Briefmarkensammlung, ein paar ganz seltene Exemplare, die lasse ich nicht aus den Augen. Entweder sind sie im Tresor, oder ich habe sie bei mir.*

Luc sah in Pavels Gesicht.

Und da ihm Gesichter solcher Art nicht ganz fremd waren, fragte er, und sein Gesicht nahm Pavelsche Züge an, ob die seltenen Briefmarken-Exemplare vielleicht Tristan und Isolde hießen?

Da lachte Pavel gerade heraus.

Luc baumelte mit den Beinen gegen die steifwandige Aktentasche.

Eine Hand legte sich auf seine Schulter. Luc drehte sich um. Die weißgelockte alte Dame stand hinter ihm.

Morgen, sagte sie, *morgen ist auch noch ein Tag, am Swimmingpool könnt ihr weiter debattieren*, und sie lächelte freundlich dem einen wie dem anderen zu.

Pavel verstand und stand auf. Er nickte der alten Dame zu, *buona sera madame*, sagte er, und zu Luc, *also bis morgen um drei.*

Er ergriff mit der einen Hand die schwarze Tasche, steckte die andere in die Hosentasche und verließ schnellen Schritts den Salon.

Der kybernetische Kompagnon stieß Mathul an und deutete mit dem Kopf auf Pavel.

Scheint es ziemlich eilig zu haben. Ist etwas schief gegangen?

Ganz im Gegenteil.

Wie willst du das wissen?

Konspirative Kommunikation: Hand in der Hosentasche.

Die beiden Herren standen auf und verließen den Salon. Draußen im lauen Abendwind vor dem Rondell mit dem Rosenbukett und den kannelierten Säulen waren sie sich schnell einig, dass sie durch den Park gehen wollten – und immer wieder um das Rondell mit dem Rosenbukett und den kannelierten Säulen.

Großartig war das, gratuliere, sagte Mathul und machte eine leicht verdrehte Verbeugung zu seinem Begleiter, *durch nichts waren sie abzubringen, durch keine Geräusche, keine Lichteffekte, nicht einmal durch die Hysterie der Leute. Das Liebespaar kam und verschwand, wie Pavel es wollte. Noch einmal, großartig, sage ich, Gratulation.*

Auch dein Verdienst, Robert.

Mathuls Begleiter hob einen großen Pinienzapfen auf, der mitten auf dem Weg lag, und jonglierte ihn während des Gehens von der einen Hand in die andere.

Die Kaffeebraune, sagte er.

Die Kaffeebraune? Was?

Sie macht mir zu schaffen.

Du wirst dich doch nicht von einem hysterischen Frauenzimmer irritieren lassen.

Warum ist sie ohnmächtig geworden?

Ich bitte dich! Bewegt dich keine aufregendere Frage?

Im Augenblick nicht.

Mathul blieb stehen.

Der andere: *Ich frage mich tatsächlich, warum sie ohnmächtig geworden ist. Ohnmacht signalisiert, dass das Bewusstsein mit etwas nicht fertig wird. Das Bewusstsein schaltet ab, oder besser, das Bewusstsein will, dass es abgeschaltet wird. Weil es mit etwas nicht fertig wird.*

Und das wäre im vorliegenden Falle?

Der andere zog die Schultern hoch und wiegte den Kopf.

Vielleicht ein Konflikt. Auch Hysterie hat mit Konflikten zu tun. Mit solchen, die nicht aufgelöst wurden.

Was meinst du, welchen Konflikt konnte die Kaffeebraune nicht auflösen?

Ich weiß nicht. Ich weiß nicht genau. Aber ich könnte mir denken, den Konflikt zwischen Normalität und Wahrnehmung.

Normal ist, dass Mäuse nicht auf Sektkübeln herummarschieren, noch dazu in einem Saal voller Leute. Sie aber hat Mäuse wahrgenommen, zuerst eine, dann zwei, auf dem Rand eines Sektkübels, im Salon der TERME NERONIANE. *Wie soll das zusammengehen?*

Und deshalb fällt sie in Ohnmacht?

Vielleicht nicht allein deshalb. Vielleicht kam da noch etwas hinzu, eine Empfindlichkeit, eine Erinnerung, ein schwacher Kreislauf, was weiß ich.

Die Kaffeebraune hat das nicht ausgehalten, und wir, da bin ich mir sicher, wir werden das, wenn wir es weiter treiben, auch nicht aushalten. Ich werde den Versuch nicht fortsetzen. Nein, ich werde ihn nicht fortsetzen, auf gar keinen Fall.

Mein Gott, sagte Mathul in die Stille hinein, *wenn du solche Absichten hegst, dann brichst du ein Herz.*

Der andere blieb stehen und sagte: *Pavel?*

Ja, Pavel. Du ahnst nicht, die Liebespaare sind ihm ans Herz gewachsen. Sie sind seine Kinder.

Keine Sorge, Robert. Sie bleiben seine Kinder bis an ihr natürliches Ende. Dann, wenn ich ihnen die Chips aus dem Mäusehirn nehme, werde ich ihm meinen Entschluss mitteilen, dann und nicht früher.

Vor dem Eingang zu den TERME NERONIANE blieben sie stehen.

Ich weiß nicht, ob wir uns morgen früh sehen, sagte der Kollege. *Die Maschine nach München startet um 7 Uhr 30, um halb sechs Uhr muss ich aus dem Haus. Wie lange bleibst du noch hier?*

Ich weiß nicht.

Ich wünsche dir jedenfalls gute Erholung und Erfolg mit den künstlichen Kiemen, sagte der Kollege und wandte sich ab.

Mathul stand zwischen dem Hoteleingang und der Rosenrabatte und schüttelte den Kopf.

Ein Kauz, sagte er halblaut, *ein eigenwilliger Kauz.*

3

Wenige Minuten vor drei Uhr in der Nacht gingen zwei cremefarbene Frotteemäntel mit schweren Badetaschen durch das Foyer.

An der Rezeption brannte die Notleuchte.

Federico hatte am Abend vorher zu Mathul gesagt:

Alles geregelt, die Türen unversperrt, das Licht eingeschaltet, die Herren können ungestört und unbeobachtet im chlorfreien Wasser baden.

Die Herren blieben keineswegs unbeobachtet.

Federico saß im kleinen Raum hinter der Rezeption und hatte die Überwachungskamera eingeschaltet.

Frotteemäntel gleiten zu Boden, zwei Männer in blauen und roten Badehosen steigen in den Swimmingpool und stoßen sich an der gekachelten Wand ab. Die gewinkelten Arme nach vorne und unter dem Körper durchgezogen, Paddelschlag mit den Beinen, ruhige, gleichmäßige Bewegungen, kaum ein Spritzer, zum Luftholen den Kopf seitwärts gedreht.

Geübte Schwimmer.

Man sieht die beiden nie zusammen, geht es Federico durch den Kopf, nicht im Speisesalon, nicht im Park, nicht in den Thermalbecken. Aber mitten in der Nacht baden sie gemeinsam.

Zwei Bahnen, drei Bahnen, sie steigen aus dem Wasser. Mathul zeigt auf sein Bein und lacht. Meint er das Bein mit der vom Chlor verursachten Rötung?

Pavel greift in eine Badetasche, zieht etwas über seinen Kopf, nicht genau zu sehen, was, weil Mathul der Kamera die Sicht nimmt. Scheint eine Art Mundschutz zu sein, wie man ihn in Krankenhäusern und Arztpraxen trägt, in Höhe des Mundes eine Scheibe, untertassengroß.

Mathul prüft den Sitz.

Pavel steigt ins Becken und stößt sich ab.

Die gewinkelten Arme nach vorne und unter dem Körper durchgezogen, Paddelschlag mit den Beinen, ruhige, gleichmäßige Bewegungen, kaum ein Spritzer. Der Kopf bleibt im Wasser, wird zum Atemholen nicht gehoben, nicht seitwärts gedreht, das Gesicht bleibt im Wasser.

Braucht der Schwimmer keine Luft? Muss er nicht atmen?

Mathul begleitet ihn am Beckenrand, immer auf gleicher Höhe.

Am oberen Ende hält der Schwimmer den gestreckten Daumen aus dem Wasser.

Mathul nickt.

Pavel wendet, greift schneller ins Wasser, verdoppelt die Paddelschläge der Beine, den Kopf unter Wasser, schnell ist er am unteren Ende des Beckens, wendet und schwimmt, den Kopf immer unter Wasser, wendet wieder – stoppt plötzlich und greift mit beiden Händen nach der Maske, reißt sie vom Gesicht und wirft sie über den Beckenrand. Er atmet schwer.

Pavel legt sich mit dem Rücken auf das Wasser, lässt sich zu den Stufen treiben, auf der obersten Stufe setzt er sich auf und hält den Kopf mit beiden Händen.

Die Schultern gehen auf und ab.

Mathul setzt sich zu ihm.

Federico zündet sich eine Zigarette an.

Was wird da gespielt?

Die beiden stehen auf, schauen auf die Uhr. Bis das Chlor eingeleitet wird, bleiben noch zehn Minuten.

Jetzt zieht sich Mathul die Maske übers Gesicht, steigt ins Wasser und krault durchs Becken, scheinbar ohne zu atmen.

Federico ist unruhig. Er steht auf, stützt sich auf den Tisch, starrt auf das Bild und zündet sich eine neue Zigarette an.

Da wird etwas erprobt, eine Tauchermaske oder dergleichen.

Vier Uhr.

Im Wasser bilden sich weiße Wolken. Chlor wird eingeblasen.

Mathul steigt aus dem Wasser.

Er schaut mehrmals in die Richtung der Überwachungskamera. Hat er etwas bemerkt?

Federico schaltet den Monitor ab. Er sitzt da und stützt den Kopf in die Hand.

Die Rezeption eines Hundert-Betten-Hotels ist ein Gully. Interessantes, Komisches, Aufregendes, auch Peinliches läuft an der Rezeption zusammen, und einiges davon wurde in Federicos Kopf zu Geschichten, zu kleinen, unterhaltsamen Geschichten, die er in den Wochenendbeilagen lokaler Gazetten unterbrachte. Und wenn er die Geschichten in den Zeitungen aufschlug und seinen Namen las, dann huschte ein Lächeln über sein Gesicht.

Aus dieser Geschichte von heute Nacht, noch dazu bestückt mit Bildern von heute Nacht, aus dieser Geschichte ließe sich etwas machen, etwas für ein Magazin, für eine Illustrierte, etwas Großes, und eine Überschrift wie …

Acht Uhr morgens.

Federico steht im elegant geschnittenen dunkelbraunen Livree hinter dem Tresen der Rezeption.

Guten Morgen, gnädige Frau. Buon giorno signore. Bon jour, Madame. Hallo, guten Morgen, Professore, und halblaut die Frage, *Hat alles geklappt heute Nacht?* Er machte ein erwartungsvoll neugieriges Gesicht.

Mathul winkte den Frager mit krummem Finger hinter dem Tresen hervor und trat mit ihm ins Freie.

Kennst du die Geschichte des barbe bleue? fragte er.

Das war ein ungewöhnlicher Ton. Mathul sprach den Geschäftsführer Federico mit ›du‹ an.

Die Geschichte vom Ritter Blaubart, kennst du sie?

Federico schaute hilflos auf Mathul.

Ritter Blaubarts Frauen starben der Reihe nach, weil sie neugierig waren. Ritter Blaubart brachte sie um. Verstehst du? Er brachte sie um.

Mordmotiv: unbezähmbare Neugier der Mordopfer.

Ich habe davon gehört, mein Herr.

Federico lächelte hilflos.

Die Überwachungskamera war heute Nacht zwischen drei und vier Uhr eingeschaltet.

Federico machte eine abwehrende Bewegung.

Mathul packte Federico an den Schultern und drehte ihn zu sich her.

Alle Aufzeichnungen der heutigen Nacht werden gelöscht, verstehst du, und zwar auf der Stelle und in meiner Gegenwart.

Sehr wohl, mein Herr.

Die beiden kehrten in das Hotel zurück, und Federico verschwand wortlos hinter der Rezeption.

Zwanzig Minuten später saß Mathul im Frühstückssalon und wischte sich den Mund mit einer Leinenserviette. Croissants bestrichen mit Honig und in grünen Tee getaucht, so schmeckten sie ihm am besten.

Der Herr am Nebentisch hatte die Zeitung aufgeschlagen, eine deutsche Zeitung mit fetten Überschriften und knalligen Bildern.

Ist das Band gelöscht? fragte er in das vorgehaltene Blatt.

Gelöscht, sagte Mathul und bewegte keine Lippe.

Der Herr legte die Zeitung auf einen Stuhl und ging zum Frühstücksbüffet.

Alfredo, der treue Bote der TERME NERONIANE, kam in den Frühstücksraum und schaute sich um. Als Mathul seine Teetasse absetzte, stand Alfredo vor ihm und überreichte ihm eine E-Mail, *prego signore.*

Mathul schaute lange auf das Blatt, und als er aufblickte, stand Alfredo immer noch vor ihm. *Grazie, va bene*, sagte Mathul und drückte eine Zwei-Euro-Münze in Alfredos Hand, *alle undici un taxi per Venezia, um elf Uhr brauche ich ein Taxi nach Venedig.*

Pavel, als hätte er für eine sechsköpfige Familie zu sorgen, kam vom Büffet zurück, und Mathul sagte in die Serviette hinein: *In einer Viertelstunde auf meinem Zimmer.*

Aber mein Frühstück, jammerte Pavel und vergaß, die Zeitung vors Gesicht zu halten.

Eine Viertelstunde später, Zimmer 219.

Pavel hatte auch die E-mail gelesen und legte sie aus der Hand.

Du willst also fahren?

Ich werde fahren. Die Tickets für Milano, Sidney, Wellington liegen am Schalter der Australian Airlines in Venedig.

Wer so vorsorgt, ist in Not.

Mathul packte die Reisetasche ohne Sorgfalt, warf hinein, was er aus Schrank und Kommode gerade erreichte.

In kürzestens vier oder in längstens acht Tagen bin ich wieder zurück.

Er hielt ein Futteral in der Hand, so groß wie das Futteral eines Fernglases, und war unschlüssig. Er legte es in die Reisetasche, griff jedoch schnell in die Reisetasche hinein und steckte es in die Außentasche seines Jacketts, nahm es dann wieder heraus und tat es in die Innentasche seines Jacketts.

Das Jackett war ausgebeult.

Ich bin mit dem DING noch nie geflogen, noch nie durch eine elektronische Schleuse gegangen. Ich weiß nicht, wie es reagiert.

Das, was er DING nannte, war eine Kostbarkeit.

Es gab nur zwei davon auf der Welt. Eines hier, Mathul klopfte sanft auf seine Brust, das andere als Blaupause im Tresor der Deutschen Bank in Frankfurt. Es war nicht einmal durch ein Patent geschützt, weil das DING keinerlei Publizität ertrug.

Pavel gab eine Empfehlung: *Ich würde mit dem Direktor des Flughafens sprechen und eine Sonderabfertigung fordern, immerhin bist du Korrespondierendes Mitglied der Academie Francaise. Hast du das Dokument in der Tasche?*

Mathul blätterte in seiner Brieftasche und nickte.

Das Telefon läutete.

Ja?

Signor Mathul, scusi tanto, il Taxi. Brauchen Sie Hilfe? Ich schicke Ihnen Alfredo.

Zweieinhalb Stunden später flog Mathul in viertausend Meter Höhe über die Euganeischen Hügel.

Die Sicht war gut, er schaute aus dem Fenster. Manche Leute wollen hier die schlafende Artemis von Ephesus gesehen haben, die mit den hundert Brüsten.

Ich sehe nur ein paar Hügel und Wälder und Felder und die roten Dächer von Galzignano, oder ist es Torreglia, vielleicht auch Teolo.

Er lehnte sich zurück und tastete sein Jackett ab. Das DING im Futteral steckte in der Innentasche und war keiner Belästigung ausgesetzt gewesen. Der Direktor des Flughafens hatte ihn persönlich zur Senatorklasse des Flugzeugs begleitet.

Vanessa hatte lange mit sich gerungen, dann nahm sie den Hörer und wählte die Nummer der TERME NERONIANE.

Pronto.

Können Sie mir sagen, ob Professor Robert Mathul schon angekommen ist?

Attendere, prego.

Nach einiger Zeit schnarrte eine automatisierte Stimme auf Deutsch:

Aus Gründen des Datenschutzes sind wir nicht in der Lage, Auskünfte über unsere Gäste zu geben. Bitte haben Sie dafür Verständnis. Vielen Dank.

Vanessa knallte den Hörer auf die Gabel.

Hätte ich mir denken können.

Wut und Ärger überschwemmten sie.

Unwirsch nahm sie Walsers ›Nero‹ zur Hand und ließ sich in den Liegestuhl fallen.

Sie blätterte. Halt, da stand etwas, was sie bisher übersehen hatte, ›Selbstporträt des Künstlers als Kaiser‹. Der ganze Titel also: ›Nero lässt grüßen oder Selbstporträt des Künstlers als Kaiser‹.

Das soll doch wohl heißen, dass ein Künstler, falls er Kaiser wäre, sich so gäbe wie Nero.

Das kann ja heiter werden.

Als Quelle kommen, für Vanessa war das klar, Tacitus *(Annalen)* und Sueton *(Caesarenleben)* in Frage. Cassius Dio *(Römische Geschichte)*, hundertfünfzig Jahre nach Neros Tod, liegt zu weit ab. In erster Linie also Sueton.

Sueton ist gut für Skandalgeschichten, und Neros letzter Tag ist ein Skandal.

Ein Skandal und ein Walser-Thema.

Nero, so berichtet Sueton, war auf der Flucht vor den Häschern des Senats. Er will auf ein kleines Landgut, vier Meilen östlich von Rom.

Walser lässt ihn aber nach Antium fliehen, in die entgegengesetzte Richtung, weil er auf ein Schiff will, eines, das ihn nach Ägypten bringen soll.

Bei Sueton entleibt sich Nero selbst, stößt sich den Dolch in den Hals. Bei Walser töten ihn seine drei Domestiken Phaon, Sporus und Epaphroditus.

Ach, was. Der Quellenvergleich bringt gar nichts.

Es geht Walser ja gar nicht um Nero, der kann seinetwegen nach Osten oder Westen fliehen und sich umbringen oder umbringen lassen.

Walser geht es nicht um Nero.

Und mir geht es nicht um Walser.

Sein Nero ist mir ziemlich schnuppe, gerade so viel, dass ich die TERME NERONIANE für einige Zeit im Blick habe. Wegen Luc und Robert Mathul.

Vanessa stützte sich auf die Balkonbrüstung und bestrich mit dem Fernglas das Gelände der TERME NERONIANE.

Inzwischen kenne ich schon eine Menge Leute, zum Beispiel die sechs Kaffeebraunen. Eins, zwei, drei, vier, fünf, wo ist die sechste? Eine kaffeebraune Dame fehlt.

Dann der kräftig gebaute junge Mann mit den Stoppelhaaren, der meinem Luc Schwimmunterricht gibt, nein, schwimmen kann er ja, kraulen lernt er.

Wo sind sie denn heute? Kurz vor vier, da sind sie doch immer im Swimmingpool.

Jetzt habe ich sie.

Luc legt die Beine auf einen Elefantenrüssel und greift mit gekrümmten Armen nach vorne ins Wasser. Sicher schluckt er wieder Wasser, der Arme.

Aber er will es lernen.

Vanessa schaut ihm eine Weile zu.

Dann greift sie sich mit der linken Hand ans Ohrläppchen: Ich könnte ja einen dieser Gäste fragen, zum Beispiel einen Kaffeebraunen oder den untersetzten Stoppelkopf, ob er nicht, ganz zufällig, unter den Gästen einen Herrn gesehen habe, so und so alt, namens Robert Mathul.

Warum nicht?

Nach dem Abendessen, so gegen acht, gehe ich in den Park der TERME NERONIANE und frage.

Sie schlüpfte in einen leichten Sommermantel und setzte eine Sonnenbrille auf.

Das reicht nicht, Luc und Oma Liz würden mich trotzdem erkennen.

Also einen Hut.

Noch nie in ihrem Leben hatte sie einen Hut getragen. Schöne Haare bedeckt man nicht, man zeigt sie.

In der Hauptstraße gab es ein Modegeschäft, sicher hatten sie auch Hüte.

Umgeben von Spiegeln und Hüten drückte sie sich ein spinnwebenleichtes Gebilde mit breitem Rand auf den Kopf und kam sich komisch vor.

Eine Sache der Gewöhnung.

Sie schaute wieder in die Spiegel.

Und gefiel sich.

Ein italienisches Magazin unterm Arm, stakte sie kurz vor halb neun durch den Park der TERME NERONIANE und ließ sich auf einer der gelben Hollywoodschaukeln nieder.

Die ersten Gäste kamen vom Abendessen, reckten ihre Arme und sogen die laue Abendluft in die Lungen.

Dann die fünf Kaffeebraunen. Die sogen sich Zigarettenrauch in die Lungen, und der Abendwind trug ihn herüber, auch den Duft von Rosen. Zigaretten-Rosen-Duft, das ist Urlaub, nichts als Urlaub.

Jetzt kam der untersetzte Stoppelköpfige mit zwei Gästen aus dem Hotel, verabschiedete sich von ihnen und ging um das Rondell, genau auf Vanessas Hollywoodschaukel zu.

Sie stand auf.

Scusi tanto, Parla tedesco o no?

Doch, ich spreche deutsch.

Sie sind Gast in diesem Hotel?

Und ohne seine Antwort abzuwarten: *Wissen Sie*, sagte sie, *ich suche ein gutes Hotel, und da fragt man am besten die Gäste.*

Kann mich nicht beklagen, Essen gut, Service auch, Fango nehme ich nicht.

Vanessa machte eine zustimmende Kopfbewegung.

Sie nahm einen zweiten Anlauf.

Sie haben hier in den TERME NERONIANE nicht zufällig einen Herrn gesehen, einen Gast, so um die fünfzig, Robert Mathul ist sein Name, Professor Robert Mathul. Wissen Sie, ich …

Sie stotterte.

So was von linkisch und plump. Wie kannst du nur! Die Reporterin einer Schülerzeitung hätte es besser gemacht.

Ihr Gesprächspartner schien weniger empfindlich zu sein. Er verneinte mit einer Kopfbewegung, doch in die Bewegung hinein kam eine nachfragende Frage: *Wie war der Name des Herrn?*

Denn in die verneinende Bewegung hinein kam die Wahrnehmung, dass eine Frau vor ihm stand mit schleierhaft dünnem Sommerhut über einem fein gezeichneten Gesicht. Gab es da eine Verabredung, von der er nichts wusste?

Der Name Mathul ist ungewöhnlich, sagte der Stoppelköpfige, *zufällig habe ich den Namen heute Mittag an der Rezeption gehört, als ein Herr dieses Namens in ein Taxi stieg, mit einer kleinen Reisetasche. Das Ganze sah nicht nach endgültiger Abreise aus.*

Haben Sie vielen Dank, sagte Vanessa und ging.

Sie verließ den Park. Sie musste es, und möglichst schnell, denn die Freude schoss ihr ins Gesicht und war nicht zu bändigen.

Pavel aber kamen Bedenken.

Hatte er zuviel gesagt? Seit einiger Zeit waren Leute von Nachrichtendiensten hinter Mathul her, möglicherweise wegen der SCHALLWAFFEN. Und Pavel fielen Geschichten von Agentinnen ein, von attraktiven Frauen ...

Vanessa ging zurück zur AUGUSTUS TERME, fuhr hinauf in den zwölften Stock, holte sich die Cynarflasche aus dem Kühlschrank, gab Soda dazu und zwei Eiswürfel, wechselte den Sommermantel mit einem Wollmantel und setzte sich auf dem Balkon in den Liegestuhl.

Abendessen, nein, das wollte sie heute nicht, später vielleicht, um zehn Uhr, Calzoni aus der Pizzabäckerei um die Ecke.

Trotz deiner Ungeschicklichkeit, du hast es gut gemacht, Vanessa, sagte sie laut und belohnte sich mit einem Cynar und noch einem und noch einem.

Die Spitzen der Euganeischen Hügel brannten in der Abendsonne, aus den Tälern zogen Schleier in die Höhe und legten sich um die Flanken, die hundertbrüstige Artemis traf Vorbereitungen für die Nacht.

Vanessa hatte griechische Papyrus-Fragmente ausgewertet und in ihrer Dissertation den Nachweis erbracht, dass Archimedes, was bisher vermutet, aber nie bewiesen wurde, tatsächlich die Schiffsschraube erfunden hat. Die Technische Hochschule Darmstadt wollte es aus ihrem Mund hören und lud sie ein.

Begrüßt wurde die Doktorandin von einem vergleichsweise jungen Dekan namens Mathul. Wie alt mochte er sein? So um die vierzig. Sie gerade achtundzwanzig.

Gemeinsames Abendessen mit dem Dekan, nicht unüblich. Eher unüblich ein Strauß roter Rosen später auf ihrem Hotelzimmer. Auch rote Rosen zu Hause in München.

Dann die Reisen.

Von München nach Darmstadt. Zweieinhalb Stunden.

Von Darmstadt nach München. Zweieinhalb Stunden.

Ein Jahr später zog Vanessa nach Darmstadt in seine Wohnung.

Heiraten wollte er nicht. Er stellte sich eine lockere Partnerschaft vor.

Das wollte sie nicht. Und organisierte die Trauung.

Er gab sein Einverständnis.

Trauung in der Wieskirche in Oberbayern, Klischee oder nicht, sie wollte es, der kleine Chor und das kleine Orchester des Bayerischen Rundfunks mit Mozart, Spatzenmesse, ein junger Pfarrer mit Segensworten.

Als sie aus der Barockkirche gingen, flüsterte ihr Mathul ins Ohr: *Ich habe gar nicht gewusst, dass es so viel Jubel gibt auf der Welt.*

Und meinte es nicht ironisch.

Ihr Hochzeitstag, der sechzehnte Juli, war der glücklichste Tag ihres Lebens.

Klischee oder nicht.

Vanessa war dabei, wenn er seine Vorträge irgendwo in der Welt hielt, war bei auswärtigen Kongressen dabei, auch bei Ehrungen.

Vanessa stand auf. Sie wollte keine Calzoni aus der Pizzabäckerei, sie wollte auch nicht zu Bett. Eine Decke wollte sie, und sie holte sich eine warme Wolldecke aus dem Schrank.

Maiennacht auf dem Balkon der AUGUSTUS TERME.

Die Euganeische Artemis schlug den Mantel der Nacht um ihre Schultern.

Tonfetzen aus vorbeifahrenden Autos. Gesprächsfragmente und Lachen von benachbarten Balkons. Züge in rauschender Fahrt zur Emilia Romagna. Züge aus der Emilia Romagna mit quietschenden Bremsen in den Bahnhof von Montegrotto. Jasmindüfte vom Park, appetitanregende aus der Pizzeria um die Ecke. Der Film durfte nicht reißen. Sie hüllte sich in die Decke und schloss die Augen.

Robert, wir bekommen ein Kind. Es ist so, ich war beim Arzt.

Das sagte ich beim Frühstück.

Er setzte die Tasse ab. *Das verstehe ich nicht. Das ist nicht möglich. Ist ganz und gar unmöglich.*

Doch, es ist so.

Dann suchen wir eine gute Klinik auf, und in acht Tagen ist alles ausgestanden, sagte er.

Ich will das Kind aber und freue mich darauf, sagte ich.

Wir waren uns aber darüber einig, dass wir keine Kinder wollen, sagte er.

Das Kind ist unterwegs, sagte ich.

Dann wurde er laut. Es war das erste Mal, dass ich ihn so erlebt habe. Er schrie mich an: *Ich habe den Kopf voller Ideen, und du willst die Bude voller Kinder. Das geht nicht zusammen, meine Liebe. Nein, das geht nicht zusammen.*

Robert!

Er sah mich an. Mit kalten braunen Augen.

Immer wieder habe ich diese Augen gesehen, später, während der Arbeit, auch wenn ich in Lucs Gesicht sah, und mitten in der Nacht. Ich finde keinen Vergleich in der Natur für dieses Braun, dieses kalte Braun.

Es kommt in der Natur nicht vor. Nur in seinen Augen.

Allein das Kindergeschrei, brüllte es aus ihm heraus, *ich bekomme Blutleere im Kopf, wenn ich nur daran denke.*

Nach einiger Zeit sagte er, sagte es leise, wie zu sich selbst: *Ich werde also wieder allein sein mit meiner Arbeit, bei meinen Vorträgen, auf den Kongressen.*

Robert, ich bitte dich.

Am nächsten Morgen.

Robert, ich habe das Frühstück in der Küche gedeckt.

Danke, ich bin in Eile, frühstücke in der Kantine. Im Vorbeigehen berührte er meine Wange mit der Hand.

Anruf am Abend. *Ich bin mit Kollegen verabredet.*

Am nächsten Morgen.

Er trinkt eine Tasse Tee im Stehen.

Zum Abschied gibt er mir die Hand. Nur die Hand.

Das Abendessen ist mühsam. Kein Wort über seine Arbeit. Gerne hat er immer davon erzählt, von Projekten, die er angeleiert hat, und von Patenten, an denen er arbeitete.

Er tut so, als gäbe es mich nicht.

Er zieht um, auf die Couch ins Gästezimmer.

Am nächsten Morgen zum Abschied ein Kopfnicken unter der Tür.

Und so die nächsten Wochen.

Dann ein gerichtliches Schreiben. Termin beim Familiengericht. Und ich, Vanessa, tue etwas, etwas ganz Ungewöhnliches, ich hole mir Hilfe. Von meinem Untermieter. Ja, ich hole mir Hilfe von meinem kleinen Untermieter.

Ich sage: *He, Kleines, der Streit der Hausbesitzer soll dich nicht stören. Du*, sage ich, und weiß noch nicht einmal, ob es ein Bub oder ein Mädchen ist, *du*, sage ich, *das sind Sachen, darauf kannst du pfeifen. Hör gar nicht hin, wenn mein Herz aufgeregt schlägt, wenn ich unflätige Wörter sage oder sagen will. Es soll dich nicht bekümmern, wenn ich zerfahren oder unruhig bin. Oder wenn ich heule.*

Das Kleine regte sich.

Willst du mir sagen, dass du damit einverstanden bist? Willst du mir sagen, dass es dir gut geht? Das höre ich gern. Du weißt, wir zwei lassen uns nicht so schnell aus dem Kittel stoßen.

Dann stand ich zusammen mit Robert Mathul vor der Familienrichterin, einer älteren Dame, die sichtlich um Ausgleich bemüht war.

Sie blätterte in den Akten.

Seit knapp zwei Jahren sind Sie verheiratet. Eine ziemlich kurze Zeit.

Er und ich stimmen mit Kopfnicken zu.

Und Sie meinen, es geht nicht.

Robert meint es. Ich nicht.

Laut ärztlichem Attest sind Sie, Frau Vanessa Mathul, im dritten Monat schwanger.

Ja.

Ihr Mann hat die Scheidung eingereicht. Mit welcher Begründung?

Robert spricht, wie es der Gesetzestext ausspricht.

Ich bezichtige, spricht er, *meine Frau der ehelichen Untreue.*

Wollen Sie damit sagen, dass das Kind, das Ihre Frau erwartet, nicht von Ihnen ist?

Genau das.

Frau Vanessa Mathul?

Ich schaue die Richterin an und sage kein Wort.

Doch, ich spreche mit meinem Untermieter. *Sei jetzt ganz ruhig, Kleines*, sage ich, *sei ganz ruhig*, sage ich, *nur keine Aufregung jetzt, halt dich da raus.*

Wären Sie, Herr Professor Mathul, wenn das Kind zur Welt gebracht ist, mit einem Vaterschaftstest einverstanden.

Das wird nicht nötig sein, Frau Vorsitzende, ich habe mich ein Jahr nach unserer Eheschließung einer Vasektomie unterzogen. Hier die ärztliche Bescheinigung, und Robert legte das Dokument auf den Richtertisch.

Sei unbesorgt, mein Kleines, sage ich meinem Untermieter, *selbst ein solches Papier kann uns nicht schrecken.*

Frau Mathul, waren Sie über den Eingriff Ihres Mannes informiert?

Nach dem Eingriff, als alles entschieden war, hat er mich informiert, ja.

Pause.

Frau Mathul, können Sie verstehen, dass Ihr Mann auf Grund dieser Tatsachen und zeitlichen Vorgaben auf eheliche Untreue klagt?

Nein, das kann ich nicht.

Warum nicht?

Weil mich mein Mann besser kennen sollte.

Die Vorsitzende zog die linke Schulter hoch und legte den Kopf schief, was so viel bedeutete wie, ich weiß nicht mehr weiter oder: Wenn Sie unbedingt wollen.

Die Familienrichterin entschied: *Mit Ihrem Einverständnis reiche ich den Fall Mathul gegen Mathul an das Scheidungsgericht weiter. Kommen Sie selbst zum Scheidungstermin, oder lassen Sie sich durch Anwälte vertreten?*

Wir einigten uns auf Anwälte.

Eine Routinescheidung.

Ich stellte keine finanziellen Ansprüche, und er zeigte sich großzügig, wollte sogar für den Wechselbalg, wie er mein Kind zu nennen beliebte, bezahlen. Ich reagierte nicht. Doch einer Apanage für meine Person stimmte ich zu. Ich hätte sogar, bei großer Sparsamkeit, davon leben können. Aber ich konnte ja arbeiten, und meine Mutter war nicht unvermögend, besaß ein paar Häuser in München.

Nach sechs Monaten kam Luc zur Welt, und mit ihm begann ein neues Leben.

Vanessa schaute in den schwarzen Himmel, die letzten Bilder des Films entwichen zu den Sternen.

Sie wollte nicht zu Bett gehen. Wollte bleiben. Warum nicht bleiben, hier auf dem Balkon, mit der Wolldecke und den Sternen?

Der Film nahm kein fröhliches Ende. Doch von der Freude, die sie aus dem Park mitgebracht hatte, war ihr, unerklärlicherweise, etwas geblieben.

Am nächsten Morgen, kurz vor sechs, ließ sie sich in Fango packen, und noch in der Packung holte sie den verlorenen Schlaf nach.

Frühstück auf dem Zimmer, einfaches Frühstück mit Joghurt und Obst.

Robert Mathul, immer wieder las sie seinen Namen in BILD DER WISSENSCHAFT, in NATURE und in SCIENCE.

Ob er ihren Namen, sie hatte den Namen ihres Mannes behalten, in historischen Zeitschriften zur Kenntnis nahm?

Ein Buch fiel zu Boden.

Ach der Walser-Nero.

Sie setzte sich in den Liegestuhl und nahm ihn in die Hand. Lustlos, wie sie sich eingestand.

Von Neros originalen Liedern ist nur eine einzige Zeile überliefert, das wusste sie, alles andere wurde damals vernichtet, weil der vom römischen Senat verfügten damnatio memoriae verfallen.

Die Zeile, zufällig erhalten, lautet: *›Der Hals der Venustaube schimmert bei jeder Bewegung‹*.

Eine einfache Zeile und eine schöne Zeile. Wie mag das ganze Lied gelautet haben?

Auf der Balkonbrüstung im Nachbarappartement, seit gestern unbewohnt, lässt sich eine Taube nieder. Sie wendet den Kopf und äugt zu mir herüber. Die Morgensonne fließt über ihr Gefieder.

Eine Venustaube?

Sie trippelt ein paar Schritte und äugt neugierig zu mir herüber.

Und ›der Hals der Venustaube schimmert bei jeder Bewegung‹.

4

Ich achte auf meine Gesundheit. Und Gesundheit, so Mathul, das sind Herz, Kreislauf, Transpiration, Verdauung. Gesundheit, das ist die Sorge vor Übergewicht und Infektionskrankheiten. Stimmt das und stimmen die Sachen, mit denen ich zu tun habe, bin ich mit mir im Reinen. Alles darüber oder darunter sind Flausen, nichts als Flausen.

Zwölftausend Fuß über dem Atlantik.

Mathul hatte seinen Sitz im Flugzeug schräg gestellt und wollte über künstliche KIEMEN nachdenken. Block und Stift auf den Knien, die Augen geschlossen.

Da kam es. War mit einem Mal da.

Das Mädchen aus Neuseeland.

Mathul kannte das Mädchen nicht, hatte kein Bild von ihr gesehen, wusste nicht einmal seinen Namen.

Und war da.

Trägt einen sorgfältig geflochtenen Zopf, Spangenschuhe und ein Kleid bis zu den Waden, mit einer Schleife gebunden. Ein wenig altmodisch. Mit einer Tasche. Auf dem Weg zur Schule. Ein Wagen nähert sich, zwei Maskierte springen heraus, einer hält dem Mädchen den Mund zu, der andere schiebt es auf den Rücksitz des Wagens, ein aufheulender Motor, die wenigen Passanten wenden den Kopf.

Wo ist das Kind?

Mathul machte eine scheuchende Bewegung. Fragmente aus Polizeiberichten bedienen sich meiner Einbildungskraft.

Mathul stand auf, zog seine Jacke aus, legte sie der Länge nach in die Seitenablage und achtete sorgfältig auf die ausgebeulte Innentasche. Dann setzte er sich wieder, rückte den Körper nach rechts, streckte die Beine und schloss die Augen.

Da kam er. Ein schmales, dunkelhäutiges Bürschchen; gelbe Leinenhosen bis zum Knie und helles Hemd, kommt aus der

Schule mit vielen anderen, geht auf das Auto zu, mit dem er gewöhnlich abgeholt wird, und steigt ein, am Steuer einer, der sagt, er sei für Filippo, den Fahrer der Familie, eingesprungen. Das sagt er freundlich und fährt davon.

Wohin?

Weiß bis heute keiner.

Block und Stift waren Mathul von den Knien gerutscht und auf den Boden gefallen. Er bückte sich. Noch hatte er keine einzige Zahl geschrieben, keinen einzigen Satz notiert.

Er fuhr sich mit der Hand übers Gesicht. Was phantasierst du dir zusammen. Du weißt nichts von dem Jungen, nur das Alter weißt du und dass die Eltern reich und verzweifelt sind. Sonst weißt du nichts.

Flausen, nichts als Flausen.

Beim Zwischenstopp in San Francisco telefonierte Mathul mit seinem Freund in Wellington. Eine Angestellte der Firma werde ihn am Flughafen abholen, sagte der Freund, ein Maori-Stirnband als Erkennungszeichen. Und wichtig, sehr wichtig sogar, der Kontakt mit den Kidnappern halte noch.

Der Jumbo lag wie ein Brett auf der Luftstraße. Ob er sich bewegte oder nicht, man wusste es nicht. Nur dann und wann ein leichtes Zittern, als ob er träume, der Jumbo.

Mathul trank einen Schluck aus dem Sodaglas, wischte sich Tropfen vom Jackett, starrte hinaus und hinunter.

Graue Unendlichkeit.

Zeitschriften hatte er sich auf den Nebensitz gelegt. Im obersten Heft, es war die neueste Ausgabe von NATURE, ein Aufsatz über Schallwaffen, in der Wüste von Nevada erprobt.

Er begann den Artikel zu lesen.

Zeilen, soeben gelesen, lösten sich auf, Gedanken, kaum gedacht, zerfielen, ein aussichtsloses Unterfangen. Das Heft entglitt seiner Hand.

Umsteigen in Sydney.

Die Maschine nach Wellington, eine Douglas für sechzig Personen, flog tiefer, hatte mehr Kontakt mit den Elementen, mit den Wolken, die sie wie eine Rollbahn nutzte oder lautlos zerfetzte, hatte Flirts mit der Thermik, mal rauf, mal runter. Fünftausend Fuß unter ihr ritzten große und kleine Schiffe weiße Furchen ins bleifarbene Wasser.

Mathuls Schläfrigkeit verflog; er spürte, wie das Element ihn packte und rüttelte. Es machte ihn fit. Der Küstensaum der Nordinsel von Neuseeland tauchte auf. Die Maschine schwang in eine weite Rechtskurve, zu sehen war die Großstadt Auckland in nachmittäglichem Dunst.

Mathul sah auf die Uhr, noch eine gute Stunde. Er legte sich seinen Auftritt zurecht.

Nicht lange fackeln. Alles hing vom telefonischen Kontakt mit den Kidnappern ab. Die Verbindungen zu den Kliniken und Sanitätsstationen waren Routine, zur Polizei und zur Presse ad libitum. Sollte der Kontakt nicht klappen, schleuniger Rückflug, umgehend, ohne zu zögern.

Er kannte Neuseeland nicht. Von Fjorden, Vulkanen, Geysiren hatte er gehört, von Goldgräberei gelesen.

Sightseeing stand nicht auf dem Programm.

Die Person, die ihn am Airport erwartete, war eine junge, hübsche Frau mit einem bunten Band um Stirn und Haare. *Ich heiße Ellen*, sagte sie, *bin die Sekretärin von Herrn Edenberger.* Auf der Fahrt zum Hotel referierte sie über die Kontakte mit den Kidnappern, die Höhe der Forderung, die Rolle der Polizei, die Situation der Familie. Für eine Sekretärin war sie überraschend gut über die Familiensituation informiert. Die Mitteilungen machte sie ruhig und in kurzen Sätzen.

Sophia, und jetzt wurde Ellen lebhafter, sei das einzige Kind der Edenbergers, und Herr Edenberger liebe seine Tochter abgöttisch. Aber gerade solche Umstände seien es, die die Forderungen der Verbrecher in die Höhe trieben. Das kenne man ja.

Das Hotel lag in der Mitte der Stadt.

Als Ellen die Tür zu einem Appartement im dritten Stock öffnete, kam aus dem Gegenlicht ein Mann auf sie zu, den Robert Mathul erst erkannte, als er vor ihm stand. Der Mann tat die letzten Schritte schnell und packte Mathul an beiden Schultern.

Robert, rief er, *Mensch*, *Robert*.

Seine Freude über das Wiedersehen mit dem Schulfreund Robert Mathul war echt und herzlich.

Sie hatten die Wohnstube für zwei Jahre miteinander geteilt, damals im Internat der Schulen Schloss Salem am Bodensee.

Nach dem Abitur gingen sie getrennte Wege, wählten verschiedene Berufe und weit entfernte Städte. Kam hinzu, dass Mathul nicht viel von der fortwährenden Pflege alter Schulfreundschaften hielt.

Die beiden verloren sich aus den Augen, bis, ja, bis der eine beiläufig aus der Zeitung von Mathuls kriminalistischer Karriere erfuhr.

Undeutlich nahm Mathul neben den Gardinen eines großen Fensters eine andere Person wahr. Sein Freund drehte sich um und machte eine verbindende Geste. *Oscar Edenberger*, sagte er. Der Mann am Fenster löste sich aus dem Halbschatten, ging auf Mathul zu, ergriff seine Hand mit beiden Händen und hielt sie fest.

Und sagte kein Wort.

In einer Nische des Zimmers war ein Tisch gedeckt für vier Personen. Nur ein Imbiss, sagte Herr Edenberger. Er führte die beiden Männer an den Tisch und bat Ellen hinzu. In Reichweite stand ein Tischchen mit einer Telefonanlage, die fortwährend Blinkzeichen gab, daneben Block und Schreibzeug.

Ich will keine großen Worte machen, begann Edenberger. Er sprach ein einwandfreies Deutsch, seine Großeltern waren aus Hessen eingewandert, er selbst hatte zwei Semester Volkswirtschaft in Frankfurt studiert.

Er griff in die Innentasche seines Jacketts, zog aus der Brieftasche ein Foto und legte es auf den Tisch.

Ich habe gestern mit Sophia gesprochen, ganz kurz, zwei Sätze nur, hier über diesen Apparat.

Hol mich, Papa, hat sie gesagt, bitte hol mich doch, und weinte. Die Angst des Kindes, die Tränen, so etwas … ihm versagte die Stimme.

Die Verbrecher wollten das Geld, jetzt und sofort. Ich sagte, ich brauche mindestens noch vierundzwanzig Stunden. Eine Million hat man schließlich nicht auf dem Girokonto. Und konnte sie hinhalten.

Edenberger wandte sich mit dem ganzen Körper dem Gast zu. *Können wir Ihre Arbeit in irgendeiner Weise unterstützen? Brauchen Sie etwas, Herr Mathul, bitte sagen Sie es mir, ich habe die besten Verbindungen zum Polizeipräsidenten.*

Mathul atmete hörbar ein und aus; und als ob es ihn einen schweren Entschluss kostete, stand er auf und ging zum Telefonapparat, klemmte den Hörer ab, griff in die Innentasche seines Jacketts, zog einen Gegenstand von der Größe eines Fernglasfutterals hervor und begann zu hantieren. Er trat nahe an das große Fenster, offenbar brauchte er das volle Tageslicht. Was er genau tat, war nicht zu sehen. Er stand mit dem Rücken zum Zimmer. Schaute längere Zeit wie abwesend zum Fenster hinaus, dann griff er wieder in die Innentasche seines Jacketts und klemmte den Hörer ans Netz.

Entschuldigen Sie bitte.

Er setzte sich und nahm die unterbrochene Mahlzeit wieder auf, schnitt das Fleisch, legte gebackene Zucchine auf die Gabel und schob sie in den Mund. Er spürte, dass sie auf ihn schauten und etwas wissen wollten. Aber er tat, als ob es auf der Welt nichts Wichtigeres gäbe, als das Fleisch und die Zucchine von der Gabel in den Mund zu bringen.

Nach einer Weile hielt er inne, behielt Messer und Gabel in der Hand und blickte auf Edenberger.

Herr Edenberger, sagte er, *hören Sie jetzt gut zu.*

Wenn Sie einen der Kerle in der Leitung haben, geben Sie mir ein Zeichen, und dann sagen Sie Folgendes: ›Ich habe Sie nicht gut verstanden‹, wiederholen Sie noch einmal:

Edenberger: *Ich habe Sie nicht gut verstanden.*

Das ist das Zeichen für mich. Dann übernehme ich das Gespräch. Mathul wollte sicher gehen, er legte Messer und Gabel bei Seite, sagte das eben Gesagte noch einmal, langsam und lehrerhaft. *Wenn Sie den Kerl in der Leitung haben, bitte, notieren Sie, was ich sage,*

›Ich habe Sie nicht gut verstanden‹, wiederholen Sie noch einmal.

Das ist das Stichwort für mich. Wie immer es gehen mag. Sie, Herr Edenberger, sprechen, und ich übernehme den Hörer. Ist das klar?

Als er das so sagte, mit großer Bestimmtheit und Genauigkeit, kam er den Tischgenossen vor wie einer, der über Kräfte verfügte, von denen sie keine Ahnung hatten; dem man zutrauen durfte, den Verbrecher, wie immer er sich winden und wehren mochte, zur Strecke zu bringen.

Jede Frage, und selbst eine kurze Anmerkung, hätte man in dieser Situation als grobe Störung empfunden. Also schwiegen die Tischgenossen – respektvoll.

Der Schulfreund brach den Bann.

So war er schon damals, sagte er, *ich meine in Salem. Wir knobelten noch an den Lösungen, da war der Robert Mathul bereits auf dem Tennisplatz und brachte die Lehrer zum Schwitzen.*

Nur einen bestimmten Lehrer, verbesserte Mathul.

Richtig, du spieltest immer mit dem einen. Ein junger Kerl war das, ein Sportlehrer, und kam mit einem roten Sportwagen zum Dienst, einem Alfa Romeo. Ein Lehrer in einem roten Alfa Romeo. Damals. Wir meinten, das schicke sich nicht.

Und mich ärgerte, ergänzte Mathul, *dass er mit seinen früheren Spielpartnern prahlte. Dafür musste er schwitzen. Na ja, spielen konnte er ja.*

Der Schulfreund schaute an die Decke.

Die schönste Geschichte von Salem. Weißt du, welche Geschichte ich meine?

Mathul schien nachzudenken.

Ich meine die Geschichte von dem Kreuzritter.

Ach die.

Dazu müsst ihr wissen, begann der Schulfreund und rückte seinen Stuhl, *dazu müsst ihr wissen, dass in der Nähe von Salem eine Burgruine liegt, sie heißt Hohenbodmann, ich hab mir den Namen gemerkt. Man hatte uns erzählt, dass von dort ein Ritter ins Heilige Land gezogen und nicht mehr heimgekehrt war. Aber in hellen Mitsommernächten, sagten die Leute, würde man auf dem Weg zur Burgruine einen Reiter sehen …*

Der Erzähler nahm einen Schluck aus dem Weinglas.

Zur Schultradition von Salem gehörte ein Nachtmarsch von drei bis vier Stunden, einmal im Sommer und einmal im Winter. Die Halbwüchsigen sollten einen Eindruck von der Natur und der Nacht bekommen oder von was auch immer.

Wir, die Unterprima, organisierten den sommerlichen Nachtmarsch, wollten zur Burgruine Hohenbodmann. Der Weg führte über eine alte, steinerne Brücke …

Edenberger stand hinter dem Erzähler und legte die Hand auf seinen Arm.

Eine schöne Geschichte, sagte er, *wirklich eine schöne Geschichte. Nein, ich bin noch nicht …*

Edenberger ging um den Tisch herum und bat Mathul ins Nebenzimmer.

Der Erzähler schaute den beiden nach – und dann zur Sekretärin. Ellen machte ein dienstliches Gesicht und stellte das Geschirr zusammen.

Edenberger schloss die Tür.

Auch das muss besprochen werden, sagte er. *Wenn unsere Tochter unversehrt in die Familie zurückkehrt, dann* – er schrieb eine Zahl auf einen Zettel und reichte sie Mathul. Und Mathul streifte sie mit einem Blick.

Offenbar wollte Edenberger die Summe nicht aussprechen. Eine Scheu, von der Mathul wusste, dass sie bei Leuten, die viel mit Geld zu tun haben, nicht eben selten ist.

Wenn unsere Sophia heil zurückkehrt, mein Gott, lieber Freund, und eine starke Emotion packte den Mann, *wir stehen ewig in Ihrer Schuld.*

Und wieder ergriff er mit beiden Händen Mathuls Hand.

Ich habe das eben Gesagte schriftlich fixiert. Bitte lesen Sie.

Mathul überflog den Text und sah, dass ein Platz für seine Unterschrift vorgesehen war. Und er staunte, wie schnell den reichen Leuten der Wechsel von der Emotion zum Geschäftlichen gelingt.

Mathul unterschrieb.

Er richtete sich auf, die beiden Männer hätten jetzt in den Salon zurückgehen können, und Mathul wollte dem Hausherrn den Vortritt lassen. Aber Edenberger zögerte.

Meine Sekretärin, begann er, *hat Sie in großen Zügen über die Situation unterrichtet. Ich möchte ein paar Einzelheiten hinzufügen.*

Sein Gegenüber wurde unruhig.

Wie sollte er Edenberger klarmachen, dass sein Beitrag zur Lösung des Kriminalfalles von anderer Art ist, als beispielsweise derjenige der Polizei.

Die Polizei muss detektivische Arbeit leisten, recherchieren, überführen, zupacken. Er, Mathul, muss nur zupacken. Also ist er an den Umständen eines Falles, an Persönlichkeitsprofilen zum Beispiel und solchem Zeug, wie sie Edenberger wohl auftischen würde, gar nicht interessiert.

Mathul lehnte sich zurück.

Dreimal habe er, so berichtete Edenberger, mit dem Entführer Kontakt gehabt. Die Stimme, da täusche er sich nicht, sei immer die gleiche gewesen, eine verstellte Stimme, zu tief und zu rau für eine normale Männerstimme. Der Anrufer scheine die Familienverhältnisse gut zu kennen, sprach zweimal von unserer lieben Sophia, und dass ihr kein Leid geschehe, wenn alles klappe. Die Polizei, so berichtete Edenberger weiter, habe er noch nicht eingeschaltet, weil er und seine Frau alle Hoffnung auf ihn, den Professor aus Deutschland, gesetzt haben.

Der Raum, in dem das Gespräch stattfand, war klein und muffig, mehr eine Kammer, und lud nicht zum Verweilen ein.

Hielt aber jetzt die beiden fest.

Edenberger wollte wissen, wie Mathul vorging.

Sein Informationsbedürfnis war verständlich. Und in dem Bemühen, nicht abweisend zu erscheinen, kam Mathul der Gedanke, auf den Artikel in der neuesten Nummer von NATURE, den Artikel über Schallwaffen zu verweisen; was da stehe, könnte seinen Vermutungen eine Richtung geben. Ja, so hätte er sagen können.

Er verwarf aber den Gedanken sogleich. Denn dann würde es erst richtig losgehen mit Fragen und noch einmal Fragen. Nein, das wollte er nicht.

Wie gut, dass es klopfte.

Es war Ellen, und mit ihr kam Kaffee-Duft in die muffige Kammer.

Sie goss Kaffee in die Tassen.

Mit Milch und Zucker? fragte sie und reichte beides auf einem Tablett herum.

Sie sagte *Zucker*, und mitten im ›Zucker‹ meldete sich das Telefon mit einem Licht- und Tonsignal.

Es war abgemacht, dass nur Gespräche für Oscar Edenberger auf den Apparat ins Hotel gelegt wurden.

Edenberger nahm den Hörer ab.

Ja, ich höre, sagte er und gab Ellen mit den Augen ein Zeichen.

Alle hielten den Atem an.

Ellen drückte eine Taste – eine Stimme, zu tief und zu rau für eine normale Männerstimme:

… *Sie haben einen Agenten aus Sydney einfliegen lassen, ich sage Ihnen, der Agent fliegt augenblicklich zurück* (Der Sprecher schreit.), *Abflug neunzehn Uhr zwanzig* (Edenberger schaut Mathul fragend an – Mathul greift in die Innentasche seines Jacketts und gibt mit dem Kopf ein Zeichen) –

Ich habe Sie eben nicht gut verstanden, bitte wiederholen Sie noch einmal –

(Der Sprecher schreit.) *Du hast mich sehr gut verstanden, du willst mich wohl –* Edenberger ließ sich nicht einschüchtern und sagte tapfer ein zweites Mal:

Ich habe Sie eben nicht gut verstanden, bitte wiederholen Sie noch einmal –

Mathul schaltet die Lautsprechanlage aus – schiebt mit einer schnellen Bewegung etwas über den Hörer – für ein paar Sekunden ein sirrender Ton, scharf und mit ungleichen, ganz kurzen Unterbrechungen – die Anwesenden spüren einen stechenden Schmerz in den Ohren, im Kopf – eine halbe Minute Stille – Mathul legt den Hörer auf – wischt sich den Schweiß.

Bleierne Stille.

Der Lärm der Straße wurde hörbar, Autos, die anfuhren, weil die Ampel auf Grün schaltete, rumpelnde Omnibusse, eine Sirene mit Dopplereffekt.

War es das?

Und was kommt jetzt?

Mathul saß zusammengesunken da. War er erschöpft oder dachte er nach?

Mathul zu Edenberger: *Sie haben, so sagten Sie, gute Beziehungen zum Polizeipräsidenten.*

Die besten.

Rufen Sie ihn bitte an und sagen Sie ihm, er möge veranlassen, dass ihm alle Personen gemeldet werden, die in bewusstlosem Zustand in eine Klinik eingeliefert werden. Das gilt für die nächsten achtundvierzig Stunden. Sagen Sie, es handle sich möglicherweise um einen Ihrer Verwandten – oder was Ihnen sonst dazu einfällt.

Ellen griff in ihr Handtäschchen und legte sich eine Aspirin-Tablette auf die Zunge.

Ich vergaß zu erwähnen, sagte Mathul, *dass Sie möglicherweise Nebenwirkungen des Telefonats zu spüren bekommen.*

Und wie auf Kommando streckten die beiden anderen die geöffnete Hand über den Tisch. Mathul lachte. *Geben Sie mir auch eine Ihrer Tabletten.*

Sein Blick ging über den Tisch und blieb an dem Kinderfoto hängen. Er nahm es in die Hand und sah in ein helles Mädchengesicht.

Wieder verging Zeit.

Trägt Ihre Tochter einen Zopf? Edenberger nickte.

Wo, ich meine bei welcher Gelegenheit, fiel Ihre Tochter in die Hände der Verbrecher?

Morgens kurz nach halb acht. Sie war auf dem Weg zur Schule. In einer unbelebten Straße.

Ich brauche frische Luft und Bewegung, sagte Mathul. *Gibt es in der Nähe einen Park?*

Komm, Robert, wir gehen zusammen. Der Schulfreund packte ihn am Arm.

Kurz vor Mitternacht meldete sich der Polizeipräsident bei Edenberger.

Hallo, Oscar, bist du noch wach? Aus Wellington bis jetzt keine Meldungen. Ich hatte auch die Krankenhäuser der Region informiert, und eben ist eine Nachricht eingegangen, die ich dir weitergebe. Ein Mann jenseits von fünfzig wurde in bewusstlosem Zustand eingeliefert, vermutlich Gehirnschlag, in seiner Begleitung ein junger Mann, der keine weiteren Angaben machte. Zur Feststellung der Personalien habe ich den diensthabenden Inspektor losgeschickt.

Halte mich bitte auf dem Laufenden, sagte Edenberger, *zu jeder Tages- und Nachtzeit.*

Da ist noch etwas. Der Polizeipräsident hustet sich die Stimme frei. *Oscar, lass uns offen miteinander reden. Es geht dir bei dem Notfall nicht um irgendeinen Verwandten, es geht dir … ich will es kurz machen, deine Frau … in ihrer Verzweiflung … sie hat mich informiert. Ich hoffe nur, der deutsche Professor hat die richtige Antwort auf dein Problem.*

Der Polizeipräsident machte eine Pause. *Du sollst wissen, dass ich mit dem ganzen Polizeiapparat von Wellington Gewehr bei Fuß stehe.*

Danke.

Mathul lag angekleidet auf dem Bett im Gästezimmer des Apartments, konnte die Unruhe, die ihn umtrieb, nicht bändigen.

Hatte er zu große Hoffnungen bei den Leuten geweckt? Eine Gewissheit suggeriert, die er nicht geben konnte?

Man nehme nur den Fall, dass sich der Telefonpartner nicht in klinische Behandlung begibt. Oder dass der Behandelte keine Angaben zum Verbleib des Kindes macht. Oder dass er gar nicht in der Lage ist, Angaben über den Verbleib zu machen.

Was dann?

Mathul wälzte sich hin und her.

Er stand auf, entkleidete sich und stellte sich unter die Dusche.

Wasser.

Er ließ es warm und kalt über seinen Körper strömen, fünf Minuten, zehn Minuten.

Nur Wasser.

Ohne sich abzutrocknen, legte er sich ins Bett.

Ich will das Kind retten, ich muss es retten.

Ich will und ich muss.

Entschlossen und verzweifelt liefen diese Wörter wie ein Schriftband durch sein Gehirn.

Ich will und ich muss.

Der nächste Tag begann mit einem ungewöhnlichen Besuch. Mathul hatte die Morgentoilette beendet und wollte eben das Zimmer verlassen, um mit Edenberger zu frühstücken.

Da klopfte es.

Ja, bitte.

Entschuldigen Sie die frühe Störung, Professor Mathul.

Wilson mein Name. Ich bin Chef der Polizei dieser Stadt. Ich weiß, dass Sie sich der Familie Edenberger angenommen haben. Wilson zog ohne Umstände einen Stuhl heran und setzte sich.

Ein großer, kräftiger Mann, etwas übergewichtig und allem Anschein nach nicht mehr weit von der Pensionsgrenze entfernt.

Hat Sie Edenberger gestern noch informiert?

Sie meinen wegen des Mannes in Ellinghouse?

So viel jedenfalls scheint festzustehen, der Mann, der in das Elisabethen-Hospital von Ellinghouse eingeliefert wurde, ein gewisser

Paddington, Thomas Paddington, ist mit hoher Wahrscheinlichkeit der Entführer der kleinen Sophia. Oder hat damit zu tun. Nur, der Mann spricht nicht. Er liegt im Koma. Und es ist nicht abzusehen, wann er zu sich kommt und ob überhaupt.

Mathul: *Und der andere, der jüngere?*

Wilson schnaubte durch die Nase:

Ja, der. Als er unseren Inspektor kommen sah, sprang er ins Auto. Die Suche nach ihm läuft.

Wilson streckte sein rechtes Bein aus und zog sein linkes heran. Die Sache hat eine pikante Note.

Er kaute an seiner Unterlippe.

Unser Freund Edenberger ist nämlich mit diesem Paddington verwandt. Eine Cousine Edenbergers ist Paddingtons Frau, und früher einmal, das liegt jetzt Jahre zurück, war er sogar Edenbergers Kompagnon. Die beiden haben sich, wie das so geht, im Streit getrennt. Paddington ging nach Sydney und hat sein Glück mit Spielsalons versucht. Es scheint nicht gut um ihn zu stehen.

Und das Kind? Wo ist Sophia?

Eine Polizeistreife ist auf dem Weg zu Paddingtons Wohnung. Ich glaube nicht, dass sie das Mädchen dort finden werden. Vielleicht aber gibt es Hinweise auf das Versteck.

Wilson erhob sich und stellte den Stuhl zurück.

Warum ich Ihnen das erzähle? Die Anwälte Paddingtons werden sich auf den mysteriösen Unfall stürzen und keine Ruhe geben.

Mathul: *Sollen sie doch. Der Mann ist ein Kidnapper, ein Hochkrimineller. Sich an einem Kind zu vergreifen, noch dazu am Kind eines Verwandten. Ich kann mir kaum etwas Verwerflicheres denken.*

Wilson verzog sein Gesicht und winkte ab.

Ich muss Sie, lieber Professor, doch nicht darüber belehren, dass auch ein solcher Mensch nur mit, wie soll ich sagen, statthaften Mitteln zur Strecke gebracht werden darf. Wie wollen Sie oder Edenberger dem Gericht erklären, dass Paddington ausgerechnet beim Telefongespräch mit Ihnen vom Schlag getroffen wurde?

Wie dem auch sei. Ich bin gekommen, Ihnen einen Rat zu geben. Ich kann nicht verhindern, dass das Gericht morgen oder übermorgen eine Durchsuchung Ihres Gepäcks anordnet und peinliche Fra-

gen stellt. Mein Rat also, reisen Sie ab, reisen Sie noch heute ab, noch heute Vormittag.

Mathul schaute entgeistert.

Was? Ich soll mich davonmachen, Hals über Kopf? Das kann doch nicht Ihr Ernst sein. Haben wir die Rollen getauscht? Bin ich jetzt der Kriminelle?

Die Farbe wich aus Mathuls Gesicht, die Hände steckten steif in seinen Taschen; den Blick starr auf Wilson gerichtet, ging er einen Schritt auf ihn zu.

Ja, schrie er, *ich habe dem Verbrecher eine vor den Latz geknallt, ja, ja, ja, ich habe es getan, und ich habe getan, was jeder anständige Mensch getan hätte. Ob mit der Faust oder mit wasweißich, das spielt doch keine Rolle. Ich habe ihn dazu gebracht, den Hörer kräftig ans Ohr zu drücken, damit er eine Kräftige abbekommt, und er hat sie abbekommen. Mein DING funktioniert. Und darauf bin ich stolz.*

Das alles schrie Mathul auf Deutsch, und Wilson konnte nur ahnen, was er meinte.

Und ich würde es wieder tun, jederzeit und sofort.

Mathul war außer sich.

Wilson betrachtete ihn mit den Augen eines Polizisten, dem Auftritte solcher Art nicht unbekannt sind. Dann ging er langsam auf ihn zu und legte ihm die Hand auf die Schulter.

Mathul ließ es geschehen. Wilson fast flüsternd: *Ich will, dass der Erfolg Ihres Einsatzes nicht in Frage gestellt wird und dass Sie in unserem Land keine Unannehmlichkeiten bekommen. Das ist alles.*

Mathul gewann seine Ruhe zurück. Er löste sich von Wilson und trat ans Fenster. Im Blick auf die Parkanlage begann er seine Situation zu überdenken.

Früh hatte er in der Wissenschaft gelernt, den point of view zu wechseln, schnell zu wechseln. Das war ihm, täglich praktiziert, in Fleisch und Blut übergegangen. Seine Gedanken sprangen von Wellington nach Darmstadt zur Technischen Hochschule.

Alles in ihm sträubte sich, den Platz zu räumen. Das wäre doch, als fühlte er sich schuldig.

Langsam drehte er sich um und sagte einen Namen. Der Name, allein und isoliert, schien nicht in die aktuelle Situation zu passen. Er sagte: *Sophia.*

Nach einer Weile fügte er hinzu: *Ich möchte Sophia sehen, ich möchte das Mädchen Sophia seinen Eltern zurückgeben, das war mein Auftrag.*

Wilson fuhr unbarmherzig dazwischen.

Wenn Sophia am Leben ist, werden wir sie finden und zu ihren Eltern bringen. Da dürfen Sie unbesorgt sein. Und Sie, Professor, werden das Kind, wenn alles gut geht, in Deutschland vor Augen haben. Sie werden Bilder von Sophia bekommen und Filme von der Rückkehr Sophias zu ihren Eltern. Und Sie werden im fernen Deutschland alles noch und noch einmal erleben. Genügt das nicht?

Mathul: *Nein, das genügt nicht.*

Wilson wurde energisch.

Ihre Maschine geht, er schaute auf die Uhr, *genau in drei Stunden. Ich begleite Sie an den Airport.*

Er stellte sich an die Tür wie ein Wachtposten.

Und Mathul?

Mathul stand starr.

Nach einer Weile kam Bewegung in ihn.

Seine Hände griffen nach der Wäsche, nach den Toilettensachen, den Büchern, Zeitschriften, Schreibutensilien und steckten sie in die Reisetasche. Es waren Handlungen aus dem Rückenmark.

Er griff nach dem DING, das er wieder in die Innentasche seiner Jacke steckte und dachte an die elektronische Kontrolle und dass es gut wäre, wenn der Polizeipräsident bei der Abfertigung dabei wäre.

Eine Viertelstunde.

Mathul war reisefertig.

Wilson nahm ihm die Tasche ab, als sie das Zimmer verließen, Wilson öffnete die Türen, Wilson bediente die Knöpfe am Lift, Wilson ließ ihm den Vortritt. Als wäre er, der deutlich Ältere, sein Adjutant.

Im Taxi sagte er beiläufig, er habe Edenberger und den

Schulfreund benachrichtigt und solle herzliche Grüße von ihnen bestellen. Mathul hörte die Worte.

Im Restaurant des Airports war ein Tisch reserviert.

Sie haben eine weite Reise vor sich, Professor Mathul, und noch nicht gefrühstückt. Was darf ich für Sie bestellen, Tee oder Kaffee?

Ein Kellner kam, aber statt die Bestellung aufzunehmen, bat er den Polizeipräsidenten ans Telefon. Es dauerte einige Zeit, bis Wilson zurückkam. Er hatte ein gerötetes Gesicht und große Mühe, an sich zu halten.

Er schaute auf die Uhr, mehrmals.

Es könnte doch tatsächlich sein, wandte er sich an Mathul, *dass Sie den Flieger versäumen.*

Mathul: *Wie? Die Formalitäten sind erledigt, und noch über eine halbe Stunde Zeit.*

Wilson schaute zur Eingangstür des Restaurants. Plötzlich stand er auf.

Durch die Tür trat ein Mann, den Hut tief ins Gesicht gezogen. An seiner Hand ein Kind, ein junges Mädchen.

Wilson: *Professor Mathul, Sie wollten vor Ihrer Abreise noch die Sophia Edenberger sehen. Hier ist sie.*

Edenberger kam mit seiner Tochter auf sie zu und trat an den Tisch.

Da stand ein Kind, ein Mädchen, und schaute mit großen Augen auf Mathul.

Weiß Gott, was man ihr alles von ihm erzählt hatte. Sie schaute zu ihm auf. Dann ging sie um den Tisch herum, gab ihm die Hand und machte einen Knicks, machte tatsächlich einen Knicks und sagte ›*Danke*‹ auf Deutsch, ›*Danke, Herr Mathul*‹.

Mathul sah in ihr Gesicht, das über einem kleinen weißen Kragen schwebte, sah den Zopf, der beim Knicks nach vorne gebaumelt war, und das Leinenkleid, das bis zu den Waden reichte. Alles das kannte er. Und war doch ganz anders.

Sophia.

Das war mehr als ein Name und mehr als die Trägerin eines Namens.

Wie kommt es, fragte er, *dass ich dich noch sehen und begrüßen kann?*

Sophias Befreiung, schaltete sich der Vater ein, *ist eine eigene Geschichte.*

Ich sagte doch, wandte sich Wilson an Mathul, und ein breites Grinsen lag auf seinem Gesicht, *Sie werden wahrscheinlich den Flieger versäumen.*

Der nächste geht, Wilson schaute auf seine Uhr, *am späten Nachmittag.*

5

Pavel wartete in der kleinen Ankunftshalle des Flughafens von Venedig. Das Flugzeug aus Milano war im Anflug, nach zwanzig Minuten schritten die ersten Passagiere durch die Sperre, unter ihnen Mathul mit kleinem Gepäck, den Mantel über der Schulter.

Pavel saß am Steuer und fuhr die vierzig Kilometer von Venedig zur TERME NERONIANE in mäßigem Tempo.

Mathul: *Das Kind den Eltern zurückgegeben, die Abreise aus Wellington ohne gerichtlichen Einspruch, das DING durch alle Kontrollen gebracht. In vier Tagen.*

Und der Kidnapper?

Weiß ich nicht. Leute dieses Kalibers sind zäh wie Katzen.

Und die Spesen?

Edenberger wird es in Ordnung bringen.

Noch zweiunddreißig Kilometer zu den TERME NERONIANE.

Pavel hüstelte: *Wie man hört, gibt es in Neuseeland schöne Frauen. Europäische Einwanderer und dunkle Maoris, interessante Mischung.*

Mathul sah gedanklich die dunkelhäutige Ellen vor sich, ihre schwarzen Augen, den fein gezeichneten Mund, die Art, den Kopf zu heben und aufzuschauen.

Ja, bestätigte Mathul, das Bild Ellens vor Augen, *auf Neuseeland gibt es schöne Frauen.*

Pavel dachte an die Dame, die ihn im Park der TERME NERONIANE nach Professor Mathul gefragt hatte. Und da er, Pavel, von ihr nicht sprechen konnte, nahm er den Umweg über die neuseeländischen Frauen. Die Frau im Park war eine schöne Frau, und Pavel stellte sich vor, wie es wäre, den beiden – seinem Boss und der schönen Frau mit dem spinnwebenleichten Sommerhut – im Park der TERME NERONIANE zu begegnen.

Noch zwanzig Kilometer.

Über Frauen hatten sie noch nie miteinander gesprochen. Frauen hatten nichts mit den Sachen zu tun, die zwischen ihnen verhandelt wurden. Neben dem Beruflichen nur das gelegentliche Hast-du-gut-geschlafen? oder: Bist-du-erkältet? oder: Einen-Cognac-für-dich-und-mich?

Die Frage nach Frauen war keine Frage zwischen ihnen.

Doch Mathul hatte reagiert. Ja, auf Neuseeland gibt es schöne Frauen, hatte er gesagt.

Es war also nicht anstößig, mit Mathul über Frauen zu sprechen, und Pavel wollte sogar herausgehört haben, dass Mathul nicht ungern weiter gesprochen hätte.

Sollte er von der schönen Frau im Park der TERME NERONIANE berichten, und dass er sie noch ein zweites Mal getroffen habe?

Das war vor zwei Tagen. Wieder saß die Dame auf der gelben Hollywoodschaukel vor dem Hotel, und als er nach dem Abendessen zu Hermann und Dorothea ins Laboratorium eilte, stand sie auf, ging auf ihn zu und gab ihm einen Zettel mit einer Telefonnummer. *Rufen Sie mich an, wenn Professor Mathul zurück ist*, und sagte es mit solcher Bestimmtheit, dass Pavel mit *Aber gern* reagierte.

Und ärgerte sich nachher über seine Beflissenheit.

Noch zehn Kilometer.

Die schöne Frau mit dem spinnwebenleichten Sommerhut im Park von TERME NERONIANE ging Pavel nicht aus dem Kopf. In einer allgemeinen Form wäre es vielleicht möglich, von ihr zu sprechen.

Er sagte: *In den TERME NERONIANE gibt es auch schöne Frauen.*

Und kaum gesagt, wusste er, dass es daneben war, weit daneben, nicht wegen der Frauen, sondern wegen der Art, von ihnen zu sprechen. Und bekam die Quittung.

Kann man dich nicht vier Tage allein lassen? Da geht man seiner Arbeit nach, und er, der Pavel Urbaňek, hat nichts anderes zu tun, als die Weiber zu taxieren.

Der Wagen rollte unter den aufgespannten Baldachin des Hotels.

Pavel stellte den Motor ab.

Zwei Spezialisten für Oxygen-Zentrifugen haben sich angemeldet, berichtete er, *der eine von Siemens, der andere von Aero-Space.* Der Siemens-Ingenieur sei bereits da und wolle morgen früh ins Fango.

Mathul wollte an der Rezeption vorbei auf sein Zimmer.

Buona sera professore, rief ihm Federico zu, *ist die Reise glücklich verlaufen, freue mich, Sie gesund wiederzusehen. Es gibt eine Menge Post für Sie*, er griff in das Fach 219 und übergab einen Stapel Briefe.

Grazie.

Mathul musterte die Briefe im Hinaufgehen. Obenauf ein eingeschriebener Brief aus San Sebastian und zwei E-Mails vom gleichen Absender. Er legte die Briefe auf den Tisch, zog die Gardinen zurück, öffnete das Fenster, atmete tief und blickte auf das Rondell mit den kannelierten Säulenstümpfen inmitten des brennendroten Rosen-Kelims.

Schön, wieder hier zu sein.

Er sah Pavel vom Parkplatz kommend seinen Weg um das rosenbesetzte Rondell nehmen.

Wie kommt er dazu, mit mir über Frauen zu sprechen?

Mathul ließ sich in einen Sessel fallen, weich und mit Armlehnen.

Meine Distanz zu Pavel hat Gründe, die mit meiner Sicherheit zu tun haben, aber auch persönliche Gründe. Seine immer kalten, schweißigen Hände und seine Muskelfülle. Seine Nähe, dauerhaft, ginge mir auf die Nerven.

Was nicht heißt, dass ich ihn nicht schätze. Hoch schätze. Er ist geschickt, hat intelligente Finger, packt etwas an, dreht es, wendet es, findet eine Lösung. Und hat Bärenkräfte. Ich weiß, dass er Übungen macht, täglich, mit dem Expander.

In einem Münchner Biergarten, ich erinnere mich, wurde ich von zwei Betrunkenen angepöbelt, handgreiflich. Pavel machte kurzen Prozess und legte sie aufs Kreuz. Beide. Nein, über den Pavel lasse ich nichts kommen.

Wie war es, als du heute durch die Absperrung gegangen bist und Pavel dir die Reisetasche abnahm?

Ja, ich habe mich gefreut, als ich ihn sah. Pavel, das ist Verlässlichkeit.

Mathul stand auf und ging ans Fenster.

Eben darum hat es mich gestört, dass er die unsichtbare Grenze, die ich und er gezogen haben, überschritten hat. Ja, er hat sie überschritten. Was sollte diese Frage nach den Frauen? Ich kam aus China, aus Taiwan, aus den Staaten und von sonstwo, und nie diese Frage.

Mathul drehte sich um, ging zum Tisch und griff nach dem eingeschriebenen Brief aus San Sebastian. Er hielt den Brief in der Hand und blieb stehen. Blieb mit dem ungeöffneten Brief in der Hand stehen und schaute auf die Tür, die ins andere Zimmer führt.

Das war schon eine komische Sache. Kurz vor der Wende. Ende der achtziger Jahre.

Komme mit meinem Wagen von einem Vortrag an der Karls-Universität in Prag, mache, es wird schon Abend, Station in Rokycany bei Pilsen, kleiner Imbiss in einer frisch eröffneten Bar, fahre weiter, komme anstandslos über die Grenze bei Waidhaus und höre nach einigen Kilometern, so in der Gegend von Pleystein, merkwürdige Geräusche, halte in Vohenstrauss, öffne den Kofferraum, und heraus steigt ein junger Mann, reichlich zerknittert, stößt *Entschuldigung* hervor und nochmals *Entschuldigung* und *Bitte, entschuldigen Sie*, und das in gut artikuliertem Deutsch. *Ich heiße Pavel*, sagte er, und es folgte ein weiterer Name, unverständlich, und noch einmal Pavel plus unverständlich. *Ich war seit Rokycany in Ihrem Wagen als Passagier und blind.*

Sie meinen als blinder Passagier.

Ja, blinder Passagier.

Er lachte schüchtern.

Es war etwa 21 Uhr, Mitte Oktober, und schon ziemlich kalt.

Soll ich den Burschen auf der Straße stehen lassen, soll ich zur Polizei mit ihm, was soll ich tun?

Haben Sie Ausweispapiere? frage ich.

Er zieht seinen Pass aus der Tasche, einen tschechischen Pass, jetzt kann ich seinen Namen lesen. Und lese: Pavel Urbanek.

Kommen Sie, sage ich.

Wir gehen zum nächsten Gasthof, er heißt ›Zum frommen Landsknecht‹, das habe ich mir gemerkt. *Herr Urbanek möchte hier übernachten*, sage ich zum Wirt, *hier ist sein Pass, wie viel kostet eine Übernachtung mit Frühstück, dreißig Mark, hier sind fünfzig, den Rest kriegt Herr Urbanek.*

Ich gebe ihm die Hand und steige die Treppe hinunter zur Straße. Will zu meinem Wagen.

Pavel hinter mir.

Sie hätten mit mir Unannehmlichkeiten haben können an der Grenze, sagt er, *und jetzt, Sie zahlen mir auch noch die Übernachtung. Wie kann ich mich ...?*

Schon gut, sage ich und öffne die Tür zum Wagen.

Er gibt nicht auf.

Ich bin Maschinenschlosser, habe bei Skoda in Pilsen gelernt, Maschinenschlosser mit Meisterbrief.

Der Bursche ist hartnäckig. Mir gefällt, wie er die Strähne, die er zu fassen bekam, festhalten will.

Wenn Sie Hilfe brauchen, sage ich und gebe ihm meine Visitenkarte.

Du meine Güte, schon längst Abendessenszeit.

Mathul legte den Brief aus San Sebastian ungelesen zurück auf den Stapel, streifte die Kleider ab, stellte sich unter die Dusche, holte ein cremefarbenes Hemd und einen dunklen Anzug aus dem Schrank, Krawatte rotgemustert, posierte vor dem Spiegel.

Er steuerte im Speisesalon auf seinen Platz zu.

Was? Ein Strauß gelber Rosen auf meinem Tisch. Langstielige, gelbe Rosen.

Er winkte dem Saalchef.

Die Rosen sind eine Order von weit her, so viel kann ich verraten und spitzte seinen Mund.

Lassen Sie mich raten, Antonio. Aus Übersee?

Antonio geheimnisvoll: *Die Antwort darauf würde meine Kompetenzen überschreiten.*

Antonio dienstlich: *Mein Herr, ich habe für Sie ein Fischgericht zurücklegen lassen, darf ich die Zahnbrasse servieren?*

Mathul zog die Augenbrauen hoch und legte die Leinenserviette bereit.

Er schaute in die Runde. Einige Gäste hatten das Abendessen bereits beendet und waren im Aufbruch. Auch Pavel, zwei Tischreihen entfernt, hatte sich erhoben. Er ging an den Tisch mit dem Jungen und der weißhaarigen Dame, deutete eine Verbeugung an, die alte Dame machte eine einladende Geste, und Pavel setzte sich zu ihnen. So gut also verstand er sich schon mit diesen Leuten.

Die Rosen.

Langstielige, halbgeöffnete, gelbe Rosen.

Mathul bog eine Blüte zu sich her und roch daran. Ein feiner, kaum wahrnehmbarer Duft. Wer hatte die Order gegeben? Würde mich schon interessieren. Von weit her, hatte Antonio gesagt. Weit her ist viel.

Die Brasse, nach Müllerin Art goldbraun gebacken, kam angeschwommen.

Bitte stellen Sie ein Tischchen bei, bat er den Cameriere, *und darauf die Rosen.*

Der Saalchef Antonio stand hinter ihm: *So muss es sein, die Brasse hier, die Rosen da. Aber beides, Blumen und Brasse, gehört zum Leben. Ist es nicht so, Signor Mathul?*

Und immer einer, der das auch erklären kann. Ist es nicht so, Signor Antonio?

Antonio deutete eine Verneigung an.

Mathul ging ans Werk, die Gräten freigelegt, das weiße

Fleisch der Brasse, duftend gewürzt, zur Seite geklappt und stückweise auf die Gabel gehoben, dazu einen Verdicchio. Mathul drückte das weiße, gewürzte Fleisch an seinen Gaumen.

Da traf ihn der Blick des Jungen. Er und die weißhaarige alte Dame verließen den Speisesalon. Im Hinausgehen schaute der Junge zu ihm herüber und blieb einen Augenblick stehen.

Was interessiert ihn?

Die gelben Rosen?

So alt wie dieser Junge könnte der gekidnappte Junge in San Sebastian sein.

Mathul griff sich an den Hals.

Kann ich denn nicht wie andere Leute in Ruhe zu Abend essen?

Er hatte weißes Fleisch auf der Gabel, sah das Glas mit Verdicchio vor sich, aber das Verzehren und Genießen war dahin.

Den Fisch aß er schnell, die Beilagen rührte er nicht an. Er legte das Besteck zur Seite, nahm einen Schluck Verdicchio, wischte sich den Mund und stand auf.

Mathul trat in sein Zimmer und begann den Brief zu lesen.

Es klopfte.

Pavel trat ein.

Der Ingenieur von Siemens hat mitbekommen, dass der Professor da ist. Er wartet im Foyer. Was soll ich ihm sagen?

Mathul schaute auf.

Sag ihm, dass ich in San Sebastian bin und erst morgen früh zurück.

Pavel lachte.

Gut, also morgen nach dem Fango. Sagen wir um neun.

Pavel ging in sein Zimmer, zog den Zettel mit der Telefonnummer aus der Tasche und tippte sie ein.

Vanessa hob ab.

Ja?

Sind Sie die Dame, die mich im Park der TERME NERONIANE…

Ja, bitte sprechen Sie.

Ich wollte Ihnen sagen, dass Professor Mathul wieder im Hause ist.

Oh, ich danke Ihnen sehr.

Und ich möchte Ihnen sagen, dass ich für weitere Informationen nicht zur Verfügung stehe.

Nein, nein, nein, ich werde Sie nicht weiter bemühen. Haben Sie vielen Dank.

Vanessa legte auf.

Jetzt wird es ernst.

Sie hatte alles genau durchdacht, aber jetzt, das Herz schlug ihr im Hals, und sie wusste nicht, ob es klug war, was sie vorhatte.

Der Countdown lief.

Sie selbst hatte ihn eingestellt.

Am nächsten Morgen, kaum hatte der Cameriere die gelben Polster aufgelegt, saß Vanessa auf einer der Hollywoodschaukeln am Rondell der TERME NERONIANE. Sie war der einzige Gast auf der langen Reihe der gelben Sitzgelegenheiten.

Ein herrlicher Tag stieg herauf, ein Tag im letzten Drittel des Mai.

Die Sonnenstrahlen drangen durch das Blattwerk der Bäume und warfen undeutliche Scherenschnitte auf den Rasen des Rondells.

Der Park – eine singende und zwitschernde Voliere.

Vanessa trug ein Seidenkleid, zart und bunt, für die morgendliche Stunde fast zu leicht, die tarnende Sonnenbrille und den ›Corriere Della Sera‹ vor dem Gesicht.

Die Luft kam in warmen Wellen von den Kieswegen und dem Gemäuer des Hotels. Aber über ihren Rücken liefen kalte Schauer.

Den Mann wieder zu sehen, mit ihm zu sprechen, der sie vor über zehn Jahren verlassen hatte und an den sie, sie konnte es sich nicht erklären warum, noch immer dachte.

Sie las in der Zeitung, las keine Zeile, kein Wort, hatte über den Zeitungsrand hinweg nur den Ausgang des Hotels im Auge. Nach dem Frühstück, hatte sie sich sagen lassen, laufe Mathul für gewöhnlich ein paar Runden durch den Park. Da wollte sie auf ihn zugehen und – *Ich begleite dich eine Runde*, wollte sie sagen, *wenn du willst.*

Sie schaute auf die Uhr, zwanzig nach acht.

Gäste kamen und setzten sich in die behäbigen Korbstühle, breiteten Zeitungen aus und versanken darin. Zigarettenwölkchen stiegen auf. Die weißen Türen der kleinen Balkons öffneten sich, Menschen blinzelten in die Sonne.

Der Tag nahm das Haus in Besitz.

Hinter einer der weißen Türen waren auch Luc und Liz. Die Oma hatte einen späten Fango-Termin, das wusste Vanessa, also lag sie noch im Bett und schwitzte sich die Fango-Hölle aus dem Leib. Und Luc in einem zerwühlten Bett daneben auf dem Bauch, lesend.

Lucs Lehrer in der Schule hatten übrigens keine Einwände gegen eine Unterbrechung des Unterrichts gehabt. Er ist den anderen voraus, hatten sie gesagt, was er versäumt, holt er in wenigen Tagen nach.

Sie wollte Robert Mathul heute treffen, mit ihm sprechen, aber auf keinen Fall von Luc oder Tante Liz gesehen werden. Ein schwieriges Unterfangen.

Es war kurz vor neun. Vanessa wurde unruhig. Mathul, und kein Gang durch den Park?

Jetzt erschienen unter dem aufgespannten Baldachin des Hoteleingangs zwei Herrn. Sie blickten sich um, hielten Ausschau nach einem ungestörten Sitzplatz.

Dort drüben, sagte der eine und zeigte mit dem Arm auf eine leere Hollywoodschaukel im Rondell.

Es war Robert Mathul.

Er trug eine helle Hose, dazu ein kurzärmeliges Hemd. Sie erkannte ihn sofort, seine Figur, die Haare, die Bewegungen. Der andere im dunkelblauen Anzug, mit Krawatte, sah dienstlich aus. Mathul und sein Begleiter gingen auf dem Kiesweg um das Rondell; sie hörte, wie der Kies unter ihren Schritten knirschte.

Jetzt war es zu spät, um aufzustehen. Sie zog die Zeitung hoch, die beiden gingen nahe an ihr vorbei, sie sah am unteren Zeitungsrand Roberts Schuhe …

Ich hätte gerne gestern Abend noch mit Ihnen gesprochen, sagte der andere, *vielleicht fehlt für unser Gespräch noch das eine oder andere Dokument, dann hätte ich …* auf der übernächsten Schaukel ließen sich die beiden nieder.

Vanessa drehte ihnen halb den Rücken zu, faltete die Zeitung zusammen, stand auf und ging in die andere Richtung davon. Sie wusste nicht, was sie tun sollte. Auf der Schaukel bleiben konnte sie nicht; zurück in die AUGUSTUS TERME und morgen einen neuen Versuch starten – morgen, da würde wieder anderes dazwischenkommen.

Sie ging in den Park hinein, lief hin und zurück, wählte Wege, die Blicke auf die Schaukel mit den beiden Männern frei gaben, schaute auf die Uhr. Es war zehn Uhr.

Sie wollte, bevor sie ging, noch einmal das Hotel umrunden und kam auf der Rückseite der TERME NERONIANE zu einer Fontana, einem Brunnen, herausgeputzt wie ein Nymphäum aus Tuffsteinen und zerbrochenen Amphoren, von Efeu eingesponnen, romantisch verwildert, mit einer schwer leserlichen Tafel, der zu entnehmen war, dass schon Theoderich, der Gotenkönig, diesem Brunnen große Heilkraft zugesprochen habe, vor allem bei ›mal di stomaco‹, ›mal di fegato‹ und bei ›malattie di reni‹. Ein Heilwasser also.

In der Nähe der Fontana stand ein Tisch mit Trinkgläsern, Vanessa nahm eines und hielt es unter das schwach laufende Rinnsal.

Das Wasser war handwarm und roch nach Schwefel. Sie nahm einen vorsichtigen Schluck, es schmeckte langweilig, und noch einen Schluck, einen kräftigen – von einem Wasser mit so vielfältiger Heilkraft konnte man nicht genug haben. Sie bückte sich ein zweites Mal, füllte das Glas und ging etwas zur Seite, weil hinter ihr der Kies knirschte. Sie trank das Heilwasser sehr bewusst, langsam und in kleinen Portionen. Als sie das Glas zurückstellen wollte, stand ein Mann vor der Fontana, in gebückter Haltung, und hielt sein Glas unter das Rinnsal.

Sie erkannte ihn sofort.

Leidest du an ›mal di stomaco‹ oder ›mal die fegato‹ oder an ›malattie di cuore‹? fragte sie mit weicher Stimme.

Der Mann richtete sich auf und schaute in Richtung Brunnen. Regungslos. Den Kopf leicht geneigt, als ob er einer Melodie, die eben vom Park her an sein Ohr gedrungen war, nachlauschen wollte. Oder kam die Stimme aus dem Brunnen, eine sprechende Quelle, wie man sie aus Märchen kennt? Der Mann stand mit dem Glas in der Hand, regungslos, und schien dem Gehörten nachzulauschen.

Robert, ich möchte dir ›Guten Morgen‹ sagen.

Robert Mathul drehte sich langsam um, jetzt standen sie sich gegenüber, jeder mit einem Glas in der Hand, drei Schritte voneinander.

Guten Morgen, Robert, oder muss ich Buon giorno, Roberto sagen?

Buon giorno Vanessa, hörte sich Robert Mathul sagen, und es wäre ihm schwergefallen, ein Ereignis in seinem Leben zu nennen, in dem Überraschung und Unsicherheit und Staunen so in einen Augenblick zusammenfielen. Und als er auf Vanessa schaute, kam noch Bewunderung hinzu, ja, Bewunderung für diese Frau. Das Gegenlicht löste ihr dünnes Sommerkleid auf und gab ihre Gestalt frei, schlank war sie und jugendlich, das Haar im Gegenlicht wie eine rötliche Aura, auf ihrem Gesicht lag Freundlichkeit, gepaart mit Wachheit und Erwartung.

Du musst das Wasser trinken, sagte sie mit leichtem Spott, *nur so kann es deine Malattien kurieren.*

Mathul führte gehorsam das Glas zum Mund. Er leerte es in großen Zügen.

Ich gehe jeden Tag hierher, mehrmals, sagte er, *das Wasser schmeckt nicht gut, aber es tut gut, meine ich.*

Ich bin Debütantin und warte auf eine gute Wirkung – sie machte eine kurze Pause – *warte auf eine gute Wirkung des Wassers.*

Wenn du Zeit hast und Lust, schlug sie vor, *machen wir eine Runde durch den Park.*

Er reagierte wortlos mit einer leichten Verbeugung.

Sie stellten ihre Gläser zurück und gingen nebeneinander an der Grotte vorbei in den Park.

Pavel, wenn er sie gesehen hätte, sein Boss und die schöne Frau im Park!

Mathul hatte ein Zimmer mit großem Balkon, es gab in der TERME NERONIANE nur wenige Zimmer mit diesem Komfort. Drei Männer hatten sich niedergelassen, der Gastgeber und die Repräsentanten von Siemens und Aero-Space. Der Gastgeber hatte sich verspätet, weil er auf seinem Rundgang länger als geplant im Park geblieben war.

Es war Mittagessenszeit, der Cameriere brachte Platten mit Wurst, kaltem Braten und verschiedenen Salaten und stellte sie auf einen Beistelltisch.

Was wünschen die Herren zu trinken? Einer sagte *Acqua Minerale*, der andere nickte. Sie wollten offenbar, so schien es, einen asketischen Eindruck machen.

Mathul griff in einen kleinen Klappkoffer und holte das Gerät hervor, das er und Pavel KIEMEN nannten. Er hielt es in der Hand und drehte es hin und her. Die beiden anderen neigten sich weit nach vorne und verfolgten gebannt jede Bewegung.

Soweit, sagte Mathul, *sind die KIEMEN gediehen, sie funktionieren einwandfrei, wurden vor wenigen Tagen in diesem Hause erprobt. Ich sage Ihnen, was mir nicht passt. Zum Beispiel die Unförmigkeit. Halb Gasmaske, halb Mundschutz, so wird man sie nicht wollen. Ich jedenfalls nicht. Das Gerät muss klein sein, so klein, dass es, im bestmöglichen Falle, in der Mundhöhle eines Schwimmers Platz hat. Wie das Mundstück eines Schnorchels.*

Mathul schob das Gerät zur Seite.

Die zweite Verbesserung hat mit der Anpassung der KIEMEN an den Sauerstoffbedarf des Nutzers zu tun. Er braucht einmal viel, einmal wenig. Wenn wir atmen, so wie jetzt, holen wir mit jedem Atemzug einen halben Liter Luft in die Lungen, bei Anstrengung sind es eineinhalb Liter. Der normale Schwimmer braucht pro Atemzug etwas mehr als einen dreiviertel Liter Luft, der Leistungsschwimmer zwei Liter. Die Oxygen-Zentrifuge, Mathul klopfte auf das Mundstück der KIEMEN, *muss mitmachen, muss sich den wechselnden Bedürfnissen anpassen.*

Darum geht es. Jetzt, meine Herrn, sind Sie am Zug.

Mathul stand auf, ging zum Beistelltisch und belud seinen Teller mit kaltem Braten und verschiedenen Salaten. Die beiden anderen schauten sich an, nickten sich zu, standen auf und füllten sich ebenfalls ihre Teller.

Als Mathul Acqua Minerale in sein Glas gießen wollte, hielt er die Flasche in der Hand und schüttelte den Kopf.

Nein, sagte er und stellte Flasche und Glas zurück, ging in sein Zimmer und bestellte über Telefon eine Flasche Merlot.

Meine Herrn, lassen Sie es sich schmecken, und wenn Ihnen ein luzider Gedanke kommt, unterdrücken Sie ihn nicht.

Der Cameriere erschien, und jeder bekam Wein.

Alla salute, sie hoben die Gläser.

Aero-Space – er belegte sein Brot mit Mortadella –, *meine Firma, hat für die Ausrüstung von Piloten in Höhenflugzeugen eine ähnliche …*

Das Telefon in Mathuls Zimmer läutete. Mathul machte eine abweisende Handbewegung. *Mittagessen, pranzo,* sagte er, *was meinten Sie eben?*

Der Mann von Aero-Space setzte nochmals an, da erschien Alfredo unter der Tür. *Signor Mathul, kann ich Sie kurz sprechen?*

Mathul stand auf und ging auf Alfredo zu, der rückwärts ins Zimmer auswich. Sie sprachen leise miteinander.

Mathul kehrte zu den Ingenieuren zurück. *Meine Herren*, sagte er, *ich werde unten an der Rezeption verlangt, bitte bedienen Sie sich*, er wies auf den Beistelltisch.

Alfredo ging voran, Mathul folgte. Sie stiegen hintereinander die Treppe hinunter, und nach der letzten Biegung sah er neben drei aufeinandergeschichteten Koffern Ellen stehen und gleich daneben Edenberger mit seiner Frau und der kleinen Sophia.

Das nenne ich eine Überraschung, rief Mathul und ging mit ausgestreckten Armen auf Sophia zu und drückte sie an sich, dann begrüßte er ihre Eltern und als letzte Ellen.

Nach all den Aufregungen haben wir uns entschlossen, eine Europareise zu machen, sprudelte Edenberger heraus, *und hier in Italien, in den TERME NERONIANE, bei unserem Freund Mathul machen wir den Anfang. Und siehe da, heute Morgen, so sagte mir der Rezeptionist der TERME NERONIANE, sind zwei Zimmer frei geworden, zwei nebeneinanderliegende Zimmer. Fehlte noch unser Freund Mathul, und den haben wir jetzt auch.*

Bleiben wir ein paar Tage?

Er schaute in die Runde und sah in zustimmende Gesichter.

Es erhebt sich, wie ich sehe, kein Widerspruch.

Lassen Sie unser Gepäck, er wandte sich an Federico hinter dem Tresen, *auf die Zimmer bringen.*

Was kann ich für Sie tun? fragte Mathul.

Im Augenblick nichts. Sophia muss erst mal tüchtig schlafen, auch meiner Frau und mir werden ein paar Ruhestunden gut tun. Und du, Ellen?

Ich werde Sophia zu Bett bringen und unsere Sachen auspacken, und dann, ich weiß noch nicht, vielleicht steige ich in die Therme oder spaziere durch den Park oder schaue mich in der Gegend um.

Wir sehen uns also zum Abendessen, resümierte Mathul und wandte sich Federico zu: *Für heute Abend und die nächsten Tage bitte einen Fünfertisch.*

Einen Fünfertisch im Speisesalon, sehr wohl, Professore.

Mathul, als er in sein Zimmer zurückkehrte, sah, dass sich einer der beiden Ingenieure die KIEMEN übergestülpt hatte und auf der Terrasse herumspazierte. In aller Öffentlichkeit. Diese Eigenmächtigkeit brachte ihn auf. Er ging auf ihn zu und packte ihn am Arm.

Nehmen Sie das sofort ab, sagte er scharf.

Der Angesprochene begann hastig damit, die KIEMEN vom Kopf zu ziehen: *Ich wollte ein Gefühl bekommen für …* versuchte er sich zu rechtfertigen.

Mathul nahm die KIEMEN an sich und tat sie zurück in den kleinen Klappkoffer. Als er sich aufrichtete, sagte er: *Ich habe Ihnen meine Zielvorstellungen genannt und erwarte Ihre Angebote.* Ohne ihnen die Hand zu geben komplimentierte er sie zur Tür hinaus.

Wenig später verließ Mathul sein Zimmer. Über einen Seitenausgang des Hotels trat er ins Freie, der Weg führte ihn zur Fontana mit dem heilbringenden Wasser. Er trank ein Glas von dem handwarmen, schwefelig riechenden Wasser und ging weiter in den Park. Wo der Blätterwald am dichtesten war, fand er eine Bank und setzte sich, nein, er legte sich der Länge nach hin, verschränkte die Hände unterm Kopf und schloss die Augen.

Es war in der Mitte des Nachmittags; durch die starke Erwärmung verströmten die Hartlaubgewächse den Duft ihrer ätherischen Öle. Es roch, so kam es Mathul vor, wie in einem deutschen Reformhaus.

Die Bilder des Tages zogen an ihm vorüber, Vanessa am Brunnen mit dem Glas in der Hand, Vanessa im Licht und Schatten des Parks, der Ingenieur mit den übergestülpten KIEMEN, die Edenbergers mit Tochter Sophia, und Ellen, wie sie aufschaute, als er die Treppe herunterkam.

Die Bilder von Vanessa und von Ellen blieben.

Er hatte die letzten Tage intensiv an das dunkelhäutige Mädchen gedacht, fast jeden Augenblick ihres kurzen Zusammenseins hatte er sich vergegenwärtigt; er hatte die junge Frau gespürt, ganz nahe, an seinem Leib. Und heute sah er sie, heute, im Foyer, neben den Koffern stehend, klein und schwarz und schmal, eine exotische Blume, anziehend und sehr fern. Zwanzigtausend Kilometer zwischen hier und Wellington, so viel Entfernung hatte sie mitgebracht.

Und Vanessa?

Sie müsse etwas über Nero schreiben, hatte sie ihm erzählt, oder genauer, etwas schreiben, das über Nero geschrieben wurde. Zu dem Zweck sei sie hier, nicht in den TERME NERONIANE, aber gleich daneben, und ganz zufällig habe sie erfahren, dass auch Robert Mathul hier sei, und da läge es doch nahe, sich wenigstens Guten Tag zu sagen.

Er wollte ihre Stimme hören, nur ihre Stimme, die sanft schwingende Stimme, und fragte nach ihrer Arbeit an der Uni, nach ihren Publikationen, wollte Einzelheiten wissen, gesprochen von der sanft schwingenden Stimme.

Eine Frage blieb ausgespart, die Frage nach ihrem Kind. Beide taten so, als ob es das Kind nicht gäbe. Als ob es des Kindes wegen nie ein Zerwürfnis gegeben hätte.

Zehn Jahre weggewischt.

Den Schein, den schönen Schein festhalten, so lange es ging, und keine störende, keine zerstörerische Frage.

Mathul schreckte auf. War er in der betäubenden Schwüle des Nachmittags eingeschlafen? Er schaute auf die Uhr. Es war Zeit, sich für das Abendessen zu richten.

Als er im dunkelblauen Anzug mit Stecktuch und blaugrüner Krawatte im Speisesalon erschien, standen Edenbergers um ein Schauglas, das im Boden eingelassen war, und bestaunten Mauerreste der zweitausendjährigen neronianischen Therme, gemauerte Wasserbecken und Rohre aus Terracotta sowie Reste von Mosaiken.

Zweitausend Jahre, sagte Sophia, *die Therme ist ja älter als Neuseeland. Die Doppelinsel Neuseeland wurde 1769 von James Cook entdeckt*, sprudelte sie ihr Schulwissen heraus.

Warum lacht ihr?

Zwischen Antipasto und Pasta begann Edenberger zu plaudern. *Unser Freund Mathul, ich darf Sie doch so nennen, hat Wellington so plötzlich verlassen, dass wir keine Gelegenheit fanden, uns angemessen zu bedanken. Auch ein Grund für unser Hiersein.*

Sophia, unterbrach er seine Erklärungen, *bringst du uns vom Büffet ein paar Artischocken?* Und als das Mädchen außer Hörweite war: *Wissen Sie, Mathul, das Kind musste weg von Zuhause, verstehen Sie, eine andere Umgebung, weit weg vom Ort ihrer Ängste und Qualen.*

Seine Frau, eine blasse, hagere Person, meinte: *Ja, das Kind muss auf andere Gedanken kommen.*

Und Ellen, fuhr Edenberger fort, *wollte den europäischen Schamanen unbedingt wiedersehen, der mit einem Telefongespräch den Bösewicht zu Fall gebracht hat. Sie ahnen gar nicht, welchen Eindruck Sie hinterlassen haben. Und Ellen, darf ich das verraten? Sie hatte den Einfall mit den gelben Rosen. Sie war es, meine Ellen*, er verbesserte sich schnell und sagte, *unsere Ellen.*

Ellen hatte während der Suada Edenbergers auf Mathul geblickt, als wollte sie etwas ganz und gar Fremdes und Bestaunenswertes kennen lernen. So mögen die Maori vor zweihundertfünfzig Jahren die Glasperlen betrachtet haben, die ihnen James Cook vor die Füße legte.

Edenberger schob seine Hand auf Mathuls Arm und sagte in vertraulichem Ton: *Und es gibt Schulden. Ich werde Ihnen die zugesagte Summe in bar übergeben.*

Mathul schaute auf Sophia, die mit einem Teller Artischockenherzen zurückkam, aber nicht mit Artischocken allein, sie zog an der anderen Hand einen Jungen hinter sich her, dem dieser Auftritt nicht geheuer war. Das ist der Junge vom letzten Abend, erkannte Mathul, der mich an San Sebastian erinnerte.

San Sebastian!

Da wartet ein Junge, da warten Eltern, setzen Hoffnungen auf mich, und ich sitze da und höre mir nichtssagende Reden an. Er fuhr sich mit der Hand durch die Haare und drehte ein Büschel nervös um seinen Finger.

Sophia hielt den Jungen an der Hand. *Papa*, sagte sie, *du musst ihn fragen, wie er heißt und woher er kommt und wie alt er ist und ob er schon schwimmen kann.*

Luc stand dabei und konnte mit Sophias englischem Redeschwall nichts anfangen. Es war ihm auch peinlich, von einem Mädchen an der Hand herbeigeführt zu werden; er löste sich, fuhr sich aus Verlegenheit durch die Haare und drehte ein Büschel mit der Hand.

Wie gut, dass Antonio kam und die Hand auf Lucs Schulter legte.

Du hast deinen Nachtisch noch nicht gegessen, es gibt Karamellpudding mit Himbeersoße, und er schob Luc zum Tisch der weißhaarigen Dame zurück.

Danke, Antonio.

Draußen zog ein Gewitter auf. Starke Böen schüttelten die Bäume und zerrten ihre Kronen nach allen Seiten. Man sah durch die großen Fenster des Salons, wie der Wind die trockenen Blätter, den Staub und selbst kleine Äste in die Höhe wirbelte. Große Tropfen, oder waren es Hagelkörner?, schlugen an die Scheiben, flächenhafte Blitze und nach kurzer Zeit ein dumpfes Grollen.

Mit einem Mal wurde es dunkel.

Alles schaute gebannt nach draußen auf das wilde Naturschauspiel, und Mathul merkte nicht, dass ihn Alfredo schon ein paar Mal auf die Schulter getippt hatte.

Was gibt's, Alfredo?

Kommen Sie bitte zur Rezeption, una telefonata urgente, ein dringender Anruf für Sie.

Mathul stand wortlos auf, sagte an der Rezeption: *Das Gespräch bitte auf mein Zimmer legen*, ging in sein Zimmer und nahm den Hörer ab. Federico meldete sich: *Ich stelle das Gespräch durch*, sagte er. Nach kurzer Zeit fragte eine Stimme:

Spreche ich mit Professore Mathul?

Mathul hier.

Hier spricht Pablo Martinez aus San Sebastian. Haben Sie, verehrter Herr, unsere Briefe erhalten.

Ich habe sie erhalten.

Und, werden Sie kommen?

Kurze Pause.

Sie müssen kommen, Sie sind unsere letzte Hoffnung. Wir stehen mit den Kidnappern in telefonischer Verbindung, aber mit jedem Mal wird es unwahrscheinlicher, dass wir sie noch hinhalten können. Es geht um unseren Sohn, unseren einzigen Sohn, verstehen Sie!

Draußen prasselte ein Wassersturz nieder, die Dachrinnen konnten das Wasser nicht fassen, es schoss über die Traufe und schlug klatschend auf den Vorplatz. Blitze und Donnerschläge zur gleichen Zeit, das Gewitter stand direkt über den TERME NERONIANE.

In der Telefonleitung knackte und krachte es, die Stimme war schwer verständlich.

Trotz der Störungen bekam Mathul mit, dass sein Gesprächspartner plötzlich sehr aufgeregt war und in einem sich überstürzenden Spanisch weiterredete.

Hallo, Herr Martinez, noch einmal bitte und auf Englisch und langsam.

Martinez zwang sich zur Ruhe und zu kurzen Sätzen in englischer Sprache. Mathul konnte verstehen, dass eben der Sekretär von Martinez ins Zimmer gestürzt war, um mitzuteilen, dass die Kidnapper auf der anderen Leitung seien. Mit einer ultimativen Forderung, wie sie sagten.

Mathul: *Können Sie die Leitung Ihres Sekretärs zu mir durchstellen?*

Martinez: *Natürlich.*

In Mathuls Kopf schossen Antrieb und Hemmung wild durcheinander, am Ende sah er den Jungen aus San Sebastian, so groß etwa wie der Junge am Tisch heute Abend, irgendwo in einem Keller, einer Waldhütte oder einer Bodenkammer, ein Klebeband über dem Mund.

Mathul: *Herr Martinez, ich bin bereit, mit den Kidnappern zu sprechen. Versuchen Sie, das Gespräch mit ihnen noch drei Minuten zu halten, fragen Sie nach der Valuta des Lösegeldes, nach der Stückelung, versuchen Sie, den Betrag herunterzuhandeln, reden Sie mit ihnen, was immer Sie reden wollen, ich brauche Zeit, drei Minuten, und dann, wenn ich mit den Kidnappern spreche, gehen Sie aus der Leitung, ich möchte nicht, dass Sie mein Gespräch belauschen, gehen Sie aus der Leitung. Haben Sie verstanden, Herr Martinez, aus der Leitung gehen!*

Martinez: *Ich habe verstanden.*

Mathul legte den Hörer beiseite und holte aus einem Koffer im Nebenraum das DING.

Draußen tobte das Unwetter, auf die Blitze folgten unmittelbar die Donnerschläge.

Mathul hielt das DING in der Hand, prüfte die Ladung und regulierte die Passform am Hörer. Noch nie hatte er die Schallwaffe auf so große Distanz eingesetzt. Und wenn die Attacke nicht gelang oder nur ungenügend, wie würden die Verbrecher reagieren? Darüber nachzudenken hatte jetzt wenig Sinn.

Mathul: *Herr Martinez, stellen Sie das Gespräch durch und gehen Sie aus der Leitung.*

Martinez: *Verstanden, ich stelle durch.*

Am anderen Ende fragte eine hohe, heisere Stimme, was denn los sei. Mathul sprach ein paar spanische Wörter, die ihm gerade einfielen.

Der andere: *Sprechen Sie gefälligst deutlicher. Ich verstehe Sie nicht.*

Jetzt wusste Mathul, dass der andere den Apparat fest ans Ohr hielt, er drückte das DING auf den Hörer, öffnete den Mund wie ein Kanonier beim Abfeuern der Kanone und schickte die hohen Dezibels in kurzen, arhythmischen Stößen durch die Leitung.

Zur gleichen Zeit schlug ein Blitz in der Nähe ein, das

Licht fiel aus, und der schmerzhafte sirrende Ton, den das DING erzeugte, ging in einem gewaltigen Donnerschlag unter.

Mathul stand mitten im Zimmer und atmete schwer. Nach einiger Zeit legte er den Hörer behutsam auf. Die noch ausstehenden Instruktionen wollte er in einer Viertelstunde an Martinez durchgeben.

Er trat ans Fenster. Der Wind hatte nachgelassen, das Gewitter zog ab und grollte bereits aus einiger Entfernung. Der Regen, immer noch stark, rauschte gleichmäßig nieder.

Da lief vom Eingang des Hotels eine Person hinaus in den Regen und hinüber zum Parkplatz. Wenig später fuhr ein schwerer Lancia vor. Zu zweit trugen sie einen Menschen aus dem Hotel und betteten ihn auf den Rücksitz des Wagens. Wer es war, konnte Mathul nicht erkennen, denn Alfredo hielt einen großen Schirm über ihn. Der Fahrer des Lancia schaltete das blinkende Warnlicht ein und fuhr mit großer Geschwindigkeit um das Rondell und durch die Allee hinaus auf die Straße.

Mathul wählte San Sebastian an. Die Verbindung kam nicht zustande. Er wollte die Rezeption um die Vermittlung bitten. Die Leitung im Haus war tot.

Dann nehme ich einen Campari-Soda in der Bar.

Der Lift war außer Betrieb, die gesamte elektrische Anlage des Hauses lahmgelegt. Es war dunkel auf den Gängen. Mathul tastete sich die Treppe hinunter. Auf dem Tresen der Rezeption brannten zwei Kerzen wie Totenlichter. Menschen standen in kleinen Gruppen beisammen und sprachen aufgeregt und im Flüsterton. Mathul ging zwischen ihnen hindurch zur Bar; auch dort brannten zwei Kerzen.

Einen Campari-Soda per favore, sagte er.

Im Kerzenlicht glänzten dicke Wassertropfen auf der dunkelbraunen Dienstkleidung des Barista; er war einer von denen, die den Menschen ins Auto getragen hatten.

Cosa successo? Was ist passiert? fragte Mathul beiläufig und sog das rote Gebräu mit dem Strohhalm aus dem Campari-Glas.

Ach, Sie wissen es noch nicht? Federico wurde vom Blitz getroffen, in der Rezeption, als er telefonierte. Er lag am Boden mit dem Telefonhörer in der Hand, so lag er da, der Barista hielt die eine Hand mit einem Glas in die Höhe, *hatte die Augen weit aufgerissen und den Mund geöffnet, bewusstlos lag er da. Glücklicherweise war der Medico-Chirurgo noch im Haus, er stellte schwache und unregelmäßige Herztöne fest, gab ihm eine Herzspritze und ordnete den sofortigen Transport ins Ospedale an.*

Federico wurde vom Blitz gestreift, für mich keine Frage, ein starker Stromschlag. Zur gleichen Zeit, Sie haben es ja erlebt, fiel der Strom aus. Der Medico-Chirurgo ist anderer Meinung. Bei Blitzschlag, meint er, müsse man Brandspuren sehen und es müsse nach Verbranntem riechen. Aber finden Sie, Professore, eine andere Erklärung? Federico hatte den Hörer in der Hand, und dann schlug es ein. Bei Gewitter, das weiß man doch, soll man nicht telefonieren.

Da haben Sie völlig Recht, sagte Mathul, *und da soll man auch keine Telefongespräche belauschen.*

Der Barista schaute unsicher. Was wollte der Professore damit sagen? Aber vielleicht hatte er ihn auch nicht richtig verstanden.

Die Spätnachrichten dieses Tages brachten die Meldung, dass in einem Vorort von San Sebastian ein führendes Mitglied der ETA bewusstlos aufgefunden und in das Hospital des Gefängnisses von San Sebastian eingeliefert wurde. Man fand den etwa Fünfzigjährigen in der Nähe einer Telefonzelle.

6

Vanessa stand an der Brüstung ihres Balkons und ging mit den Augen die Wege ab, die sie gestern gegangen war. Noch einmal die Gefühle, die Blicke, die Berührungen und das Versprechen, sich wieder zu sehen.

Alles noch einmal, und jede Einzelheit.

Zwischen den Bäumen die Fontana, die Theoderichquelle, an der sie dem gebückt Trinkenden den Speer ihrer Fragen ins Herz gestoßen hatte; ich, die Frau Hagen von Tronje, traf seine Lindenblattstelle. Vanessa lachte laut über ihre Siegfriedsaga. Und er, der Robert Mathul, mit Wundstarrkrampf. Sie lachte noch einmal, und die Leute von den Nachbarbalkons schauten erstaunt zu ihr herüber.

Nein, es war kein Meuchelmord und kein Hinterhalt. Am Nymphäum der Theoderichquelle hatte sie lediglich den Platzvorteil gehabt.

Vanessa stutzte.

Vor dem Eingang der TERME NERONIANE war Bewegung. Sie griff zum Fernglas.

Zwei dunkle Limousinen waren vorgefahren; aus der ersten stiegen zwei grau gekleidete Herrn, aus dem hinteren zwei Carrabinieri.

Ist einer der beiden Graugekleideten nicht Commissario Leonardi vom zentralen Polizeirevier?

Vanessa drehte an der Optik.

Leonardi, tatsächlich.

Schau an, so sieht man sich wieder.

Er und sein Begleiter verschwanden unter dem Baldachin des Hotels.

Mit Commissario Leonardi hatte sie vor wenigen Tagen zu tun gehabt. Ihr Auto war aufgebrochen und das Autoradio gestohlen worden. Eine alltägliche Sache. Sie hatte den Diebstahl beim Polizeirevier gemeldet, und der Commissario Leonardi, ein hübscher Bursche etwa ihres Alters, hatte persönlich den Fall übernommen. Einen Tag später schon der Anruf, sie möge ins Revier kommen. Leonardi kam ihr mit dem Autoradio entgegen. Er habe, berichtete er, den Übeltäter, einen Halbwüchsigen, geschnappt, als er seine Beute gerade verhökern wollte. Es war zwar nicht ihr gestohlenes Gerät, aber immerhin ein Markenprodukt. Vanessa kniff die Augen und ahnte etwas vom Grund seines Diensteifers.

Es war Leonardis letzte Amtshandlung an diesem Tag.

Er sperrte das Dienstzimmer hinter sich ab, und Vanessa lud ihn aus heiterer Laune zu einem Cappuccino in die Bar an der Ecke ein. Munteres Geplauder. Er fragte, ob sie Lust auf einen Tanzabend habe. Dort drüben am Fuß des Monte Cinto sei jeden Abend Tanz. Er zeigte mit dem Arm hinüber, ein romantisches Lokal unter uralten Linden, und Vanessa erinnerte sich, aus dieser Richtung abendliche Tanzmusik gehört zu haben. Sie fragte, was seine Frau wohl dazu meine. Ja, eben die, lachte er, wolle er bei einer solchen Gelegenheit finden.

Oh, sagte Vanessa und: *Ich rufe Sie an. Vielleicht.*

Commissario Leonardi trat aus dem Hotel und hinter ihm – das ist ja Robert Mathul!

Sie zoomte das Bild heran.

Robert Mathul, eskordiert von zwei Polizeibeamten!

Vanessa reagierte schnell.

Sie warf sich den leichten Sommermantel über, griff nach Autoschlüssel, Handtasche und Pass, drückte die Tür ins Schloss, mit dem Lift in die Tiefgarage, und schnelle Fahrt zum Polizeirevier.

Sie kam an, als Mathul mit seinen Begleitern gerade die Treppe zum Dienstgebäude hochstieg. Ohne bemerkt zu werden, erreichte sie mit der Gruppe das Dienstzimmer.

Commissario, rief sie, *ich bin Vanessa Mathul, hier ist mein Pass, wenn Sie mich brauchen, ich warte im Vorzimmer.*

Sprachlosigkeit.

Leonardi fing sich schnell.

Ich danke Ihnen, Madame, wenn wir Sie brauchen, werde ich Sie hereinbitten.

Mathul schaute angestrengt auf Vanessa, und es war nicht auszumachen, ob er erfreut, erzürnt oder nur überrascht war.

War es Absicht oder mediterrane Lässigkeit, die Tür zwischen Leonardis Dienstzimmer und dem Vorzimmer blieb einen Spalt geöffnet, und Vanessa wurde, ob sie wollte oder nicht, Zeugin der polizeilichen Vernehmung.

Wie ich Ihnen, Professore Mathule, begann Commissario Leonardi und schickte dem deutschen L in Mathuls Namen ein italienisches E hinterher. *Wie ich Ihnen bereits im Hotel mitgeteilt habe, ist der Gesundheitszustand des Federico Berlingueri, leitender Angestellter der TERME NERONIANE, besorgniserregend. Es liegt uns ein Bericht des Medico Primario vom hiesigen Ospedale vor, wonach der Bedauernswerte das Bewusstsein bis jetzt nicht wieder erlangt hat, und außerdem, dass die Apoplessia, der Schlaganfall, nicht durch einen Stromschlag ausgelöst worden sein konnte, ein Befund, der sich mit dem des Arztes der TERME NERONIANE deckt. Das heftige Gewitter gestern Abend scheidet nach dem Urteil der beiden Ärzte als Ursache aus.*

Sie, Signor Mathule, haben zu eben dieser Zeit ein Auslandsgespräch geführt. Darf ich fragen wohin?

Nach Spanien. San Sebastian.

Und Federico Berlingueri hat dieses Gespräch telefonisch vermittelt?

Mathul nickte.

Wer war Ihr Gesprächspartner?

Senior Pablo Martinez, Reeder in San Sebastian.

Kaum hatte er den Beruf seines Gesprächspartners angegeben, biss sich Mathul auf die Unterlippe. Was ging diese Leute der Beruf des Pablo Martinez an.

Darf ich fragen, in welcher Angelegenheit Sie mit ihm gesprochen haben?

Das ging zu weit.

Ich kann mir nicht vorstellen, Commissario, dass der Inhalt mei-

nes Gesprächs etwas mit dem bedauernswerten Zustand des Signor Berlingueri zu tun haben könnte. Was wollen Sie eigentlich von mir?

Leonardi hob die flache Hand, wie um ein Stoppzeichen zu geben. *Abbia pazienza, Signor Mathule.* Er lächelte sanft und blätterte in seinen Unterlagen, zog ein Papier hervor und hob den Kopf:

Sie hatten vor einigen Tagen eine, wie soll ich sagen, Meinungsverschiedenheit mit Federico Berlingueri. Der Mann hat Angst vor Ihnen, paura, richtiggehende paura, so jedenfalls steht es in seinen Aufzeichnungen. Der Mann führt ein Tagebuch, trägt sorgfältig alles ein, Tag für Tag, was ihn bewegt. Richtiggehend Angst hat er vor Ihnen, so steht es hier, und er nennt Sie Ritter Blaubart. Ich weiß zwar nicht, was das ist oder was er damit meint, muss aber wohl etwas Furchteinflößendes sein.

Mathul lachte auf.

Auch Leonardi schmunzelte, fuhr dann aber unbeirrt fort:

Hatten Sie in Zusammenhang mit der Vermittlung des Gesprächs nach San Sebastian einen Wortwechsel, eine Auseinandersetzung oder dergleichen, die Signor Federico Berlingueri erregt haben könnte?

Mathul antwortete nicht.

Seine Gedanken sprangen in die TERME NERONIANE, suchten Pavel und bedrängten ihn, das DING an sich zu nehmen, jetzt und sofort. Eine Durchsuchung seines Zimmers lag im Bereich des Möglichen. Das DING in polizeilicher Hand, und alles würde kompliziert werden. Pavel, rief er innerlich, Pavel, nimm das DING an dich!

Reichte die Kraft der Gedanken?

Der andere Beamte am Tisch hatte sich während des Gesprächs Notizen gemacht. Jetzt schob er Leonardi einen Zettel zu. Leonardi zog die Augenbrauen hoch.

Sie haben, Signor Mathule, meine Frage noch nicht beantwortet. Gab es im Zusammenhang mit der Vermittlung Ihres Gesprächs nach San Sebastian eine Auseinandersetzung mit Federico?

Mathul: *Nein, nicht im geringsten.*

Leonardi schaute auf den Zettel:

Handelte es sich, Signor Mathule, bei Ihrem Gesprächspartner um den Reeder Pablo Martinez, dessen Sohn entführt wurde? Alle Zeitungen haben ja darüber berichtet. Und bezog sich Ihr Gespräch vielleicht auf dieses Delikt?

Mathul: *Ich weiß wirklich nicht, Commissario, was das soll. Was hat mein Ferngespräch mit dem vorliegenden Fall zu tun, ich meine mit dem schlechten Gesundheitszustand des Signor Federico Berlingueri?*

Leonardi, noch immer lächelnd, aber mit erhöhter Stimme:

Signor Mathule, Sie wissen so gut wie ich, dass Federico Berlingueri einen schweren Schock erlitten hat und dem Tod näher ist als dem Leben. Es besteht ein öffentliches Interesse daran, herauszufinden, wie es dazu gekommen ist. Wir wissen es nicht, noch nicht, und darum bin ich gehalten, alle Umstände in Betracht zu ziehen, auch die scheinbar abwegigen.

Vanessa war mit gespannter Aufmerksamkeit der Vernehmung gefolgt. Zur Sache selbst hatte sie nichts zu sagen, sie wusste ja kaum, was vorgefallen war. Folgte man der Rede und Gegenrede, dann hatte Mathul, so ihr Eindruck, die Logik der Sache auf seiner Seite.

Aber mit dem Fortgang der Vernehmung spürte sie, dass sich gegen Robert etwas zusammenbraute, dass Gefahr im Verzug war. Nicht deutlich, aber doch wahrnehmbar schwebte über ihm der Verdacht, er könne mit dem lebensbedrohlichen Zustand des Federico Berlingueri etwas zu tun haben. Und sei es nur in der irrationalen Vorstellung, dass ihm, diesem Professor aus Deutschland, so etwas, und alles Mögliche, zuzutrauen wäre.

Vanessa schaute auf die Uhr. Es war kurz vor drei. Sie stand auf und trat ins Dienstzimmer.

Scusi tanto, Signor Commissario, es ist kurz vor drei, und ich weiß, dass mein – sie wollte sagen ›mein Mann‹, korrigierte sich aber schnell und sagte – *dass Professor Mathul um drei Uhr zu einer Besprechung mit deutschen Ingenieuren in den TERME NE-*

RONIANE erwartet wird. Ich glaube, Sie müssen das Gespräch – sie sagte Gespräch und nicht Vernehmung – *Sie müssen das Gespräch zu einem anderen Zeitpunkt fortsetzen.*

Leonardi mit gewinnendem Lächeln: *Wie könnte ich mich dem Wunsch einer schönen Frau verschließen.*

Er stand auf.

Wir werden unser Gespräch in Kürze fortsetzen. Bitte halten Sie sich zu unserer Verfügung.

Er und sein Kollege begleiteten die beiden Mathuls an den Eingang des Dienstgebäudes.

Ich bringe dich in dein Hotel, sagte Vanessa, *bitte steig ein.* Und Mathul stieg ein.

Was sollte er tun. Sich bei ihr bedanken? Sie fragen, wie sie dazu komme, so einfach zur Stelle zu sein?

Vanessa sagte kein Wort, hatte aber ein Lächeln im Gesicht. Mit kleinen Bewegungen steuerte sie den Wagen durch die engen Gassen des Städtchens, die Beine unter dem Rock spielten mit den Pedalen.

Wie wäre es, kam ihm der Gedanke, wenn ich den Kopf in ihren Schoß legte und mich ihr ganz überließe, wohin sie auch führe. Er schaute sie unentwegt von der Seite an. Eine starke Frau.

Noch einmal anfangen, hier auf dieser Fahrt in die TERME NERONIANE, in diesem Auto. Noch einmal anfangen?

Sollte er sie fragen?

Er hörte, wie der Kies unter den Reifen knirschte. Das war das Rondell vor dem Hotel.

Er sagte nichts.

Wenn du willst, kannst du mich anrufen, meine Nummer kennst du ja, sagte sie und hatte immer noch das freundliche Lächeln im Gesicht und fuhr weiter.

Mathul stand und schaute ihr nach.

Nein, so nicht.

Du begibst dich in Abhängigkeit. Wie kommt sie eigentlich dazu, sich in meine Sachen einzumischen, gibt sich als Frau

Mathul aus, der Name mag ja stimmen, aber darüber hinaus stimmt nichts.

Nein, so nicht.

Natürlich hatte Pavel das DING in Sicherheit gebracht. Dazu bedurfte es keiner telepathischen Impulse. Er hatte Mathul mit den beiden Polizisten wegfahren sehen, das könnte, dachte er, mit Federico zusammenhängen und damit, dass er vielleicht als Unbefugter hohe Dezibels eingefangen hatte. Mochte es so sein oder nicht, Pavel holte das DING aus Mathuls Zimmer, trug es in den Wohnwagen und wies ihm einen unauffälligen Platz unter den Werkzeugen zu.

Dabei gab es Beobachter.

Tristan und Isolde verfolgten ihn mit schwarzen Knopfaugen. Pavel stand vor ihrem Käfig.

Ihr braucht frische Luft und Sonne, stellte er fest. Wie denkt ihr über ein frühsommerliches Bad in den TERME NERONIANE?

Es gab am Rande des Thermalgeländes eine flache Schale für badelustige Vögel. Warum nicht auch für badelustige Mäuse?

Pavel packte seine Badetasche, seine Briefmarkensammlung und die dazugehörige elektronische Anlage, ging an den Rand der Thermalanlage, streifte den Bademantel ab, setzte sich in den Liegestuhl und legte die Matte mit dem Touchpad über Knie und Schenkel, darüber ein Handtuch, wie man es Schülern über die Finger legt, wenn sie lernen, mit zehn Fingern zu schreiben.

Pavels Finger führten Tristan und Isolde über den kurzgeschnittenen Rasen zum Vogelbad, und schwupps paddelten sie durch das sonnenwarme Wasser.

Das macht ihnen Spaß, sagte eine helle Bubenstimme.

Pavel schaute auf.

Hallo, Luc. Komm, setz dich.

Wie heißen die beiden?

Du kennst sie doch, das sind Tristan und Isolde.

Luc lüftete das Handtuch über Pavels Fingern: *Und das ist deine Kommandozentrale?*

So könnte man sagen.

Die Mäuse putzen sich und fahren sich über den Kopf wie Menschen, wenn sie sich waschen, stellte Luc fest.

Machst du das alles mit deinen Fingern?

Pavel hob beide Hände: *Daran bin ich völlig unbeteiligt.*

Aber du kannst sie wieder aus dem Wasser holen?

Das kann ich allerdings.

Pavel legte seine Hände unter dem Handtuch auf die Matte und fuhr mit zwei Fingern in eine Richtung. Tristan und Isolde kletterten nebeneinander auf den Rand der Schale.

Pavel plötzlich: *Sei still und beweg dich nicht.*

Er deutete ins Gebüsch.

Tristan und Isolde in lebensbedrohlicher Lage.

Zwei grüne Augen, ein getigertes Fell, das Vogelbad als Jagdrevier.

Pavel sorgte dafür, dass die Mäuse ruhig blieben, jede Bewegung hätte auf den Räuber wie ein Anreiz zur Attacke gewirkt.

Tristan, dachte Pavel, Tristan muss es machen. Er ist der stärkere. Entfernung zum Räuber etwa zweieinhalb Meter.

Einen Augenblick noch, dann bekam Tristan einen starken Impuls; der kleine Spitzköpfige sprang hoch und der Gefahr mitten ins Gesicht. Die Katze hätte nur das Maul aufsperren brauchen, um die Beute zu schnappen, statt dessen machte sie einen Sprung rückwärts und verkroch sich im Busch. Die Katzenwelt war aus den Fugen.

Luc konnte kaum mit den Augen folgen, so schnell ging alles. Pavel holte Tristan zurück.

Bravo Tristan, rief Luc, *bravo.*

Nach einer Weile sagte Pavel: *Du hast etwas Ungewöhnliches gesehen*, und es war nicht auszumachen, ob er mit sich selbst sprach oder mit Luc.

Luc fragte: *Wie meinst du das?*

Tristan hatte Angst vor der Katze wie alle Mäuse. Aber Tristan hat die Natur besiegt, seine eigene Natur. Oder war ich es, der sie besiegt hat? Oder war es die Versuchsanordnung des Professors?

Von welchem Professor redest du?

Von meinem.

Wo ist dein Professor?

Er arbeitet in Deutschland.

Hat das da, Luc fuhr mit der Hand über die magnetische Matte, *dein Professor gemacht?*

Pavel schaute lachend in Lucs Gesicht und nickte bedeutungsvoll mit dem Kopf.

Und könnte er mir auch so etwas machen? Ich meine, so eine Matte und dazu eine Spitzmaus, nur eine einzige. Ich würde sie, Luc dachte kurz nach, *ich würde sie ›Robert‹ taufen.*

Robert?

Ich habe den Namen öfters von meiner Mama gehört, und er gefällt mir. ›Robert‹ würde ich sie taufen. Und ich würde ›Robert‹ mit in die Schule nehmen, in den Musikunterricht, da haben wir so eine Ziege, ich würde ihn unter ihr Hosenbein schicken. Kannst du mit dem Professor darüber sprechen?

Das wird nicht gehen, Luc.

Och.

Jetzt bringen wir unsere beiden in Sicherheit, bevor es sich die Katze anders überlegt.

Pavel führte Isolde mit dem Zeigefinger zurück in seinen Kofferkäfig.

Ob ich das auch kann? wollte Luc wissen.

Gib mir deine Hand, sagte Pavel und führte Lucs Zeigefinger langsam über das Touchpad auf seinem Schenkel.

Tristan kletterte zum Rand der Schale und wollte mit Schleifen und Schlingen, eben so, wie es Lucs Finger vorgab, zu Isolde in den Kofferkäfig.

Luc! Eine aufgeregte, hohe Frauenstimme rief: *Luc, du kommst sofort zu mir.*

Luc und Pavel erschraken. Das Touchpad fiel von Pavels Knie, und Tristan lief führungslos fort ins Gebüsch. Pavel hinterher.

Die weißhaarige alte Dame befand sich seit einer halben Stunde auf der Suche nach ihrem Neffen. Sie visitierte die Thermalbecken, prüfte die Schwimmer im Swimmingpool, schaute in jeden Liegestuhl, und endlich, am Rande des Geländes, wo sich kein anderer Mensch aufhielt, fand sie den Jungen eng an Pavels Seite und sah, wie dieser Mensch mit Lucs Hand über seinen Schenkel und sein Knie fuhr.

Die weißhaarige alte Dame war außer sich.

Das unschuldige Kind, ihr Luc! Sie hatte gesehen, wie Pavel Lucs Hand über seinen Schenkel führte, die Situation war eindeutig. Und seine Taktik, sie war doch die Taktik dieser widerwärtigen Pädophilen: zuerst das Vertrauen erschleichen und dann das Kind missbrauchen.

Sie lief, während Pavel durch das Gebüsch kroch, auf Luc zu und drückte ihn an sich: *Hat er dir etwas getan, dieser, dieser... sag es mir, Luc, sag es mir.* Immer wieder stieß sie diese Worte hervor. *Ich habe doch deiner Mutter versprochen, gut auf dich aufzupassen. Luc, mein lieber Luc ...*

Oma Liz, was hast du denn? Du hast uns so erschreckt, und jetzt ist Tristan auf und davon.

Zum Teufel mit Tristan! rief die alte Dame erregt, *zum Teufel mit ihm!*

Wie kannst du so etwas sagen! Ich hatte meinen Finger auf der Schaltzentrale und wollte gerade ...

So, Schaltzentrale nennt er das, dieser widerliche Wüstling, Schaltzentrale, oh Gott!

Pavel kam aus dem Gebüsch, die Haare zerzaust, trockene Blätter und Gräser auf seinem schweißbedeckten Körper, kein erbaulicher Anblick. Vor seiner Badehose hielt er beide Hände wie um einen Schneeballen: *Da ist er,* sagte er erfreut und schaute auf seine Hände, *Luc, da ist er.*

Und angesichts der hohen Entwicklungskosten, die in Tristans Bewegungsmodule investiert worden waren, sagte er: *Und er ist viel wert.* Um den sichtbaren Beweis seines Jagdglücks anzutreten, fragte er, ob sie ihn sehen wolle.

Sie widerlicher Mensch!, rief die alte Dame empört und

wandte ihren Blick von den schneeballförmig gehaltenen Händen vor der Badehose ab.

Wie ein Erzengel stand sie hinter Luc, beide Hände auf seinen Schultern: *Ich werde von der Direktion verlangen, dass Sie das Hotel noch heute verlassen, andernfalls erfolgt eine Anzeige bei der Polizei. Una denuncia per abusi sessuali, so werde ich die italienische Polizei informieren.*

Oma Liz, rief Luc verzweifelt, *Pavel wollte doch nur Tristan und Isolde an die frische Luft, die Sonne und das Wasser bringen.*

Aber die alte Dame war nun mal von der Schlechtigkeit der Welt im Allgemeinen und der besonderen dieses Menschen überzeugt. *Meine Phantasie reicht aus*, rief sie. *Ja, sie reicht aus, um mir vorzustellen, was der Wüstling mit Tristan und Isolde meint. Tristan und Isolde*, sie schüttelte fassungslos ihr weißes Lockenhaupt, *darauf muss man erst einmal kommen.*

Luc, wir gehen, und Sie, dabei nahm sie Pavel scharf ins Visier, *Sie gehen auch, und zwar mir aus den Augen. Sofort und für immer.* Das Feuer des Erzengels sprühte aus ihren Augen.

Gar nicht sanft packte sie ihren Neffen und zog ihn hinter sich her zu ihrem Liegestuhl. Doch auf diesen hundert Metern zu ihrem Liegestuhl, vielleicht waren es auch nur siebzig, auf dieser Strecke jedenfalls, langsam gegangen, kam es wie Mairegen über den lodernden Zorn der alten Dame.

Sie sah den Wüstling von eben als freundlichen Lehrmeister am Beckenrand die Tage vorher, und wie er die Anstrengungen seines Eleven schwimmkundig unterstützte. Jeden Tag um drei Uhr stand er am Beckenrand, verlässlich und hilfsbereit. Und sie sah ihn ein zweites Mal, mit zerzaustem Haar und mit Blättern beklebt wie ein Faun, die schneeballförmig gehaltenen Hände vor der Badehose, ein erbarmungswürdiger Faun, zweimal sah sie ihn. Und sie sah Luc neben sich, traurig, mit gesenktem Kopf, ihr nur widerwillig folgend.

Die Bilder kamen und flossen ineinander. Nicht dass sie dem Widerling etwas verzeihen wollte, nein, aber die Lebenserfahrung sagte ihr, dass es besser sei, mit der Strafverfolgung bis morgen zu warten, alles zu überschlafen, denn darum gab es die Nacht zwischen dem Heute und dem Morgen, damit man nichts überstürze, also nicht geradewegs zur Polizei oder zur Direktion des Hotels laufe.

Pavel stürzte in Wechselbäder der Gefühle.

Er war glücklich, sein tragisches Liebespaar im Kofferkäfig geborgen zu wissen, und trug es eilends zurück in den Schutz des Wohnwagens. Wirklich, die Spitzmäuse stellten ein großes Kapital an Arbeit und Erfahrung dar, und der Verlust auch nur eines Teils wöge schwer.

Schlimmer noch war die Gefahr, falls es zu Befragungen und Untersuchungen käme, dass die Forschungsarbeit an ferngesteuerten zerebralen Systemen, dargestellt an Hermann und Dorothea sowie Tristan und Isolde, vorzeitig und unfertig an die Öffentlichkeit gelangte.

Ob er nicht lieber auf der Stelle seine Rechnung im Hotel begleichen, für Mathul eine Nachricht hinterlassen und mit seinem fahrbaren Laboratorium die TERME NERONIANE verlassen sollte?

Pavel saß in seinem Wohnwagen, hatte den Kopf in die Hand gestützt und schaute gedankenleer hinüber zu den Euganeischen Hügeln.

Eine halbe Stunde vor dem Abendessen betrat Commissario Leonardi das Foyer der TERME NERONIANE. Er sah sich um und fand in der Sitzgruppe links neben dem Eingang einen guten Platz. Da saß man tief, und vor neugierigen Blicken schützte ein mächtiger Blumenstrauß.

Vanessa Mathul wollte er sprechen. Ein paar Fragen hatte er. Nein, nicht wegen des Tanzabends unter den Linden am Fuß des Monte Cinto.

Es gab da eine Merkwürdigkeit. Als Vanessa Mathul in der polizeilichen Vernehmung auftauchte, war Robert Mathul ebenso erstaunt wie er selbst, was heißt erstaunt, Robert Mathul war fassungslos. Das war ihm, Leonardi, nicht entgangen. Ist das normal, wenn man laut Pass ein Paar ist?

Leonardi sah, wie sich die Gäste im Foyer zum Abendmenü einfanden, noch einen Aperitif an der Bar, noch einen Griff in die Frisur oder an die Krawatte. Small talk vor der Rosenrabatte.

Vier Personen näherten sich Leonardis Sitzgruppe, drei Erwachsene und ein Mädchen.

Sind diese Plätze noch frei?

Leonardi machte eine einladende Bewegung.

Gestatten, Edenberger mein Name. Meine Frau, Miss Ellen, und das ist meine Tochter Sophia.

Piacere, Leonardi.

Der Cameriere brachte vier Campari-Soda und für das Mädchen einen Milkdrink.

Mathul kam die Treppe herunter und wurde von Edenbergers eifrig herbeigewinkt.

Noch einen Campari-Soda, rief Edenberger.

Sie haben Ihre Frau nicht mitgebracht, Signor Mathule? wollte Leonardi wissen.

Edenberger: *Ach, Sie kennen sich? Das trifft sich ja gut.*

Und ohne lange zu zögern, fragte er. *Wie ist das, Signor Leonardi, haben Sie schon zu Abend gegessen? Machen Sie uns die Freude und essen Sie mit uns, auch Professor Mathul würde sich freuen, nicht?*

Noch bevor Mathul antworten konnte, sagte Commissario Leonardi: *Schönen Dank für die Einladung, ich nehme sie gerne an.*

Und Ihre Frau, Professor Mathule, wird sie auch mit uns speisen?

Nein, sagte Mathul kurz, *heute Abend nicht.*

Die Türen zum Speisesalon wurden geöffnet, und die Gäste bewegten sich in angemessener Eile an das lange Büffet der Antipasti.

Noch einen Stuhl und ein Gedeck an den Fünfertisch, ordinierte der Saalchef Antonio.

Pavel Urbanek war nicht abgereist. Er wollte es drauf ankommen lassen. Hatte sich ja nichts vorzuwerfen. Und was Tristan und Isolde betraf, sie waren, wenn jemand es wissen wollte, sein Hobby, sein ganz persönliches Hobby.

Pavel sah, wie Mathul mit der Familie Edenberger und dem Commissario Leonardi die Stufen zum Speisesalon hinaufschritt. Weil er einen Spürsinn für heikle Situationen hatte, bat er Antonio um einen Tisch in der Nähe der Gruppe. Und tat noch ein Übriges. Er holte seine Briefmarkensammlung und stellte sie unauffällig unter den Tisch.

Mathul hatte frittierte Zucchini, Spargelspitzen und Finocchio-Scheiben auf seinem Teller. So unterschiedlich die Gemüsearten und ihre Zubereitung auch waren, auf seiner Zunge spürte er einunddasselbe, weil er immer einunddasselbe dachte: Wie entferne ich diesen Leonardi aus der Runde, aus dem Lokal?

Professore, fragte Leonardi über den Tisch hinüber, *war Ihr Gespräch mit den deutschen Ingenieuren erfolgreich?*

Da war er schon, dieser Leonardi, mit seiner lauernden Frage, harmlos und hinterhältig, und gleich würde er auf Federico im Koma zu sprechen kommen oder auf mein Ferngespräch nach San Sebastian oder auf den Reeder Martinez und seinen entführten Sohn, und dann, natürlich, würden die Edenbergers alles aus Wellington beisteuern, was sie wussten.

Mein Gespräch mit den deutschen Ingenieuren, Signor Leonardi, war durchaus erfolgreich.

Jetzt hatte er das Wort und wollte es so schnell nicht wieder abgeben.

Durchaus, wiederholte er noch einmal, und suchte nach etwas, worüber er schwadronieren konnte, stundenlang, wenn es sein musste.

Und wissen Sie, was die Ingenieure in der Tasche hatten? fragte er in die Runde.

Erwartungsvolles Aufschauen.

Nur Mathul aß weiter. Er stach mit der Gabel in paglia e fieno, die der Cameriere auf seinen Teller gehäuft hatte, wirbelte geschickt die Nudeln um die Gabel, und als er sie in den Mund gesteckt und zerkleinert über die Zungenwurzel geschickt hatte, sagte er: *Pläne hatten die Ingenieure in der Tasche, Pläne sage ich Ihnen, da bleibt einem die Spucke weg.*

Die Menschen am Tisch speichelten, was sie zwischen den Zähnen hatten, und aßen schnell ihren Mund leer.

Pläne für ein Projekt namens ›Prometheus‹.

Prometheus?

Dem Prometheus gleich wollen sie die Blitze, die Zeus zur Erde schleudert, zähmen, wollen dem Göttervater die Blitze, die lampi, die lightnings aus der Hand nehmen und die Spannung zwischen Wolke und Wolke, Sie verstehen, was ich meine, Mathul formte zum anschaulichen Verständnis mit seinen Händen Wolken über dem Tisch und fuhr zwischen ihnen mit dem Zeigefinger hin und her, *die Spannung von Wolke zu Wolke wollen sie ins Netz einspeisen. Bis zu hunderttausend Ampere kämen nach ihrer Berechnung bei einem saftigen Gewitter mit einer einzigen Entladung ins Netz.*

Dann hätte man ja mit den Entladungen gestern Abend, fuhr Leonardi dazwischen, *die halbe Poebene mit Strom versorgen können. Ist es nicht so, Professore?*

Mathul zog die Mundwinkel nach unten und zeichnete mit der Gabel wie mit einem Bleistift, eine Verlegenheit vortäuschend, Hieroglyphen in seinen Teller.

Dann schaute er auf.

Das kann ich nicht beurteilen, Signor Leonardi, leider.

Wieso nicht beurteilen?

Bin dafür unzuständig.

Unzuständig? Ich meine gelesen zu haben, dass Sie Professor an einer Technischen Hochschule sind.

Unzuständig für Blitze und dergleichen.

Und wofür sind Sie, wenn ich fragen darf, zuständig, Professore?

Mathul sammelte den Rest seiner Pasta im Teller. Hinter ihm wartete bereits der Cameriere mit bistecca ai ferri e contorni.

Und noch ehe die Teller gewechselt wurden, wechselte die Sprecherrolle.

Das weiß ich, rief Sophia dazwischen.

Du?

Ja, ich.

Sophia setzte sich in ihrem Stuhl auf wie ein Richter vor seinem Urteilsspruch.

Er befreit, verkündete sie, *gekidnappte Kinder wie mich. Und das macht er so.*

Sophia hielt ihre Hand mit gespreiztem Daumen und kleinem Finger wie einen Hörer an ihre Backe und sagte laut und mit quäkender Stimme: *Papperlapapp. Und der Kidnapper fällt vom Stuhl.*

Sophia warf die Hände in die Luft und verdrehte dabei die Augen.

Und dann kommt die Polizei und befreit mich.

Die Edenbergers lachten hellauf und beklatschten Sophias Vorstellung.

Mathul aber schaute entsetzt auf den Commissario Leonardi. Er, Mathul, hatte sich Mühe gegeben, alle Klippen der Konversation zu umschiffen, kein verfängliches Thema, kein falsches Stichwort, jede Anzüglichkeit vermeiden.

Da fällt mir diese Göre ins Wort. Dieser vorlaute Fratz. Und er warf dem Kind einen finsteren Blick zu.

Jetzt wird es natürlich kein Halten mehr geben. Die Fragen des Commissario werden über mich hereinprasseln, vielleicht nicht jetzt und nicht hier, aber morgen oder übermorgen und im Dienstzimmer des Commissario oder des Staatsanwalts, man wird die Edenbergers dazuholen und befragen, und haarklein werden sie erzählen, was da in Wellington war. Dann wird alle Welt den Fall WELLINGTON und den Fall TERME NERONIANE nebeneinander halten und – Mathul starrte auf den Commissario Leonardi.

Leondardi saß merkwürdig verkrümmt auf seinem Stuhl, nach vorne gebeugt, den roten Kopf knapp über der Tischplatte, als wolle er ungeachtet des hinderlichen Inventars zu einem Sprung ansetzen oder zu einem Hundert-Meter-Lauf. Vielleicht hob er auch nur etwas vom Boden auf, ohne hinunterzuschauen, die Serviette zum Beispiel oder einen Löffel.

Da lag aber keine Serviette und auch kein Löffel.

Etwas hatte sein linkes Bein berührt. Es könnte der Fuß der kleinen Sophia gewesen sein, die neben ihm saß und gerade ihre Vorstellung gab. Nein, die Berührung war innerhalb des Hosenbeins, auf seiner nackten Wade war sie, und ging herauf und hinunter. Leonardi dachte mit Entsetzen an eine der kleinen, grauen Sandvipern. Aber woher sollte sie kommen, die Vipera, im Speisesalon eines erstklassigen Hotels? Und als er mit der linken Hand nach unten ging und an sein Bein fasste, war es weg. Hose und Bein waren normal. Nichts äußerlich, nichts innerlich.

Und zu ebendiesem Zeitpunkt beendete Sophia ihre Vorstellung. Die Leute am Tisch klatschten in die Hände.

Leonardi war verwirrt. Warum der Beifall?

Seinem Gegenüber, dem Signor Mathul, musste etwas aufgefallen sein, denn er starrte ihn an. Mit einem Blick, als hätte er, Leonardi, die schwarzen Blattern.

Jetzt eine Berührung am rechten Bein, auf der Haut, hinauf, hinunter. Er beugte sich mit dem Oberkörper nach vorne und griff nach unten, sein vor Aufregung gerötetes Gesicht schwebte wieder über der Tischplatte.

Commissario Leonardi war Carabinieri-Offizier. In seiner Ausbildung hatte er gelernt, Gemütsbewegungen unter Kontrolle zu halten. Aber die Vorstellung, in seinem Hosenbein stecke ein Reptil, brachte ihn aus der Fassung.

An eine Fortsetzung des Abendessens war nicht zu denken, er musste das Hosenbein hochziehen und nachschauen, am besten die ganze Hose ausziehen und gründlich untersuchen, also hinaus und auf die Toilette.

Leonardi erhob sich und bat um Dispens. Mit steifen Beinen stelzte er aus dem Speisesaal.

In Mathuls Kopf schrillten die Alarmglocken. Was wird dieser Leonardi jetzt unternehmen?

Wird er dem Staatsanwalt telefonisch Bericht erstatten und einen Haftbefehl erwirken? Gründe gäbe es genug: Körperverletzung, möglicherweise sogar mit Todesfolge, unerlaubter

Besitz von Kampfmitteln, Irreführung der italienischen Behörden.

Mathul suchte den Blickkontakt mit Pavel. Und als er ihn hatte, machte er eine winzige Bewegung mit dem Kopf in Richtung Ausgang. Pavel lachte breit.

Hat dieser Bursche denn nichts kapiert, hatte er nicht kapiert, dass es um Leonardi ging und dass der Kerl weg muss?

Erledigen soll er ihn oder soviel wie.

Noch einmal die Bewegung mit dem Kopf.

Pavel zuckte mit den Schultern, na, wenn es denn unbedingt sein muss.

Er erhob sich, nahm die Briefmarkensammlung unter den Arm und ging hinaus. Im Foyer sah er gerade noch, wie Leonardi die Tür zur Toilette hinter sich schloss.

Was tut einer, wenn er zur Toilette geht? Wohl nichts anderes, als zur Toilette gehen.

Für mich ist die Sache Leonardi erledigt, sagte sich Pavel. Ich bringe meine Briefmarkensammlung zurück in den Wohnwagen.

Mit schnellen Schritten überquerte er das Rondell, und als er ›Hermann und Dorothea‹ im Wohnwagen abstellte, gab er jedem ein Stück Banane. *Man kann sich auf euch verlassen*, sagte er anerkennend. Vier schwarze Knopfaugen starrten ihn an.

Wenig später erschien Pavel wieder im Speisesalon mit einem heiteren Gesichtsausdruck. Er hatte die rechte Hand in der Hosentasche und ging schlendernd an seinen Tisch. Erst als er sich setzte, bequemte er sich, die Hand aus der Tasche zu nehmen.

Mathul war auf diese Hand fixiert. Rechte Hand in der Hosentasche – das wissen wir bereits – heißt, alles im grünen Bereich.

Mathul atmete auf.

Jetzt erschien auch Commissario Leonardi wieder, freundlich und aufgeräumt.

Die Tische waren abgedeckt, und Mathul, wie die meisten Gäste, bereits im Aufbruch.

Leonardi aber setzte sich mit einer gewissen Behaglichkeit an den Tisch.

Mathul wurde nervös. Warum setzt sich dieser Leonardi nochmals an den Tisch? Das Abendessen ist beendet, und jeder geht seiner Wege. Will er die Edenbergers weiter aushorchen?

Leonardi machte im Sitzen eine leichte Verbeugung. *Ich danke Ihnen*, sagte er zu Mister Edenberger gewandt, *für die freundliche Einladung, es war interessant und lehrreich, mit Ihnen zusammen zu sein. Ich denke, wir sehen uns noch einmal.* Dann stand er auf und verließ den Speisesalon.

Endlich, dachte Mathul, endlich.

Aber sein Misstrauen saß tief. Was hat Leonardi mit ›lehrreich‹ gemeint? Wie kann er sagen, dass die Einladung für ihn ›lehrreich‹ war?

Und die Edenbergers will er noch einmal sehen.

Warum?

7

Mathul saß in seinem Zimmer, kein Licht, kein Fernseher, die Fenster weit geöffnet, die Stores zurückgezogen.

Er grübelte.

Sein Problem war nicht Leonardi, waren auch nicht die Edenbergers. Sein Problem war das Zusammentreffen Leonardi–Edenberger.

Eine explosive Mischung.

Heute Abend, beim Abendessen. Mein Gott, mir bricht, wenn ich nur daran denke, der Schweiß aus. Leonardi hatte wohl nicht alles verstanden, was die Kleine daherplapperte. Aber für eine Vermutung, für einen Verdacht reichte es allemal.

Einer aus dieser Gesellschaft muss weg.

Der Leonardi?

Die Edenbergers?

Die Edenbergers müssen das Feld räumen. So leid es mir tut, sie müssen weg. Und lieber noch heute als morgen.

Wo finde ich sie? Soll ich sie anrufen? Vielleicht sind sie in der Lounge.

Mathul zog sein Jackett an und ging hinunter. An der Bar bestellte er eine Bloody Mary und schaute sich um. Richtig, da saßen sie in einer Ecke und hatten Spielkarten in der Hand. Bürgerlicher Zeitvertreib.

Ellen schaute auf und entdeckte ihn. Sie winkte lebhaft mit der Hand, jetzt hatte ihn auch Sophia gesehen und kam zu ihm hergesprungen.

Sie packte ihn bei der Hand und zog ihn an ihren Tisch.

Wir spielen Bridge, spielst du mit?

Mathul gab einen Wink, der Cameriere brachte die Bloody Mary an den Tisch.

Schön, dass Sie bei uns sind, sagte Edenberger, *wissen Sie, mein Mann liebt die Geselligkeit. Hat wohl mit seiner deutschen Abstammung zu tun. So eine Tischrunde wie heute Abend, ein gutes*

Essen und ein anregendes Gespräch, das mit dem Gewitter und den Blitzen war hochinteressant, wissen Sie, Herr Mathul, so etwas gefällt meinem Mann. Und Signor Leonardi, ein wohlerzogener junger Mann, ich sähe ihn gerne wieder an unserem Tisch.

Was ist er von Beruf? fragte Edenberger.

Commissario.

Ein inspector? Interessant.

Mathul wurde ungeduldig und hatte keine Lust, lange zu fackeln.

Die Edenbergers müssen weg.

Ich habe mir, begann er, Gedanken über Ihren Aufenthalt in Europa gemacht. *Wie lange können Sie hier, ich meine in Europa, bleiben?*

Zehn Tage, denke ich, länger kann ich mich nicht von meinen Geschäften fernhalten, leider.

Und Sie wollen etwas sehen vom alten Kontinent?

Aber natürlich. Wir alle stammen von da, teilweise wenigstens, sagte er und schaute lächelnd auf die halbmaorische Ellen.

Gut, sagte Mathul, *dann beginnen wir doch am besten mit Rom. Sie fahren mit der ›Freccia‹, dem ›Pfeil‹, einem pfeilschnellen Treno, in fünf Stunden in die Ewige Stadt. Ich habe auch schon ein Quartier für Sie, ein guter Freund besitzt in Rom eine Wohnung, im Zentrum, ganz in der Nähe der Spanischen Treppe in der Via del Babuino, vier Zimmer, zwei Bäder, ein solider Komfort.* Mathul zeichnete mit dem Finger und ein paar Wassertropfen vier nebeneinanderliegende Striche auf den Tisch, *das ist die Spanische Treppe*, und fuhr dann mit dem Finger in drei Richtungen, *von da aus ist man mit öffentlichen Verkehrsmitteln in wenigen Minuten am Kapitol oder vor der Peterskirche oder in der Via Condotti. Ich habe den Schlüssel zu dieser Wohnung, es gibt natürlich immer Interessenten, aber wenn Sie sich schnell entschließen, ist Ihnen die Wohnung sicher.*

Mathul sprach, wie man so sagt, ohne Punkt und Komma.

Zwei, drei Tage Rom, da bekommen Sie einen Eindruck, mehr kann es ja nicht sein, dann aber Paris, das zauberhafte Paris. Ich kenne ganz in der Nähe des Arc de Triomphe ein kleines Hotel, steige selbst, wenn ich in Paris zu tun habe, dort ab …

Mathul hatte nicht bemerkt, dass sein Eifer von den Edenbergers mit zunehmender Heiterkeit begleitet wurde.

Jetzt hob Edenberger die Hand zu einem Stoppzeichen und lachte lauthals.

Unser lieber Freund ist so eifrig mit seinen Empfehlungen und vergisst dabei, dass die Edenbergers aus der Hotellerie kommen. Es kostet mich nur einen Anruf, und wir haben zwei Zimmer. In bester Lage. In jeder Hauptstadt. Nein, nein, lieber Freund, und er lachte noch einmal laut, machen Sie sich darüber mal keine Gedanken.

Mathul biss sich auf die Unterlippe.

Wir sind hierher in die TERME NERONIANE gekommen, fuhr Edenberger fort, *weil wir Sie, unseren lieben Freund Mathul, treffen wollten. Und ich muss sagen, der Professor Mathul hat einen ausgezeichneten Geschmack. Es gefällt uns hier. Es gefällt uns hier über die Maßen.*

Edenberger versetzte sich in eine gewisse Feierlichkeit.

Es gefällt uns so gut, dass wir beschlossen haben, unseren ganzen Europa-Urlaub hier zu verbringen.

Er beugte sich zu Sophia herunter: *Alles gibt es hier, nicht wahr, mein Kleines? Es gibt Italiener, Franzosen, Deutsche, Engländer und sogar Neuseeländer. Es gibt Gefrorenes und heiße Quellen, und vor dem Fenster die Colli Euganei, ein kleines Gebirge. Ja, das ganze Europa.*

Und zu Mathul: *Sophia hat sogar schon einen Freund, einen kleinen Deutschen. Sie schwimmen um die Wette.*

Morgen Abend, ich freue mich auf unsere gemütliche Runde, den Signor Leonardi werde ich wieder dazu bitten.

Edenberger zog ein Billet heraus.

Er hat mir seine Visitenkarte zugesteckt. Ein Kommissar weiß immer etwas Neues, etwas Interessantes zu erzählen. Ich erinnere mich da meines Freundes Wilson in Wellington, Sie, Herr Mathul, kennen ihn doch.

Und zu Mathul gewandt: *Wie gefällt Ihnen unser Plan?*

Mathul hätte am liebsten die ganze Gesellschaft auf den Mond geschossen. Er nickte wortlos.

Edenberger nahm Mathul am Ärmel und zog ihn ein paar Schritte zur Seite.

Weil ich eben meinen Freund Wilson erwähnt habe, sagte er leise. *Er hat mich angerufen und mir mitgeteilt, dass Paddington, der mutmaßliche Kidnapper, aus dem Koma erwacht sei und das Bewusstsein erlangt habe. Man hat ihn darauf in das Gefängniskrankenhaus verlegt, der Prozess gegen ihn wird in vier bis sechs Wochen beginnen. Und noch etwas. Wilson hatte ihm erlaubt, seine Frau anzurufen. In seiner Gegenwart. Aber Paddington weigerte sich, den Telefonhörer in die Hand zu nehmen und zu sprechen. Kein Telefon bitte, sagte er. Telefonphobie.*

Edenberger nickte bedeutsam: *Dem Kerl, mein lieber Professor, dem Kerl haben Sie die Hölle ganz schön heiß gemacht.*

Mathul stand unbewegten Gesichts. Er dachte blitzschnell an Federico Berlingueri. Dieser Paddington ist weit weg, aber Federico Berlingueri ist nur ein paar Häuser weiter. Wie wird er reagieren, wenn er aus dem Koma erwacht? Was wird er sagen?

Mathul fühlte eine Melange aus Aggression und Schrecken, wie er sie noch nie gespürt hatte. Wie viel einfacher wäre alles, wenn es diesen Federico nicht mehr gäbe. Nicht umbringen mit Messer oder Gift, nein, nicht so, nur ihn belassen, wie er ist, so lange als möglich.

Mathul hatte über das Leben eines Menschen noch nie so gedacht, und er fand den Gedanken gar nicht erschreckend.

Er kehrte in die Lounge zurück und gab Edenberger, ohne recht zu wissen warum, die Hand und sagte: *Gute Nacht*; zu den anderen am Tisch eine leichte Verbeugung.

Langsam ging er aus dem Raum, stieg die Treppe hoch, sperrte hinter sich das Zimmer ab, warf sich aufs Bett und drückte sein Gesicht in die Kissen.

Ich brauche Zeit.

Jetzt geht es erst mal um Leonardi. Er darf nicht mehr ins Haus kommen. Auf keinen Fall morgen Abend.

Leonardi, Leonardi. Verdammt nochmal. Er krallte sich mit den Fingern ins Kissen.

Was mache ich mit Leonardi?

Vielleicht Vanessa?

Sie kennt ihn doch. Die Geschichte mit dem Autoradio.

Vanessa.

Er schaute auf die Uhr. Kurz vor zehn. Ein Anruf geht noch. Und was sage ich?

Er wählte ihre Nummer.

Hallo, Vanessa.

Hallo, Robert.

Hast du den Tag gut verbracht?

Ich habe über meinen Nero-Text nachgedacht.

Bekomme ich ihn zu sehen, wenn er fertig ist?

Interessiert er dich?

Alles von dir.

Lügner. Und dein Tag?

Am Abend bekam ich Besuch. Und er blieb zum Abendessen.

Ich weiß.

Was weißt du?

Ich sah Leonardi zufällig in die Allee der TERME NERONIANE einbiegen.

Ein aufdringlicher Bursche, der.

Findest du?

Ein aufdringlicher, penetranter Bursche. Ich würde ihn, wenn ich sein Vorgesetzter wäre, auf die Isole Ponziane versetzen.

Du meinst die Insel der Strafgefangenen? Du hast doch von ihm nichts zu befürchten, oder?

Er stiehlt mir die Zeit.

Also, was möchtest du?

Morgen Abend will der Leonardi schon wieder kommen. Vanessa, bitte, halte ihn mir vom Leib. Nur morgen Abend. Ich weiß, das ist eine Zumutung, aber nur du kannst mir helfen.

Und wenn ich ihn nicht erreiche? Oder wenn er auf mein Angebot nicht eingeht?

Dann wird er strafversetzt nach Ponza.

Pause.

Vanessa, was ist?

Wenn du bis morgen Mittag nichts von mir hörst, weißt du, dass alles in Ordnung ist, dann gilt: Tutto va bene.

Der einzig denkbare Fall, bei dem es mir lieb ist, nichts von dir zu hören.

Wieder Lügner.

Am nächsten Morgen, nach dem Frühstück, griff Vanessa zum Hörer, schaute auf einen Zettel und wählte eine Nummer.

Pronto, Zentrales Polizeirevier.

Vanessa Mathul. Verbinden Sie mich bitte mit Commissario Leonardi.

Hallo, Commissario.

Madame Mathul? Ich wollte Sie gestern Abend in den TERME NERONIANE wiedersehen, beim Abendessen mit Ihrem Mann und seinen Freunden. Aber leider …

Das können wir nachholen. Sie sprachen neulich von einem hübschen Lokal unter alten Bäumen.

Wie sich das trifft, reagierte der Commissario, *ich habe heute Nachmittag und Abend dienstfrei.*

Er machte eine Pause.

Also Punkt acht in LA SPELONCA. Sie fahren Richtung Galziano, dann ist es ausgeschildert.

LA SPELONCA, Punkt acht.

LA SPELONCA hieß das Lokal, und eine Spelunke war es auch, abgelegen und halbverfallen.

Ein holperiger Weg, gesäumt von Eukalyptusbäumen, und plötzlich nach einer Kurve ein düsteres Gemäuer, überzogen von Efeu und bunten Lampions. Wie ein Szenenbild aus Shakespeares »Sommernachtstraum«.

Vanessa parkte den Wagen, stieg aus und schaute sich um.

Ein Podium mit tanzenden Paaren in wechselnden Farben. Und kein einsamer Keyboardspieler, nein, ein Orchester, sieben Mann hoch, zwei Trompeten, Posaune, Englischhorn, Tuba, Schlagzeug, Hammondorgel. Vanessa musste weit zurückgehen in ihrer Erinnerung, nach dem Abitur, bei einem Gartenfest, ja, da war auch so etwas gewesen. Und am Abend ihres Hochzeitstages.

Vanessa schaute nach oben. Die uralten Lindenbäume flochten ihre Äste ineinander und verströmten ein intensives Aphrodisiakum.

Die Menschen saßen unter dem schweren Duft der Linden wie betäubt auf ihren Stühlen, und auf dem Podium taumelten sie. So jedenfalls schien es Vanessa.

Sie blickte sich um. Kein Platz zu finden. Offenbar war LA SPELONCA der Geheimtipp für alle Romantischen.

Ein Herr erhob sich und machte mit einer Handbewegung auf sich aufmerksam.

Das war Leonardi.

Buona sera, Madame.

Er küsste ihre Hand.

Buona sera, Commissario. Sind Sie in LA SPELONCA Stammgast, oder wie kommt man hier zu einem Platz?

Das wird Ihnen Bruno erklären.

Wer ist Bruno?

Das bin ich.

Ach so ist das, lachte Vanessa. *Na gut, wenn Sie wollen. Ich heiße Vanessa.*

Cameriere, bringen Sie zwei Glas Champagner.

Sie stießen an, *cin cin*.

Vanessa trug ein hellblaues Leinenkleid, das wie eine Kutte an ihr hing und die Figur nur andeutete. Erst als sie saß, bemerkte sie, dass das Hellblau ihres Kleides und der cremeweiße Anzug ihres Tischpartners durch die wechselnden Farben der Lampions einmal in Violett, dann in Altrosa, dann in Olivgrün getaucht wurden.

Leonardi bemerkte das Spiel der Farben in Vanessas Gesicht. *Da sitzen wir wie Chamäleons*, sagte er, *Chamäleons auf der Jagd nach Beute.*

Ach ja?

Und was möchtest du erbeuten?

Das sagte ich dir schon.

Ich erinnere mich, die Frau fürs Leben.

Vanessa lachte.

Und natürlich, weil das zu meinem Job gehört, auch ein paar Wahrheiten.

Wahrheiten?

Zum Beispiel die Wahrheit darüber, was Madame Vanessa Mathul gestern Abend daran gehindert hat, nicht mit ihrem Mann und seinen Gästen zu Abend zu essen, ja, dass besagte Madame, wie man hört, nicht einmal im Hotel ihres Mannes wohnt.

Die Kapelle spielte einen English Waltz.

Ladies choice, sagte Vanessa, *darf ich bitten*?

English Waltz, das ist einer, so weit reichte Vanessas Tanzerfahrung, bei dem man nach der ersten Runde weiß, ob es ein Tanzabend wird oder eine Plage.

Die gestopften Trompeten spielten einen schleifenden Dreivierteltakt, und die Paare wiegten sich. Bruno Leonardi wollte es anders. Er hatte Figuren im Kopf, Vanessa spürte seine Hand im Rücken, und sie tanzten Figuren.

Vanessa hatte in ihrer Schulzeit einen Tanzkurs gemacht und dabei gelernt, dass sie, wenn ihr Partner führen konnte, gut zu Fuß war.

Das wird ein toller Tanzabend heute, wusste sie, als sie zurück zu ihren Plätzen gingen.

Und zu Bruno Leonardi sagte sie: *Es macht mir Spaß, mit dir zu tanzen.*

Das ist die erste Wahrheit.

Grazie, Madame.

Die zweite Wahrheit ist komplizierter.

Du wolltest wissen, wo ich gestern Abend war. Ganz einfach, in meinem Hotelzimmer.

Robert Mathul ist mein Mann. Ist mein Mann gewesen. Ja, wir sind geschieden. Seinen Namen habe ich behalten. Das hat praktische Gründe. Und jetzt kommt das Komplizierte. Robert Mathul ist ein Wissenschaftler, ein Erfinder. Ich bin nicht auf dem letzten Stand, aber über dreißig Patente, da bin ich mir sicher, tragen seinen Namen. In den praktischen Dingen des täglichen Lebens aber ist er ein Kind. Da muss man ihm helfen. Und wenn ich in seiner Nähe bin, tue ich es.

Das ist die zweite Wahrheit. Ist das Chamäleon zufrieden mit der Beute?

Nicht ganz.

Bitte keine Vernehmung.

Eine einfache Frage nur.

Liebst du ihn noch?

Die Posaune zog den Ton nach oben und hielt ihn schwebend, die anderen Instrumente lieferten einen scharfen Rhythmus.

Das ist der Kriminal-Tango, rief Vanessa.

Ehrensache für den Commissario, sagte Bruno und: *Darf ich bitten?*

Wer Tanzfiguren liebt, liebt den Tango.

Bruno und Vanessa liebten den Tango. Sie fielen von langsamen in schnelle Schritte, kamen aus der linken Drehung in die rechte, stoppten, warfen die Köpfe nach rechts, die Köpfe nach links, verschränkten die Arme, ließen sich in die Arme fallen, galoppierten diagonal über die Bühne und hatten das Podium für sich.

Das ist ein Tanzlehrer und seine Partnerin, bedeuteten sich die anderen und verfolgten das Paar interessiert.

Die Posaune zog den Ton noch einmal hoch, der Kriminal-Tango in Wiederholung.

Bruno hob Vanessa in die Höhe, wagte Einlagen, die er noch nie getanzt hatte, und wieder auf dem Boden, packte er sie und riss sie im Tangorhythmus mit sich.

Der letzte Ton, die letzte Drehung. Beifall. Die Musiker klopften auf ihre Instrumente.

Bruno und Vanessa verließen die Bühne.

Das war, sagte Bruno, als er Vanessas Stuhl rückte, *als ob wir ein Leben lang zusammen getanzt hätten.*

Es war wunderbar, sagte Vanessa.

Bitte ein Glas acqua minerale, nein, eine Flasche. Vanessa war außer Atem.

Due bicchieri, zwei Gläser, rief Bruno dem Cameriere hinterher.

Vanessa saß da und stützte den Kopf in ihre Hand. Die andere Hand hatte Bruno ergriffen. Sie ließ es geschehen.

Was ist los mit mir?

Ich spüre, dass ich nie aufgehört habe, Robert Mathul zu lieben, und mache seinetwegen die gewagtesten Manöver. Dass ich mit Leonardi zum Tanzen gehe, hat nur mit ihm, mit Mathul zu tun.

Und dann packt mich dieser Mann und wirbelt mich herum, ich spüre seine Kraft und die Lust in den Gliedern, kann alles, was er will und ganz von selbst, bin wie im Rausch, und wenn er mich nachher fragte, ob ich mit ihm nach Hause gehe, die Nacht bei ihm bliebe, würde ich ›ja‹ sagen, es ist schön mit dir, würde ich sagen; alles mit dir ist leicht und unkompliziert und schön, würde ich sagen.

Bruno gab ihre Hand frei.

Du hast meine Frage noch nicht beantwortet.

Vanessa schaute ihn an.

Welche Frage?

Liebst du ihn noch?

Eine lange Pause.

Dann ergriff Vanessa Brunos Hand.

Ja, ich liebe ihn, sagte sie ruhig.

Es ist nur, sagte Bruno, *damit ich weiß, woran ich bin.*

Sie schaute auf einen Mann, der eben jetzt von Altrosa in Olivgrün wechselte, der Bruno hieß, Bruno Leonardi, und Commissario war.

Ich halte seine Hand. Er hat mit mir den Kriminal-Tango getanzt. Das hat mir gefallen. Sehr sogar.

Aber es gibt kein Weiterso.

Und morgen, falls ich ihn treffe und nach seinem Befinden frage, sage ich *comme sta?* Und nicht *comme stai?*

Vanessa zog ihre Hand zurück.

Ein leichter Abendwind ging durch die Blätterkuppel und löste die narkotisierende Wolke auf.

Glaubst du wirklich, fragte Vanessa, *dass Mathul etwas mit dem Fall Federico Berlingueri zu tun hat?*

So sehr war Robert Mathul gegenwärtig, so sehr beschäftigte sie sich mit ihm, dass sie nicht spürte, wie sehr ihre Frage den Mann, der ihr gegenüber saß, befremdete.

Bruno sagte: *Um drei Uhr nachmittags war Dienstschluss, Madame.*

Vanessa senkte den Kopf.

Die Kapelle spielt einen Samba, sagte der Mann gegenüber. *Darf ich bitten?*

Mathul hatte bis zum Mittag auf seinem Zimmer gewartet, und als kein Anruf kam, wusste er, alles in Ordnung, *tutto va bene*, packte seine Badetasche und ging hinunter zum Swimmingpool. Er schwamm fünfhundert Meter in unterschiedlichen Lagen, auf dem Rücken, kraulend, Brust, und als er sich zur Seite drehte, schaute er in das Gesicht einer Schwimmerin, die lachend mithielt.

Ellen.

Er drehte sich auf den Rücken, sie drehte sich ebenfalls auf den Rücken, sie verlangsamten ihr Tempo.

Ich verstehe die Edenbergers nicht, sagte Mathul in den blauen Himmel hinein.

Was verstehen Sie nicht, Professor? fragte Ellen in den blauen Himmel hinein.

Sag Robert zu mir und nicht Professor.

Gerne. Ich bitte dich aber, der ganzen Familie das Du anzubieten, vielleicht heute Abend, ja? Du machst es mir damit leichter.

Das will ich, sagte Mathul.

Dann wiederholte er: *Ich verstehe die Edenbergers nicht. Heiße Quellen, Swimmingpools und gute Küche gibt es auch in Neuseeland. Dazu muss man nicht nach Europa.*

Aber es gibt in Neuseeland keine TERME NERONIANE.

Sie waren am unteren Beckenrand angekommen und stießen sich ab.

Ich bitte dich, Ellen, das ist doch albern.

Nicht so albern, wie du denkst. Die TERME NERONIANE hat Gäste, besondere Gäste.

Eine kleine Welle schwappte über Mathuls Gesicht und füllte seinen Mund, er sprühte das Wasser in hohem Bogen aus.

Wie geht es Sophia? fragte er.

Manchmal, nachts im Schlaf, da weint sie. Dann nehme ich sie in mein Bett.

Du bist wie eine Mutter zu ihr.

Ellen griff mit den Armen zweimal in das Wasser hinter sich, dann sagte sie: *Bin ich auch.*

Ich habe dich eben nicht verstanden, Ellen.

Ich sagte, bin ich auch.

Was bist du auch?

Ihre Mutter.

Was, du bist Sophias Mutter?

Hat Edenberger deine Tochter Sophia in die Familie aufgenommen, adoptiert?

Er ist ihr Vater.

Sie stießen sich vom oberen Rand des Beckens ab und schwammen das halbe Becken wortlos nebeneinander.

Sie wollten nicht reden.

Sie wollten nicht abbrechen.

Weiterschwimmen.

Sophia hat deinen kaffeebraunen Teint, sagte Mathul nach einer Weile, *das ist mir aufgefallen. Und was sagt Mrs. Edenberger dazu?*

Das ist eine lange Geschichte. Aber sie hat es akzeptiert.

Und jetzt? Lebt Edenberger mit zwei Frauen?

Mrs. Edenberger ist krank. Sie hat Unterleibskrebs. Sie ist, glaube ich, nur mitgereist, um den Schein zu wahren.

Sie waren am unteren Ende des Beckens angekommen und stiegen über die Leiter aus dem Wasser.

Ellen drehte sich um und sah am oberen Ende des Beckens eine junge Schwimmerin und einen jungen Schwimmer. Der Schwimmer kraulte, schwamm zehn Meter und wartete dann. Die Schwimmerin versuchte zu kraulen, kam aber nicht vom Fleck.

Obwohl sich Sophia und Luc nicht verständigen können, verstehen sie sich gut, sagte Ellen und zeigte zu den beiden. *Wenn wir uns hierher setzen, kann ich sie im Auge behalten. Sophia darf sich nicht überanstrengen.*

Mathul und Ellen setzten sich nebeneinander auf einen Liegestuhl.

Auch deshalb war ich dafür, hier in den TERME NERONIANE zu bleiben. Was hat das Kind davon, wenn wir es von einem Ort zum anderen zerren. Hier fühlt sich Sophia wohl, und ich fühle mich auch wohl. Sie legte kurz ihre Hand auf Mathuls Knie und schaute zu ihm hoch.

Edenberger war auf dem Weg in sein Zimmer. Er schaute vom zweiten Stock durch eines der großen Fenster hinunter auf die blauen Becken, die Wiesen, die Liegestühle und die Menschen. Sie ließen es sich im warmen Wasser gut gehen oder lagen lesend in den Liegestühlen oder saßen und plauderten.

Im Swimmingpool schwammen ein Mann und eine Frau, auf dem Rücken, in gleicher Höhe, sogar ihre Armbewegungen, mit denen sie ins Wasser griffen, waren synchron. Sie wendeten am oberen Rand des Swimmingpools, stießen sich ab, waren wieder auf gleicher Höhe, schwammen langsamer, wahrscheinlich unterhielten sie sich. Jetzt kamen sie ans untere Ende des Beckens und stiegen, einer nach dem andern, über die Leiter hinaus.

Edenberger trat näher ans Fenster.

Die zwei sind Ellen und Mathul.

Sie suchen sich einen Platz, er zieht einen Liegestuhl heran, sie setzen sich, sitzen nahe beieinander, Körper an Körper, und reden miteinander. Ellen lacht. Sie zeigt ins Wasser.

Da tummeln sich zwei Kinder. Ich erkenne Sophia und den Jungen. Jetzt legt Ellen ihre Hand auf Mathuls Knie und schaut zu ihm hoch. Was weiter? Wird er den Arm um sie legen? Werden sie weggehen, auf sein Zimmer?

Edenberger spürte, wie es in seinem Inneren leer und dunkel wurde.

Es war ihm nicht verborgen geblieben, dass Ellen den Professor gerne sah, ihn bewunderte, anhimmelte. Er, Edenberger, hatte es locker genommen, weil es nahe lag, dass sich in Ellen Bewunderungs- und Dankbarkeitsgefühle mischten; etwas Schwärmerisches durfte hinzukommen, das machte sie jung und mädchenhaft. Er hatte es beobachtet und spürte dabei ein gönnerhaftes Vergnügen.

Es ging um Sophias Gesundheit, um ihren ungestörten Schlaf. Er hatte Ellens Drängen nachgegeben und an die Stelle der Europareise die TERME NERONIANE gesetzt, fand es angenehm und unterhaltsam hier, wollte es aber vor allem Sophia und Ellen zuliebe getan haben.

War das, was er da unten am Swimmingpool sah, das eigentliche Motiv?

Einzelheiten der letzten Tage tauchten auf. Er sah, wie sich Ellen veränderte, wenn Mathul in ihren Gesichtskreis trat, wie sie zu ihm aufschaute; er sah ihren verschleierten, hingebungsvollen Blick, erinnerte sich, wie sie seinen Worten lauschte, hatte ihr zustimmendes Lächeln bemerkt, wenn Mathuls Blick sie streifte.

Für Bezeigungen einer harmlosen Sympathie hatte er es gehalten, für Zeichen eines freundlichen Umgangs.

Aber es waren Signale eines geheimen Einverständnisses. Eine Verschwörung ohne Schwur.

Edenberger wollte sich nicht vorstellen, wie weit die Beziehung gediehen war.

Und er, der es mit so vielen Menschen zu tun hatte, der die Menschen zu kennen glaubte, stand tagelang daneben, ohne sich Gedanken zu machen, ohne etwas zu merken, stand da wie ein Tölpel, ein Hahnrei.

Edenberger wandte sich ab. Er sah über die Baumwipfel des Parks hinweg die Euganeischen Hügel. Wie viel Mühe hatte er darauf verwandt, sein Verhältnis zu Ellen ins Gleichgewicht mit seiner Frau zu bringen. Das Leben an der Seite dieser sterilen, kinderlosen Frau war überhaupt nur mit Ellen erträglich.

Und jetzt?

Ein Hass stieg in ihm auf gegen den Mann, der diese Unordnung in sein Leben gebracht hatte. Er hasste diesen Mathul. Und verdankte ihm doch seine geliebte Sophia.

Was sollte er tun?

Edenberger ging langsam den Gang entlang zu seinem Zimmer.

Es gibt eine einfache Lösung.

Aus Wellington trifft eine E-Mail ein, die zur sofortigen Rückkehr auffordert, eine E-Mail von der Gerichtsbehörde oder vom Polizeipräsidenten oder von der Geschäftsleitung seines Konzerns.

Kofferpacken, Abreise.

Er schloss sein Zimmer auf, stand unter der Tür, und sein Blick ging hinaus auf das Rondell vor dem Hotel, auf die kannelierten antiken Säulenstümpfe, auf die Kapitelle.

Er hatte sich sehr auf diese Reise gefreut. Darauf, dass er Ellen und Sophia Europa zeigen und im Zeigen Europa wieder erleben durfte, die antiken Säulen, den Arc de Triomphe, das Frankfurter Mainhatten.

Die Koffer packen. Aber nicht nach Hause, sondern weiterreisen nach Rom, nach Paris, in seine Studienstadt Frankfurt am Main.

Er setzte sich in einen Sessel und sah auf die Spitzen seiner Schuhe.

Hier bleiben. Nicht aufstehen, nicht die Koffer packen, nicht abreisen.

Hier bleiben.

Warum?

Du musst die Sache durchstehen. Wenn du das nicht tust, schleppst du jemanden mit dir herum, der so aussieht wie Ellen, so spricht wie Ellen, aber nicht Ellen ist. Die wirkliche Ellen ist hier geblieben, hier bei ihm. Du musst die Sache durchstehen, schlimmer noch, du musst so tun, als ob es gar keine Sache wäre.

Kannst du das?

Eine große Leistung wird von dir verlangt. Das hast du doch gelernt bei den Scouts. Für solche Fälle war es gedacht, das sportliche Training.

Masochistische Einflüsterungen.

Du willst dabei sein, willst zuschauen, wenn deine Lebensfreude dahingeht. Bist wie einer der Gaffer, einer der Schaulustigen bei einem Unfall, nur dass du selber das Unglück bist.

Ich werde mit Mathul reden, von Mann zu Mann. Ich habe, werde ich ihm sagen, doch nicht Sophia gewonnen, um Ellen zu verlieren.

Nein, das werde ich nicht. Ich zeige ihm meine Wunde nicht.

Es überschlug sich in Edenbergers Kopf.

Er stand auf und trat ans Fenster.

Du bist in einer aufgeheizten Stimmung, sagte er.

Schau dir am gemeinsamen Abendtisch die Gesellschaft an, Ellen, Mathul, Sophia, den Commissario, deine Frau, schau sie dir der Reihe nach an, und vielleicht stößt auch Mathuls Frau dazu. Schau sie dir alle an.

Und dann entscheide.

Er sah von seinem Fenster aus, wie sich die ersten Gäste in Abendtoilette vor dem Hotel einfanden. Sie standen in Gruppen, plauderten, rauchten.

Es war Zeit, sich umzuziehen. Er trat unter die Dusche. Sorgfältig wählte er das Hemd, die Krawatte und einen dunklen Anzug mit Weste aus.

Dann ging er hinunter und verließ durch den Seitenausgang das Haus, ging wenige Schritte in den Park, dorthin, wo das heilbringende Wasser der Theoderichquelle plätscherte.

Er hatte es sich angewöhnt, vor den Mahlzeiten ein, zwei Becher von dem schwefeligen Wasser zu trinken, und meinte bereits eine gute Wirkung zu spüren.

Als er den Becher zum Mund führte, wurde sein Arm festgehalten. Ellen stand an seiner Seite. Lass uns das Heilwasser gemeinsam trinken, sagte sie und füllte ihren Becher. Sie stießen an und tranken, als wäre es Spumante.

Ich habe mich heute Nachmittag am Swimmingpool mit Robert Mathul unterhalten, berichtete sie.

Er wollte wissen, wie es Sophia geht. Ich habe ihm gesagt, dass sie Angstträume hat. Er kennt Spezialisten in Heidelberg und München und wird dir heute beim Abendessen Vorschläge unterbreiten.

Ellen trank ihren Becher leer.

Er will uns allen das Du anbieten, heute beim Abendessen, wir sollen Robert zu ihm sagen.

Mathul ist ein guter Freund unserer Familie. Findest du nicht?

8

Der Tag nach LA SPELONCA begann für Vanessa erholsam. Sie ließ sich um sechs Uhr früh in Fango packen (den ganzen Körper), schlief bis neun Uhr (traumlos), frühstückte auf dem Zimmer (Joghurt, grüner Tee, ein Brötchen mit Butter und Honig, eine Apfelsine), Spaziergang durch den AUGUSTUS-Park (zwanzig Minuten) und machte den Balkon zum Arbeitszimmer (Tacitus, Suetonius, Martin Walser).

Unter dem Sonnenschirm geriet sie ins Grübeln.

Warum bin ich eigentlich noch hier?

Zuhause wartet viel Arbeit. Luc kann nicht unbegrenzt von der Schule weg bleiben. Der Kontakt mit Robert Mathul ist hergestellt. Jetzt liegt es an ihm, ob etwas daraus wird.

Vanessa war nicht zufrieden. Nicht mit sich und nicht mit dem Gang der Dinge.

Robert Mathul war, trotz Theoderich-Brunnen und Commissario, nicht so ins Spiel gekommen, wie sie es sich gedacht hatte.

Mit Luc, mit Luc Mathul, ihrem Sohn, war Robert Mathul, der Vater ihres Sohnes, nicht ins Spiel gekommen. Es hatte nicht geklappt. Nicht so, wie sie es sich gedacht, wie sie es sich ausgemalt hatte.

Luc sollte ihre Vorhut sein.

Falsch.

Ihre Sturmtruppe sollte er sein.

Und war es nicht.

Vanessa war mit der Vorstellung hergekommen, dass sich in einem Hotel wie den TERME NERONIANE, einem Hotel mit einer überschaubaren Zahl von Gästen, eine Begegnung zwischen Luc und Robert machen lasse.

Wie, das wusste sie auch nicht. Etwas naiv vielleicht.

Aber es hätte ja sein können. Warum nicht: Luc und Robert in der Thermal-Anlage, auf der Wiese oder im Wasser mit dem Ball.

Oder am Frühstücksbüffet. Nimm die warmen Cornetti, Junge, und gib Honig drauf. Das schmeckt, sag ich dir.

Ich nehme lieber Ricotta und Honig.

Wie, Ricotta und Honig? Das will ich auch probieren.

Oder im Lift. In welche Klasse gehst du?

In die dritte.

Und wie schnell fährt dein BMW?

Zweihundertachtzig.

Nimmst du mich mal mit?

Oder an der Rezeption. Signor Mathul, Sie haben Post. Und Luc Mathul ist zufällig in der Nähe.

Was, fragt er, ich habe Post?

Wie heißt du?

Mathul.

Und ich heiße auch Mathul.

Merkst du, Professor Mathul, da kommt kein Kindergeschrei vor und keine Bude voll quengeliger Schreihälse.

Du hast es mit einem prächtigen Jungen zu tun, neun Jahre alt, ein guter Schwimmer, ein vifes Bürschchen mit braunen Augen und dunklen Haaren.

Ihn musst du gesehen, mit ihm gesprochen haben, dann, Robert Mathul, dann reden wir weiter.

Und Robert Mathul? Was wird er sagen?

Schön, wird er vielleicht sagen, ich habe ihn gesehen. Aber ich verstehe nicht. Ich habe den Jungen gesehen, seine Augen, seine Haare, und auch sonst, er gefällt mir. Aber ich verstehe nicht.

Vanessa schüttelte energisch den Kopf. Dummes Zeug, sagte sie zu sich.

Sie stand auf und ging ein paar Mal in kleinen Schritten den Balkon auf und ab.

Ich könnte es ja belegen. Schriftlich. Mit zwei Dokumenten. Mit dem Dokument eines Urologen und mit dem eines Gynäkologen.

Aber ich habe Rainer, dem Urologen, der die Vasektomie vorgenommen hat, mein Wort gegeben. Ich habe versprochen, das Dokument nur mit seiner ausdrücklichen Genehmigung oder nach seinem Tod aus der Hand zu geben. Und daran werde ich mich halten.

Rainer, der Urologe in Frankfurt. Wir kannten uns aus der Studentenzeit. Nach dem Studium verloren wir uns aus den Augen. Irgendwann erfuhr ich, dass er Facharzt für Urologie geworden war mit einer sehr gut gehenden Praxis in Frankfurt.

Dann sein Anruf.

Ich fuhr nach Frankfurt.

Herzliches Wiedersehen.

Wir saßen zusammen im Hilton und schauten hinunter auf die Lichter der Stadt. Beide waren wir verheiratet und beide, wie es schien, glücklich. Rainers Frau erwartete das zweite Kind.

Freust du dich darauf? fragte ich.

Aber natürlich. Es wird ein Mädchen. Nach dem Jungen ein Mädchen. Großartig, was?

Er sah mich längere Zeit prüfend an. Ein Doktorblick.

Möchtest du nicht auch Kinder? fragte er.

Ich lachte und sagte: *Wir trainieren eifrig.*

Wieder sein Doktorblick.

Gegen zehn schaute ich dann auf die Uhr. Ich wollte noch den Zug nach Darmstadt erreichen.

Warte, sagte er.

Und nach einer Weile fing er an:

Ich habe heute eine Stunde mit meinem Anwalt telefoniert. Er riet mir ab, mit dir zu sprechen. Rainer verbesserte sich schnell und sagte: *Mit dir ›darüber‹ zu sprechen.*

Worüber sprechen?

Das ist es ja gerade.

Wir kennen uns lange, Vanessa, sagte er. *Ich habe dich verehrt. Nein, da verrate ich dir ja nichts Neues, ich habe dich geliebt. Chancenlos geliebt.*

Er zögerte, und sein Gesicht wurde ernst. *Ich bin der Ansicht, du musst es wissen.*

Was, Rainer? Was muss ich wissen?

Vanessa, für mich geht es dabei um Kopf und Kragen. Ich kann nur ›darüber‹ sprechen, wenn ich mich auf deine Verschwiegenheit und, Rainer zögerte, *auf deine Besonnenheit verlassen kann.*

Auf die Verschwiegenheit wohl. Zur Besonnenheit fällt mir nichts ein.

Rainer hatte nicht mehr viele Haare auf dem Kopf. Er fuhr sich mit dem Taschentuch über den Schädel und schaute aus dem Fenster hinunter auf die Lichter der Stadt.

Ich hatte den Eindruck, dass er das Gespräch jetzt am liebsten abgebrochen hätte. Aber es war zu weit gediehen, er hatte schon zu viel gesagt, konnte nicht mehr zurück.

Dein Mann, rückte er langsam heraus, *der Professor Robert Mathul aus Darmstadt, war in meiner Sprechstunde.*

Davon hat er mir nichts gesagt.

Das glaube ich wohl.

Rein zufällig war er, wie ich annehmen muss, auf mich gekommen. Er kannte mich nicht, wusste auch nicht, dass wir, du und ich, uns kennen. Davon war auch zwischen uns bei seinem Besuch nicht die Rede. Irgendeine Empfehlung, nehme ich an, hat ihn zu mir geführt.

Zufall oder was?

Sagen wir Zufall. Er wollte eine urologische Untersuchung, Prostata und so. Reine Vorsorge. Ich untersuchte ihn rektal und mit Ultraschall, eben was man so macht. Ohne Befund. Dann ließ er die Katze aus dem Sack. Vasektomie. Er wollte von mir eine Vasektomie.

Dieses ›Vasektomie‹, erinnerte sich Vanessa, hörte ich damals, Hilton-Restaurant, vierzehnter Stock, Frankfurt, zum ersten Mal, dieses verdammte Wort. Ich hatte es vorher noch nie gehört und scheute mich zu fragen, was es meint. Versuchte es mir zurechtzulegen, aus dem Griechischen und dem Lateinischen. ›Ektomä‹, griechisch, herausschneiden und ›vas‹, lateinisch, Gefäß. Da wird wohl ein Gefäß herausgeschnitten.

Ich wollte dann mit deinem Mann, fuhr Rainer fort, *das vorgeschriebene Aufklärungsgespräch führen.*

Ist nicht nötig, erklärte er, bin informiert. Kenne die Versagerquoten in Prozenthöhe aus der amerikanischen Fertility & Sterility-Studie und dem British Journal for Urology. Wenn Sie, Doktor, Ihre Sache ordentlich machen, meinte er, woran ich nicht zweifle, wird es keine Komplikationen und keine Refertilisation geben.

Apropos Refertilisation. Um sie zu vermeiden, erklärte ich deinem Mann, sind zwei Nachuntersuchungen im Abstand von vier Wochen vorgesehen. Solange sind Sie nicht steril.

Auch darüber bin ich informiert, belehrte mich dein Professor.

Und Ihre Frau, fragte ich, ist mit der Vasektomie einverstanden?

Sie weiß, antwortete er, dass ich keine Kinder will und wird sich freuen, wenn sie keine Pille, keine Spirale und all das Zeug mehr braucht. Nein, nein, Herr Kollege, sagte er beschwichtigend und legte seine Hand auf meine Schulter, mit meiner Frau, das geht schon in Ordnung.

Und dann haben wir einen Termin für den Eingriff ausgemacht. Der Termin, Vanessa, ist morgen um fünf. Morgen am späten Nachmittag, fünf Uhr.

Rainer machte eine Pause und schaute mich an. *Jetzt weißt du, warum ich so unsicher und aufgeregt bin.*

Er suchte nach seinem Taschentuch.

Meine ärztliche Schweigepflicht. Ich habe mich an dich ausgeliefert.

Und wieder wischte er sich mit dem Taschentuch über Stirn und Glatze.

In diesem Augenblick waren mir Rainers Stirn und Glatze und seine ärztliche Schweigepflicht ziemlich schnuppe.

Ich war fassungslos. Dass Robert so etwas tut, ohne mit mir darüber zu sprechen.

Alles bespricht er mit mir, seine dienstlichen Angelegenheiten, seine Forschungsvorhaben, seine Termine.

Und das nicht. Etwas, das uns zwei angeht, und nur uns zwei, das bespricht er nicht mit mir.

Es war, als ob man mir den Boden unter den Füßen wegzöge.

Robert Mathul!

Wäre er da gewesen, ich weiß nicht! Ich weiß nicht, was ich getan hätte. Du betrügst mich um mein natürliches Recht, hätte ich ihn angeschrieen. Um mein Recht als Frau. Und du missbrauchst mich. Willst mich als jederzeit verfügbares Sexobjekt haben.

O Gott!

Ich spürte, unheimlich und gefährlich, das kam ganz schnell, wie meine Liebe zu ihm und meine Bewunderung umzuschlagen drohten.

Bleib ruhig, sagte ich mir, bleib ruhig. Denk nach. Du hast noch nicht alle Möglichkeiten durchgerechnet.

Natürlich hatten wir über Kinder gesprochen. Die berühmte Kinderfrage vor der Eheschließung.

Ich kannte seine Ängste. Kindergeschrei, eingeschränkte Freiheit und dass ich ihm dann nur noch, wie er meinte, zum geringeren Teil gehöre.

Ich hielt, so gut ich konnte, dagegen, vertraute auf die Zeit und darauf, dass sich aus der erlebten Zweisamkeit der natürliche Wunsch nach einer Familie mit Kindern ergebe. Auch bei ihm. So hört man es doch. So liest man es doch. Und ich traute mir zu, ihn eines nicht allzu zu fernen Tages umstimmen zu können.

Er aber.

Er schafft vollendete Tatsachen. Ohne mir etwas zu sagen. Ohne vorher mit mir darüber zu reden. Und würde, wenn er mit mir ins Bett geht, weiterhin so tun, als ob er seine Manneskraft verströmte. Und wenn dann keine Kinder kämen, mein Gott, dann ist das halt so. Kann auch an der Frau liegen. Es liegt meistens an der Frau. Ja, natürlich, an der Frau liegt es.

Wut kam in mir hoch.

Ich muss nach dieser schockierenden Nachricht einen ziemlich erbärmlichen Eindruck gemacht haben, denn Rainer rückte seinen Stuhl an den meinen und hielt meine beiden Hände.

Ich habe mir gedacht, sagte er nach einer Weile, *dass du mit deinem Mann die Kinderfrage noch einmal besprechen solltest. Rein zufällig kommst du auf dieses Thema. Wie von ungefähr. Und vielleicht lässt er sich, ohne dir etwas zu verraten, dazu herbei, den Termin zu verschieben. Zumindest das. Ihr Frauen seid doch die besseren Diplomaten.*

Es war kurz nach Mitternacht, und kein öffentliches Verkehrsmittel hätte mich um diese Zeit zurück nach Darmstadt gebracht. Ich nahm ein Taxi.

Robert hatte auf mich gewartet.

Wo warst du denn so lange?

Bei einer Schulfreundin in Offenbach.

Der Ekel würgte mich. Nie hatte ich es nötig gehabt, so zu lügen.

Hast du noch Hunger?

Nein, danke. Ich möchte gleich ins Bett.

Aber eines muss ich dir noch erzählen, sagte er. *Zwei Kollegen haben mich gefragt, ob sie mich auf die Vorschlagsliste setzen dürfen. In einem Vierteljahr wird ein neuer Rektor gewählt. Ich habe abgewinkt*, lachte er, *aber gefreut hat es mich doch.*

Robert Mathul, ja, das ist er. Robert Mathul und seine Karriere.

Als ich im Bett lag, hörte ich seinen ruhigen, gleichmäßigen Atem.

Es war so wie immer.

Es war eben nicht so wie immer.

Ich wollte einschlafen, um schnell zu vergessen. Aber gerade das Vergessenwollen hinderte mich am Einschlafen. Ich lag die ganze Nacht wach.

Gedanken kamen und gingen.

Und Gestalten.

Nie hatte ich die Medea verstehen können. Als Drama, Grillparzer oder Anouilh, und wenn es über die Bühne geht, ein großes Stück.

Aber die Gestalt, die Figur, die Person Medea, egal, ob Anouilh oder Grillparzer, habe ich nie verstanden. Wie kann man seine eigenen Kinder umbringen. Dass man die Nebenbuhlerin tötet, das verstehe ich. Kreusa töten, aus Eifersucht töten, das verstehe ich. Aber die eigenen Kinder?

Jetzt glaubte ich sie zu verstehen. Denn wenn es um Kinder geht, machen die Gefühle Quantensprünge. Auch in die Perversion.

Aber ich. Wie sollte ich meine Verzweiflung an Kindern auslassen? Da sind ja keine.

Ich heulte in die Kissen.

Penthesilea kam mir in den Sinn.

Dieser hochfahrende Muskelprotz Achill, der glaubte, sie, die Amazone Penthesilea, die Soldatin, verhöhnen zu können. Er sollte sie kennen lernen, sollte ihre zerfleischende Leidenschaft zu spüren bekommen.

Ja, Penthesilea!

Dieser Intelligenz-Brocken Mathul, was glaubt er denn! Das natürlichste meiner Gefühle verhöhnen zu dürfen? Mein Recht auf ein Kind. Mein Recht auf ein Kind von ihm. Ich als seine Ehefrau. Mein Recht als Partnerin auf gleichberechtigte Partnerschaft.

Ich spürte, wie das Penthesilea-Gefühl, das Zwittergefühl aus Hass und Liebe in mir hochstieg. Ich wollte dem Robert Mathul wehtun, Schmerzen sollte er haben, er sollte von meinen Schmerzen ein ordentliches Stück abkriegen. Ich möchte ihn schreien hören, sagte ich, ja, schreien. Und es ist mir egal, ob es körperliche Schmerzen sind oder seelische. Leiden soll er und schreien.

Das sollte er, und das wollte ich.

Ich aber, das war mir klar, würde selbst leiden. Mit seinen Schmerzen.

Mitleiden, mitschreien würde ich.

Am nächsten Morgen eröffnete mir Robert, dass sein Assistent für ihn die Vorlesungen übernommen habe, heute und morgen, ihm also Zeit bliebe, um den längst fälligen Artikel für NATURE zu schreiben.

Vielleicht ist das nur ein Vorwand, dachte ich. Und er will zu Hause bleiben, um mit mir in Ruhe über sein heutiges Vorhaben zu sprechen. Ich lehnte die Tür zur Küche und in sein Arbeitszimmer an, blieb immer in der Nähe, um für das erhoffte Gespräch zur Stelle zu sein.

Und das Gespräch fand statt. Ein merkwürdiges Gespräch. Ein monologisches.

Ich hörte das Wort ›Fortpflanzungsideologie‹. *Ja, so ist es doch,* hörte ich ihn sagen. Er lief in seinem Arbeitszimmer auf und ab.

Ich kannte das. Wenn er eine Vorlesung oder einen Vortrag ausarbeitete, lief er auf und ab und sprach den Text laut, setzte sich an den Schreibtisch, schrieb weiter oder hörte sich das Gesprochene vom Band an.

›Fortpflanzungsideologie‹, dieses Wort hatte ich noch nie von ihm gehört, es hatte wohl auch wenig mit seinem Arbeitsfeld zu tun.

Wir stehen alle noch unter dem Druck der patriarchal-bürgerlichen Fortpflanzungsideologie, hörte ich ihn sagen, *und die heißt Familie gründen und Kinder haben. Kirche und Kapital und Fortpflanzungsideologie, so gehört das doch zusammen.*

Ich blieb in der Nähe der angelehnten Tür stehen.

Aber, so fuhr er fort, *in der anbrechenden globalisierten Dienstleistungsgesellschaft bedarf es mobiler Menschen, Kapital und Erwerbsarbeit sind heute vom Ortsbezug völlig abgekoppelt. Heute in Darmstadt, morgen in Jakarta oder Sydney.*

Familie? Fehlanzeige.

Kinder? Ja, wie denn?

Ich hatte die Türklinke in der Hand und wollte in sein Arbeitszimmer treten, wollte wissen, ob das, was er da von sich gibt, der Text sei für den Artikel in NATURE, eine abstrakte soziographische Abhandlung vielleicht.

Das schien mir aber, nach allem, was ich von dieser Zeitschrift wusste, eher unwahrscheinlich zu sein.

Oder ist es die Generalprobe für eine Auseinandersetzung mit mir? Ist es eine laut gesprochene Rechtfertigung seines Vorhabens?

In unserer Zeit, hörte ich ihn dozieren, *und in unserer globalisierten Welt ist der Single der nachweisliche Prototyp sozioökonomischer Verwertbarkeit. Oder wenn schon kein Single, dann wenigstens keine Familie mit Kindern. Kinder sind Störfaktoren. Bei dieser Art von Erwerbsarbeit sind Kinder Störfaktoren.*

Er machte eine Pause. Den letzten Satz: *Bei dieser Art von Erwerbsarbeit …* hörte ich noch einmal. Offenbar hatte er das Diktiergerät eingeschaltet.

Was bedeutet: Ich muss zur Kenntnis nehmen, dass ich Sexualität und Partnerschaft nicht nach meinen Bedürfnissen einrichten kann. Persönliche Gefühle und Wunschvorstellungen, auch die des Partners, gelten wenig. Das mag schmerzlich sein, enttäuschend. Es mag Tränen geben. Sie wird darüber hinwegkommen. Auch Sexualität und Partnerschaft, so ist es nun einmal, werden von wirtschaftlichen Normen bestimmt. Und die Normen heißen: hohe Leistung und Mobilität. Heute hier und morgen da, und immer hochtourig, um dem globalisierten Konkurrenzdruck standzuhalten.

Kinder?

Die Gesellschaft braucht sie aus vielerlei Gründen.

Kinder sind Sache der Modernisierungsverlierer, die sich nicht aufstiegsgerecht verhalten oder verhalten können. Diese Leute haben Zeit und Muße zum Kinder-Kriegen und Kinder-Aufziehen.

Es ist Aufgabe des Staates, für eine Sozialstruktur zu sorgen, die das Kinderhaben dieser Leute erleichtert.

Er machte wieder eine Pause.

Ich werde das Meinige dazu beitragen. Steuerlich. Meine Kinder, hörte ich ihn mit Nachdruck sagen, *sind die Proletarierkinder. Keines von ihnen kenne ich, will ich auch gar nicht kennen. Aber ich arbeite für sie. Zahle für sie. Meine Steuern.*

Mein Gott! Was sagt dieser Mensch!

Ich entfernte mich von der Tür. Hatte keine Kraft, länger zuzuhören.

Und fiel in ein Loch. Ein Loch aus Verzweiflung und Hilflosigkeit. Und noch etwas spürte ich, etwas, das mir in meinem bisherigen Leben völlig fremd gewesen war. Ich spürte Hass. Reinen, schlackenlosen Hass. Auf diesen Menschen, der in seinem Arbeitszimmer herumläuft und solche Weisheiten der Welt oder mir oder wem auch immer mitzuteilen gedachte.

Mein erster Gedanke: Was für ein Monster hast du da geheiratet, zusammengebastelt aus ideologischen Versatzstücken. Ein Patchwork aus Überheblichkeit und Egoismus.

Ist das der zärtliche Mann, der intelligente, arbeitstüchtige, menschenfreundliche Robert Mathul, den du geliebt und bewundert hast?

Heute, auf dem Balkon der AUGUSTUS-THERME und im Abstand von mehr als zehn Jahren, glaube ich, dass Mathul mit seiner ausschweifenden Rede über die Fortpflanzungsideologie selbst einer Ideologie erlegen war. Einer Rechtfertigungsideologie. Er wollte die Vasektomie. Ja, er wollte sie. Und um sie zu rechtfertigen, bemühte er Globalisierung und Leistungsdruck und Mobilität und all das Ökonomie-Geschwätz. Ich glaube nie und nimmer, dass er davon überzeugt war. Er wollte es, und er brauchte es, um sich zu rechtfertigen.

Armer Mathul.

Damals aber wurde mir klar, ein Gespräch über Kinder, wie es sich Rainer, der Urologe, vorgestellt und ich mir gewünscht hatte, ist mit diesem Menschen nicht zu führen.

Nein, nicht mit ihm.

Ich ging ins Schlafzimmer und warf mich aufs Bett.

Da war nichts als Leere.

Nicht einmal Verzweiflung.

Nur Leere.

Irgendwann hörte ich, wie jemand die Tür in mein Schlafzimmer leise öffnete.

Ich habe Kopfschmerzen, schrie ich, und will meine Ruhe haben. Die Tür wurde leise wieder geschlossen.

Dann hörte ich, am späteren Vormittag, wie die Wohnungstür ins Schloss fiel.

Durch ihre wissenschaftliche Arbeit war Vanessa dazu erzogen, die Gedanken zu ordnen. Auch dann, wenn sie der Malstrom der Gefühle durcheinander brachte.

Sie wollte etwas tun. Etwas, das vernünftigerweise zu tun ist. Und griff zum Telefon.

Rainers Nummer. Als sie ihn in der Leitung und er Zeit für sie hatte, sprach sie mit ihm eine ganze Stunde lang.

Am Ende stand fest, Rainer würde die Vasektomie an seinem Patienten Professor Doktor Robert Mathul heute, wie festgelegt, um fünf Uhr nachmittags vornehmen.

Der Eingriff war nicht aufzuhalten.

Neu war jedoch, dass sich auch Vanessa in Rainers Praxis einfinden sollte. So hatten sie es ausgemacht. Heute gegen drei Uhr nachmittags wollte sie da sein.

Da blieb nicht mehr viel Zeit.

Vanessa zog ein einfaches Kleid an, darüber einen hellen, leichten Mantel. Kein Make-up.

Zwischendurch schaute sie aus dem Fenster und sah, dass Roberts Wagen noch vor dem Haus stand. Er weiß also, ging es ihr durch den Kopf, dass er nach der Operation wegen der Narkose nicht ans Steuer darf.

Gut, dann nehme ich seinen Wagen.

Die Fahrt nach Frankfurt war eine Fahrt wie zur eigenen Hinrichtung.

Und doch auch nicht.

Eine merkwürdige Genugtuung war der Heillosigkeit beigemischt. Sie, Vanessa, wusste, dass sie mit ihrem Latein noch nicht am Ende war. Nein, sie war noch nicht am Ende. So in die Ecke stellen ließ sie sich nicht. Da soll er sich mal keinen falschen Erwartungen hingeben.

Wegen eines Staus kam sie erst kurz nach vier Uhr zu Rainers Praxis und suchte nach einem Parkplatz. Ein Parkhaus war nötig, hätte ja sein können, dass Robert Mathul zufällig sein auf der Straße geparktes Auto erkannt hätte. Die Zeit wurde knapp.

Rainers Wohnung und Praxis waren in einem Haus. Sie läutete bei der Wohnung. Eine schwangere Frau mit einem kleinen Jungen an der Hand öffnete.

Mein Mann hat mir von Ihnen erzählt, sagte sie, *bitte, Frau Mathul, treten Sie ein.* Vanessa schaute auf die Frau und den Jungen und strich ihm über den Kopf. Ein schwarzhaariger Kopf.

Schmerz kochte in ihr hoch. Anzumerken war ihr nichts.

Ich habe dir etwas mitgebracht, sagte sie und zog eine Glaskugel mit wirbelnden Schneeflocken aus der Tasche. Sie wirbelten um Kinder, die einen Schneemann bauten. *Bald wird es draußen so sein wie in der Kugel*, sagte Vanessa.

Der Junge nickte.

Dann stand Rainer hinter ihr.

Du kommst spät, sagte er und schaute auf die Uhr.

Dein Mann wird jeden Augenblick klingeln.

Er nahm Vanessa bei der Hand und führte sie in die Praxis. Im Vorbereitungsraum warteten der Anästhesist und eine Assistentin. *Meine Kollegin*, sagte Rainer und murmelte einen Namen.

Gemurmelte Namen als Antwort.

Es läutete. Die Schwester ging und öffnete.

Professor Mathul, hörte man ihre Stimme, *hier ist der Behandlungsraum. Wenn Sie sich bitte ausziehen und das grüne Hemd überziehen wollen. Die beiden Doktores kommen gleich.*

Die Schwester kam zurück, blieb unter der Tür stehen und nickte. Rainer und der Anästhesist gingen und schlossen die Tür hinter sich.

Vanessa setzte sich. Kein Laut drang aus dem Behandlungsraum, auch nicht von anderswoher. Wie in einer Gummizelle.

Sie hatte das Bild der Begrüßung mit Rainers Frau vor Augen. Wie schön wäre es, dachte sie, ein Kind auf den Arm zu nehmen. Und wie schön, ein Kind im eigenen Leib zu spüren.

Keine Sentimentalitäten jetzt. Du gehst deinen Weg.

Und die da drinnen?

Vanessa stellte sich vor: Der Anästhesist wird sich vergewissern, ob der Patient nüchtern ist und wird den Kreislauf prüfen. Vielleicht ist auch noch das eine oder andere Papier zu unterschreiben. Die Schwester wird mit der Seifenschale und dem Rasierer kommen, die Schamhaare müssen weg. Dann das Desinfektionsmittel gesprüht und gepinselt.

Vanessa schaute auf die Uhr. Schon fünf nach halb sechs. Gibt es Komplikationen? Rainer hatte von einer Prozedur nicht länger als fünfzehn oder zwanzig Minuten gesprochen. Vielleicht hatte er nur den unmittelbar chirurgischen Eingriff gemeint.

Wie würdest du reagieren, kam ihr in den Sinn, wenn der Urologe unter der Tür erschiene, ganz plötzlich, mit weit aufgerissenen Augen, schreckensbleichem Gesicht und mit bebender Stimme mitteil –

In diesem Augenblick erschien Rainer unter der Tür und sagte mit ruhiger Stimme: *Du kannst kommen, Vanessa.*

Im weißen Kittel, weißer Haube und Mundschutz trat sie in den Behandlungsraum.

Unkenntlich.

Vor ihr auf einem Tisch lag ein Mann, das grüne Hemd bis zur Brust hochgeschoben, die Beine leicht gespreizt, sein Geschlecht um den Hodensack herum ohne Schamhaare, schlapp und nackt und unauffällig klein, der Mann unter der Sauerstoffmaske scheinbar schlafend. Robert Mathul.

Der Anästhesist hatte die eine Hand an der Sauerstoffpumpe, die andere war frei, um die Infusion zu regulieren.

Rainer und die Assistentin waren noch mit den Operationsinstrumenten beschäftigt.

Vanessa schaute auf den Mann.

Genau genommen schaute sie auf sein Geschlecht. Gerunzelte, schlaffe, bräunliche Haut zwischen den Beinen. Nicht beeindruckend.

Penthesilea, sie hätte sich vielleicht auf diesen geliebten und gehassten Körper gestürzt und ihn gezüchtigt und verwüstet.

Vielleicht hätte sie es auch nicht getan, wäre kalt geblieben, weil die Exaltation des Kampfes fehlte, die Raserei, das Nicht-mehr-wissen-was-man-tut. Vielleicht hätte sie sich auch mit Widerwillen abgewandt.

Vanessa hatte keines dieser Gefühle.

Es gab eine Logistik, einen Operationsplan, und der galt. Sie schaute auf Rainer und was er tat.

Nie hätte sie geglaubt, der Entmannung ihres Mannes ungerührt zusehen zu können.

Sie konnte es.

Keine der Handlungen des Operateurs gingen ihr nahe.

Sie spürte weder Liebe noch Hass. Nur gespannte Aufmerksamkeit.

Rainer stand rechts vom Patienten, dessen Unterleib mit einem grünen Tuch abgedeckt war. Ein Loch in der Mitte des Tuches gab den Ort der Operation frei.

Rainer suchte mit beiden Händen am Hodensack den Samenleiter des rechten Hodens, und als er ihn hatte, klemmte er ihn mit einer gebogenen Zange fest, die Haut des Hodensacks strafft sich, ein kleiner Schnitt mit dem Skalpell, ein dünner, weißlicher Strang kommt zum Vorschein. Er wird kräftig herausgezogen, vom umgebenden Gewebe freigemacht und mit zwei Klemmen im Abstand von drei Zentimetern geklemmt. Mit der Schere ein Schnitt hier, ein Schnitt dort, die Pinzette greift sich das abgeschnittene Stück und legt es beiseite.

Geht nachher in die histologische Untersuchung, sagt Rainer beiläufig.

Die beiden offenen Enden verschweißt er mit einer bipolaren Elektrode, bindet sie zusätzlich ab, steckt sie zurück in den Hodensack, zwei Nähte, fertig.

Rainer richtet sich auf.

Sein Blick bleibt an Vanessa hängen. Er sieht ihr blasses Gesicht.

Willst du dich nicht setzen? fragt er.

Nein, nein, wehrt sie ab, ist aber froh, als ihr die Schwester einen Stuhl unterschiebt. Ihre Knie waren weich geworden und ihr Kopf merkwürdig leicht.

Alles ist handgreiflich nahe und zugleich weit entfernt. Wie hinter Glasscheiben. Wie in einem Film. Wie Bilder einer Reportage.

Nur der Ärger über sich selbst ist real.

Sie spürt, dass ein Schwächeanfall über sie kommt, und das ärgert sie. Diese lächerlich kleinen Blutstropfen an der Schnittstelle, die die Schwester sofort abtupft. Die können es doch nicht sein.

Woher die Schwäche?

Reiß dich zusammen. Du wolltest dabei sein.

Ein masochistisches Verlangen? Auch Rainer hatte diese Frage gestellt. Mag sein. Masochismus ist eine spezifische Form von Hassliebe. Diese widersprüchlichen Gefühle. Von mir aus, denkt sie. Warum nicht? Masochistischer Schmerz.

Aber dein Körper will ihn nicht und widerspricht deinem Willen. Er mag nicht. Er möchte, dass du aufstehst und gehst.

Kommt nicht in Frage, auf gar keinen Fall, sagt der Wille und zwingt sie, hier zu bleiben, zwingt sie zur Aufmerksamkeit.

Sie steht auf, will den Fortgang des Eingriffs genau verfolgen.

Der Patient zeigt eine leichte Unruhe, der Anästhesist lässt die Infusion schneller laufen.

Disoprivan, sagt er zu Vanessa hin, *ein kurz wirkendes Narkosemittel.*

Rainer tastet den Hodensack ab und greift sich den Samenleiter des linken Hodens. Wieder der kleine Schnitt, zweimal, abklemmen, schneiden, zweimal verschweißen, zweimal abbinden und zurück in den Hodensack.

Ein zweites Stück Samenleiter liegt auf dem Tisch.

Halt, sagt Rainer, *da kommt noch etwas*, und er schaut auf Vanessa.

Und Vanessa nickt.

Die Schwester greift hinter sich und hält ein kleines Plastikgefäß mit Flüssigkeit in der Hand.

Borsche Flüssigkeit, sagt Rainer.

Rainer erweitert den Schnitt ein wenig, fasst den linken Hoden und schiebt ihn zur Schnittstelle. Mit dem Skalpell macht er einen kleinen Schnitt in die Hodenkapsel. Gewebe quillt hervor, gelbes, schwammartiges Gewebe. Er zieht mit der Pinzette ein Gewebeteil heraus und steckt es in das Plastikgefäß mit der Borschen Lösung.

Rainer blickt kurz hoch und sagt: *Unter dem Mikroskop würdest du in diesem Gewebestück Hunderte, ja Tausende von Spermien sehen können. Es wimmelt nur so von ihnen. Wir könnten auch noch die herausgeschnittenen Samenleiter durchspülen. Da stecken sie auch. Aber ich denke, das genügt.*

Und wieder der Blick auf Vanessa.

Vanessa schaut auf ihn.

Das wollte ich sehen, Rainer.

Und trotz des Mundschutzes versteht er sie gut.

Das wollte ich sehen.

Der Angesprochene reagiert nicht.

Mit einem dünnen Faden näht er die Hodenkapsel zu und dann die Haut des Hodensacks.

Ich denke, sagt er zu Vanessa, *es ist besser, wenn du jetzt gehst. Gleich bin ich fertig. Noch ein Verband über beide Schnittstellen, fünf Minuten später ist dein Mann wach und kann aufstehen.*

Geh zu meiner Frau in die Wohnung und warte auf mich. In einer halben Stunde bin ich bei euch.

Vanessa ging in den Vorraum der Praxis, legte Kittel, Mundschutz und Haube ab, fuhr sich mit beiden Händen durch die Haare und verließ den Raum.

In Rainers Wohnung gab es eine Überraschung.

Als sie in den Flur der Wohnung trat, stand da ein Mann, und bevor Rainers Frau die beiden bekannt machen konnte, ging er auf Vanessa zu und gab ihr die Hand.

Wir kennen uns, sagte er, *auf dem Sommerfest der Universität, mein Gott, wie lange, wir haben zusammen getanzt. Rainer hatte Sie an den Medizinertisch gebracht. Im Hofgarten war das.*

Vanessa schaute das Gesicht genau an und glaubte sich an den rötlichen Teint und die rotblonden Haare zu erinnern. Er nannte seinen vollen Namen.

Sagen Sie Sven zu mir, bat er.

Ich heiße Vanessa.

Sie gingen in den Salon und setzten sich.

Rainers Frau brachte auf einem Tablett Espresso und Mandelgebäck.

Bitte, sagte sie.

Jeder gab Zucker in den Espresso und nippte.

Ich bin Gynäkologe, sagte Sven, *dann und wann arbeiten wir, Rainer und ich, zusammen, einfach weil es sich so ergibt. Mein Institut ist nur zwei Straßen weiter. Rainer hat mich gebeten, heute hier zu sein. Ein paar Andeutungen. Mehr weiß ich nicht.*

Sollen wir warten, bis er kommt, fragte er, *oder wollen Sie über das sprechen, was Sie eben erlebt haben?*

Vanessa war noch benommen. Sie schaute auf und schüttelte leicht den Kopf.

Ich verstehe, sagte Sven.

Die Tür ging auf, und der Junge kam zögernd herein. Er hielt die Glaskugel mit den Kindern, den wirbelnden Schneeflocken und dem Schneemann in beiden Händen.

Er will sie nicht mehr aus der Hand geben, die Glaskugel, erklärte die Mutter, *und möchte wissen, wie die Kinder, die Schneeflocken und der Schneemann in die Glaskugel gekommen sind. Da musst du die Frau Vanessa fragen, habe ich ihm gesagt.*

Der Kleine baute sich vor Vanessa auf.

Und wie kommen die Kinder da hinein? fragte er.

Ja, sagte Vanessa und nickte nachdenklich mit dem Kopf, *das ist eine schwierige Frage. Wie kommen die Kinder da hinein?*

Und mit einem lustigen Zug um den Mund antwortete sie: *Frag doch mal den Herrn da neben mir, der weiß über so etwas Bescheid.*

Dazu kam es nicht, denn Rainer trat ins Zimmer und stellte ein kleines Metallköfferchen neben der Tür ab.

Willst du auch einen Espresso? fragte seine Frau und reichte ihm ein Tässchen. Dann nahm sie den Jungen bei der Hand und verließ mit ihm das Zimmer. Die Glaskugel hatte er fest an seine Brust gedrückt.

Wie geht es dir? wandte sich Rainer besorgt an Vanessa. *Willst du dich nicht etwas hinlegen?*

Vanessa lehnte dankend ab.

Wegen der Kreislaufschwäche, da musst du dir nichts denken. Die Aufregung, weißt du, das Stillestehen, und der Operationsraum ist klein.

Ich bin okay, sagte Vanessa.

Für deinen Mann habe ich ein Taxi bestellt, er ist bereits auf dem Weg nach Darmstadt. Morgen soll er zu Hause bleiben, aber übermorgen kann er sich wieder frei bewegen.

Er deutete auf Sven. *Ich habe ihn her gebeten. Kannst du dich noch an ihn erinnern? Sommerfest, Hofgarten? Ihr habt zusammen Walzer getanzt. Du warst ihm, als ich deinen Namen nannte, sofort präsent. Du weißt, was er treibt. Er wird das Sperma*, Rainer zeigte auf den kleinen Metallkoffer, *in seinem Institut schockgefrieren. Dann sieht man weiter.*

Sven machte eine stoppende Handbewegung.

Nicht so schnell, mein Freund, nicht so schnell. Da muss ich als Gynäkologe erst noch ein paar Fragen klären.

Als Erstes, ich heiße Sven und also ›du‹. Zweitens, die Spermien haben noch die Körperwärme des Spenders. Und da du, Vanessa, sie nicht für den Hausaltar haben willst, muss ich wissen, in welchem der Zyklustage du dich befindest.

Wenn ich richtig gezählt habe, ist es der vierzehnte oder fünfzehnte Tag, antwortete Vanessa.

Sven kniff die Augen zusammen und pfiff durch die Zähne.

Dann schlage ich vor, wir drei begeben uns in mein Institut. Ich mache eine Untersuchung mit Ultraschall, und sollte die Ovulation gerade stattgefunden haben, dann machen wir auf der Stelle eine Insemination, einen Eingriff mit dem Katheder, der dem natürlichen Befruchtungsvorgang am nächsten kommt. Bist du damit einverstanden, Vanessa?

Noch bevor die beiden anderen ihre Meinung äußern konnten, sprach Sven weiter.

Die rechtliche Situation stellt sich mir so dar: Frau Vanessa Mathul wünscht eine artifizielle Befruchtung, also Befruchtung im Reagenzglas, eine ›In-vitro-Fertilisation‹, kurz IVF. Ist das richtig?

Ja.

Mir stehen die Spermien ihres Mannes, nach allgemeiner Lebenserfahrung nicht ohne die Zustimmung des Spenders, zur Verfügung. Alles weitere interessiert mich nicht. Entscheidend für mich ist der Wunsch der Frau und die Zustimmung der Frau.

Die Schwangerschaftsrate mit einfacher Insemination ist niedrig. Aber weil die Spermien jetzt noch ihre volle Vitalität haben, würde ich dazu raten – und zwar gleich.

Vanessa war aufgestanden. Sie nahm Rainers Hand. Dann, etwas zögernd, auch Svens Hand: *Mit euch gehe ich Pferde stehlen*, und schaute vom einen zum andern.

Wir stehlen nichts, wir vermitteln nur, lachte Sven. *Aber mit Vorbehalt.*

Die drei fuhren zu Svens Institut.

Die Räume des Instituts – es war bereits kurz nach sieben – waren gereinigt und gelüftet, die Türen zwischen den Zimmern standen offen.

Sven drehte als erstes die Heizung hoch und schaltete das Ultraschall-Gerät ein. Rainer nahm das Plastikgefäß mit den Spermien aus dem Metallkoffer und ging zum Labortisch.

Ich nehme, sagte er, *einen kleinen Teil des Gewebes mit den haftenden Spermien und befreie sie von den Prostatasekreten. Das mache ich in mehreren Waschvorgängen und konzentriere sie mittels der Swim-up-Methode. Das ist meine Arbeit. Sie kommen in den Schrank und werden tiefgefroren. Vielleicht brauchen wir sie noch. Der Rest des Gewebes mit Tausenden von Spermien steht Sven zur Verfügung.*

Vanessa hatte sich auf der Liege für den Ultraschall bereit gemacht und hörte nur mit halbem Ohr, was Rainer erzählte.

Wenn das gelingt, Vanessa, wenn das gelingt, sagte sie in sich hinein. Wenn das gelingt! Und eine heiße Freude quoll in ihr hoch. Wenn das gelingt, dass ich einem neuen Menschlein das Leben schenke. Mein Gott!

Anders als erwartet, spielte sich die Ultraschalluntersuchung nicht auf ihrer Bauchdecke ab. Sven setzte zum Aufsuchen der Follikelcysten eine intravaginale Sonde ein.

Nur zu, dachte sie.

Wenn das gelingt, und ihre Freude tauchte in einen Mix widersprechender Gefühle. Nicht Triumph, nicht Überlegenheit und nicht Genugtuung, aber von jedem etwas. Und als sie den Mix benennen wollte, fand sie kein Wort. Am besten gefiel ihr noch ›diebische Freude‹.

Ich spüre eine diebische Freude.

So einfach, Herr Mathul, lasse ich mich nicht austricksen. Du wolltest mich mit deinem heimlichen Eingriff übers Ohr hauen, aufs Kreuz legen wolltest du mich, über den Tisch ziehen. Da hast du dich gebrannt. Du hast nicht mit der Klugheit der Frauen, der Belastbarkeit guter Freundschaften und der Leistungsfähigkeit der modernen Medizin gerechnet. Der Professor Robert Mathul wird lernen, dass die Dottoressa Vanessa Mathul bei diesem Poker die letzte Karte in der Hand hält. Und die letzte Karte sticht. Ja, das wird sie.

Wenn ich richtig sehe, analysierte Sven das Ultraschall-Bild, *befindet sich ein sprungreifer Follikel im Eierstock.*

Er betrachtet zusammen mit Vanessa das Bild.

Das sieht gut aus.

Sven holt einen dünnen Katheder und eine Spritze aus dem Schrank.

Jetzt führe ich, erläutert er, *einen dünnen Katheder durch den Gebärmutterhals in die Gebärmutterhöhle. Willst du ein Beruhigungsmittel?*

Vanessa winkt ab.

An den Katheder setze ich eine Spritze mit einer Nährlösung und den Spermien deines Mannes, viele tausend Spermien.

Noch einmal: Die Wahrscheinlichkeit einer Schwangerschaft liegt bei ca. 30 Prozent. Aber die Disposition ist gut. Und wir wollen es versuchen.

Vanessa schließt die Augen.

Sie sieht den Jungen mit der Glaskugel vor sich. Er hält die Kugel mit beiden Händen. Wie kommen die Kinder in die Glaskugel? will er wissen. Und die Schneeflocken? Und der Schneemann? Frag doch den Mann mit der Spritze und dem Katheder, flüstert sie ihm zu, der weiß über solche Sachen Bescheid.

Vanessa spürt eine Unruhe in ihrem Unterleib. Zwei, drei Minuten. Dann, als der Katheder langsam wieder zurückgezogen wird, und noch bevor sie die Frage stellen konnte, hört sie Svens Stimme: *So, das war's. Jetzt ist Mutter Natur am Zug. Sie hat ihre Chance. Vier lange Wochen. Die müssen reichen. Dann werden wir sehen, ob sie sich an unserem Deal beteiligt.*

Während Vanessa sich anzog und ihre Haare in Ordnung brachte, machten sich die beiden Doktores an den Geräten zu schaffen und legten die restlichen Spermien zur Konservierung in einen Stahlschrank.

Vier Wochen, fuhr Sven fort, *und sollte sich nichts getan haben, bringen wir eine neue gynäkologische Armatur in Stellung. Da gibt es dann eine hormonelle Stimulation. Und eines Tages sitzt der jungen Mutter ein Junge oder ein Mädchen oder vielleicht beides auf dem Schoß. Wäre doch gelacht, wenn unsereiner einer jungen, schönen und gebärfreudigen Frau nicht zu ihrem Glück verhülfe.*

Hör auf, rief Rainer. *Du jagst einem mit deiner gynäkologischen Allmacht ja Angst ein.*

Rainer wusch sich die Hände. *Meine Frau hat ein kleines Abendessen vorbereitet, nicht viel.*

Vanessa und Sven schauten sich an und sagten *Danke.*

Also gehen wir.

Und dann die Wochen nach dem Frankfurter Abenteuer. Jeder von uns beiden, Robert und ich auch, hatten ein Geheimnis. Und jeder ein Stück schlechtes Gewissen.

Merkwürdig oder nicht: Da war eine Zuvorkommenheit, ja, Liebenswürdigkeit, mit der wir uns Nettigkeiten sagten und Unfreundliches aussparten, jeder war dem anderen auf besondere Weise zugetan, nicht anders als Ehepartner, die Seitensprünge auszubalancieren haben.

Robert hat, erinnert sich Vanessa, in diesen Wochen meinen Hals und meine Hände mit so viel Schmuck behängt, dass ich schwer daran zu tragen hatte.

Aber in meinem Herzen trug ich Groll. Bohrenden Groll. Dass er mich zu solchen Abenteuern zwingt. Dass er mich zwingt, mein Glück auf Schleichwegen zu ergattern und gute Freunde in Gewissensnot zu bringen.

Da kam die Wut der Penthesilea zurück, und ich hätte ihn zerfleischen können.

Robert hielt mir einige Male vor, dass ich ihn mit kalten Augen anschaue. Aber er fragte nicht weiter. Vielleicht weil er meiner Gegenfrage nach dem Grund seiner sexuellen Enthaltsamkeit aus dem Weg gehen wollte.

Vermeidungsstrategien.

Ich fuhr, erinnerte sich Vanessa, nicht wieder nach Frankfurt. Mutter Natur hatte bei dem Deal, um mit Sven zu sprechen, mitgemacht. Ich wurde schwanger.

Doch, ich fuhr nach Frankfurt, erinnerte sich Vanessa, ich fuhr nach Frankfurt. Mehrmals sogar. Ich fuhr zu Sven. Zu den üblichen Kontrolluntersuchungen in der Schwangerschaft.

Und dann, nach ein paar weiteren Wochen, offenbarte ich Robert meinen Zustand. Beim Frühstück machte ich meine Mitteilung, sagte ihm, dass ich schwanger bin. Mit bebendem

Herzen, zugegeben, sagte ich ihm, dass ich schwanger war. Ahnend, wie es weiter gehen würde. Und hoffend, dass es nicht so weitergehen würde.

Vanessa stand an der Brüstung des Balkons der AUGUSTUS-TERME und schaute hinunter in den Park der TERME NE-RONIANE und hinüber zu den Euganeischen Hügeln.

Kleine Wolkentürme hingen über dem Miniaturgebirge. Weiß und pausbäckig, was heute Morgen noch nebelhaft und fadenscheinig in den Tälern gelegen hatte.

Die Welt hatte sich verändert. Das war nicht mehr der Morgen.

Das war auch nicht Frankfurt, nicht Darmstadt.

Helles Licht auf den Hotels und Parkanlagen von Monte-grotto. Die Euganeischen Hügel zum Greifen nah.

Die Welt der kleinen Vulkane kam mit den großen Hotels ins Gespräch.

Vanessa wollte nicht mehr alleine sein. Sie wollte unter Leute.

9

Am Abend dieses Tages war Mathuls Sechsertisch im Speisesalon der TERME NERONIANE nur mit vier Gästen besetzt. Commissario Leonardi war dienstlich verhindert. Robert Mathul zu einer Besprechung in Venedig. Blieben die vier aus Neuseeland.

Mit Candlelight.

Mrs. Edenberger, die bleiche, hagere Frau, saß steif auf ihrem Stuhl und blickte von Tisch zu Tisch, von Leuchter zu Leuchter. Ellen kümmerte sich um Sophia und versuchte ihr das Comic-Heft, das sie auf den Knien hatte, auszureden. Mr. Edenberger war missmutig. Was ist Candlelight ohne einen Unterhalter am Tisch?

Ein neuer Gast hatte im Speisesalon Platz genommen. Eine Dame, Brillenträgerin, hochgesteckte Frisur, im sommerlichen Kostüm. Sie hatte sich kurzfristig zum Abendessen angemeldet, ein Einzeltisch war frei, an der Wand, etwas abseits.

Vanessa hielt es nicht mehr aus, musste weg, musste raus, nicht irgendwohin, sondern in die TERME NERONIANE musste sie, wollte ihren Sohn sehen, nicht mit dem Fernglas, wollte ihm nahe sein, selbst auf die Gefahr hin, entdeckt zu werden.

Auf ihrem Balkon im Zwölften der AUGUSTUS TERME glaubte sie plötzlich nicht mehr, dass da drüben, dreihundert Meter Luftlinie, ihr Junge war, ihr Luc, den sie mit Schmerzen empfangen und unter Freuden geboren hatte.

Und da sie beobachtet hatte, wie Robert Mathul am späten Nachmittag mit seinem BMW wegfuhr, war ihr das gerade recht. Sie entschloss sich blitzschnell zum Ortswechsel. Weg vom Balkon.

Abendessen in den TERME NERONIANE.

Du hast im Zwölften der AUGUSTUS TERME einen halben Tag vertrödelt, hielt sie sich vor, einen guten halben Tag.

Mit Vergangenheiten. Ich sehe es kommen, dass du von hier fort gehst und keine einzige Zeile zu Papier gebracht hast, kein Wort über Nero.

Als sie sich am Abend auf den Weg zu den TERME NERONIANE machte, steckte sie Walsers Nero-Büchlein in die Tasche, und mit ihr gingen Nero, seine drei Domestiken Phaon, Sporus und Epaphroditus und natürlich Martin Walser.

Antonio führte sie an ihren Tisch und stellte einen Kerzenleuchter dazu. Kein Mensch nahm davon Notiz. Candlelight, die schummrig schöne Ausleuchtung, verriet die Anwesenheit einer Dame, nicht mehr.

Wo sitzt er denn, mein Luc?

Ah, da drüben, in der mittleren Tischreihe. Vanessa verließ sich auf die entstellende Wirkung ihrer getönten Brille und schaute unverwandt auf den Tisch in der mittleren Reihe mit der weißhaarigen Dame und dem Jungen.

Eine dunkle Jacke trägt er, die Haare ordentlich gescheitelt und gebürstet. Das Werk der weißhaarigen Dame.

Er rutscht auf seinem Stuhl hin und her und schaut immerzu auf die Flügeltür. Von daher muss wohl die Überraschung des Abends kommen. Die alte Dame beugt sich zur Seite und unterhält sich mit Gästen am Nachbartisch.

Armer Luc. Und das jeden Abend.

Jetzt schaut er in meine Richtung. Hat er gespürt, dass ich ihn beobachte? Ich senke meinen Kopf und vertiefe mich in die Speisekarte.

Der Saalchef Antonio schiebt sich zwischen mich und Luc. Gut so. Er notiert meine Getränke-Wünsche.

Und der da drüben, der untersetzte, bullige Stiftenkopf, das ist Lucs Schwimmlehrer und mein Informant. Wäre kein Beinbruch, wenn er mich erkennte. Schließlich bin ich nur seiner Empfehlung gefolgt und erprobe die Gastronomie des Hauses.

Auch die Kaffeebraunen sind da, bis an die Zähne gebräunt, im Candlelight rußschwarz, und munitioniert mit Sektkübeln auf dem Beistelltisch.

Bewegung an der Küchentür.

Achtung!

Antonio, Saalchef und Amateurhornist, bläst ins Horn, bläst Tannengrün und Waldeslust.

Die Türflügel öffnen sich.

Carrelli kommen hereingefahren, eins, zwei, drei, funkensprühend und eskortiert von hochbemützten, rotköpfigen Köchen.

Vorneweg auf dem Carrello ein kleines Cinghiale, ein Wildschwein-Spanferkel am Spieß, dann ein Lamm über Holzkohlenfeuer und rotierende Hasen, und auf dem letzten Carrello eine Pesce Spada, ein Schwertfisch über roter Glut.

Die Köche versprühen in Schritt und Kopfhaltung das pure Selbstbewusstsein und die Würde eines uralten Berufs.

Triumphzug des Gaumens.

Klatschen und Bravorufe von allen Seiten.

Die Mannschaft lässt sich Zeit. Die Leute sollen sehen, was sie können. Und die Leute beugen sich über die Tische, mit jedem Blick und jeder Duftwolke wird es schwieriger, aus den vorbeiziehenden Verheißungen eine Auswahl zu treffen.

Das Abendessen mit Candlelight, der Höhepunkt einer Settimana Gastronomica in den TERME NERONIANE.

Cinghiale ist ein Wild. Dazu trinkt man Roten, oder nicht? Das Fleisch aber ist weiß, also besser einen Weißen? Antonio, per favore, welchen Wein empfehlen Sie?

Nehmen Sie Rosé, Monsieur, einen Rosé aus den Colli Euganei.

Vanessa hatte einen mehrarmigen Kerzenleuchter über sich an der Wand und einen Leuchter auf dem Tisch. Das aufgeschlagene Nero-Büchlein daneben.

Luther las so.

Napoleon las so.

Goethe las so.

Essen und lesen oder während des Essens Vorgelesenem zuhören.

Vanessa hatte Pesce Spada genommen und einen trockenen Weißen, einen Verdicchio.

Ihr gegenüber Martin Walser. Mit Schlapphut und weißem Schal. Seine grauen, strähnigen Haare stehen am Rockkragen hoch. Unter buschigen Augenbrauen kleine Augenschlitze.

Vorhin, sagt er über den Tisch hinüber, *vorhin, Vanessa, hast du sie nicht gesehen, als der Triumphzug der Köche mit den funkensprühenden Carrelli durch den Speisesalon zog, vorhin, da ging er vorne weg, der Kaiser*, und Walser stößt Nero mit dem Ellbogen kumpelhaft in die Rippen, *und der da war auch dabei und der und der.* Walser schnippt mit dem Finger auf die Domestiken Phaon und Sporus und Epaphroditus. *Wenn sich Triumphzüge bilden, irgendwo und mit wem auch immer, sind sie dabei, der Kaiser und sein Gefolge. Triumphzüge liegen ihm.*

Walser erhebt sich halb, greift über den Tisch hinüber und blättert eine Stelle in seinem Büchlein auf.

Vanessa, sagt er, *das da, das musst du lesen.*

Vanessa nimmt einen Schluck Verdicchio und liest:

Mein Auftritt im Orient macht Rom endgültig zur Provinz. Rom ist Provinz. Ohne mich ist Rom sofort Provinz. Wo ich nicht bin, ist Provinz.

Das ist Nero pur, wie er leibt und lebt, sagt Walser und zieht die Augenbrauen hoch, Augenbrauen wie ein Uhu, und wartet auf Beifall.

Vanessa schweigt.

Walser unbeirrt: *So müssen sie aussehen, Vanessa, so müssen sie aussehen, die Striche für das ›Selbstporträt des Künstlers als Kaiser‹. So müssen sie aussehen: kaiserlich.*

Das findest du in keiner antiken Quelle. Das musst du mitbringen, Vanessa, mitbringen. Wahlverwandtschaft, verstehst du?

Die wahre Quelle sitzt hier, und sie ist nicht dein Suetonius oder dein alter Tacitus, hier ist die Quelle, und Walser klopft mit der Faust an seinen Schädel und dann auf seine Brust. *Hier sprudelt die Quelle, die du suchst.*

Und er schnalzt mit der Zunge.

Den Fisch kaum angerührt, vom Wein nur genippt. Vanessa schaut verträumt in das Kerzenlicht und dann zu Walser.

So müsste man es können, sagt sie, *so wie du, Martin.*

Und sie spitzt den Mund, wie um ihn zu küssen.

Walser ist entzückt, setzt sich in Positur:

Der Kaiser müsste mir dankbar sein, ruft er aus, *dankbar für jedes Wort. Nach zweitausend Jahren endlich einer, der mich versteht, müsste er sagen. Nach zweitausend Jahren noch müsste er mir dankbar sein.*

Er hält inne und wartet auf Beifall.

Vanessa schaut auf ihren Teller. Der Fisch war kalt, der Wein warm geworden.

Sie klappt das Büchlein zu und schiebt es zur Seite, packt ein weißes Stück Pesce Spada auf ihre Gabel und schiebt es in den Mund, dann gebackene Auberginen, dann einen Schluck Verdicchio, dann noch einmal Pesce Spada und Auberginen und noch einmal Verdicchio.

Walser stützt sich mit beiden Händen auf den Tisch und verfolgt jeden Bissen. Sie bedient Messer und Gabel, denkt er, und weiß nicht, dass die Hände zum Applaudieren gemacht sind.

Das Schmausen und Plaudern im Speisesalon hörte sich an wie ein kreisender Bienenschwarm. Die Kerzen, es mussten Bienenwachskerzen sein, spendeten gelblich keusches Licht und – in der Abendstunde nicht unwillkommen – anheimelnde Wärme. Nach der tannengrünen Waldeslust und dem Bratenduft ein Hauch von Bienensommer.

Plötzlich ein Schrei. Hell und spitz.

Ein Aufschrei.

Hochgerissene Hände, umstürzende Stühle. *Incredible*, hört man schreien und *disgusting*.

Was ist los?

Gäste stehen auf, springen auf, halten die Hand vor den Mund und angstvoll Ausschau nach der Ursache des Aufruhrs.

Trotz Candlelight ist der Ort des Tumults schnell ausgemacht: Am Tisch der Neuseeländer ist der Teufel los.

Wie das?

Ihr Vierertisch war mit einem vierflammigen Kerzenleuchter geschmückt, eine besondere Aufmerksamkeit des Hauses.

Der Kerzenleuchter war umgestürzt, drei Kerzen erloschen, die vierte hatte eine Serviette in Brand gesteckt und mit dem ausfließenden Wachs eine kleine Stichflamme erzeugt. Ein beherzter Cameriere war hinzugesprungen und hatte das Feuer mit einem Tischtuch erstickt.

Nicht ohne Kollateralschäden.

Geschirr ging zu Boden, Bestecke flutschten unter die Nachbartische, Fleischstücke und Salate klammerten sich an Blusen und Krawatten. Die Gäste verließen die Plätze und drängten zum Ort des Geschehens.

Mister Edenberger ist außer sich.

Zustände wie im alten Rom, schreit er und *Jetzt sind die Würfel gefallen, endgültig*, und wiederholt den Entschluss lateinisch, ›*alea iacta est*‹.

Hörst du, stößt Nero den Martin Walser in die Rippen, *hörst du, Zustände wie im alten Rom, in meinen Thermen, in den TERME NERONIANE herrschen Zustände wie im alten Rom, Martin, ich sage dir, alea iacta est: Ich bleibe hier, ein locus amoenus ist das, ich bleibe hier. Phaon, Sporus, Epaphroditus, ihr besorgt mir ein Quartier. Wir bleiben hier. Und du, Martin, machst mir ein paar Verse über die TERME NERONIANE oder über das alte Rom, über das eine oder das andere, wie du willst, ganz egal, da steht das eine fürs andere.*

Alea iacta est, wiederholt Mr. Edenberger laut in den Saal hinein.

Antonio ist zur Stelle.

Wie konnte das passieren?

Das fragen Sie mich?

Hat vielleicht jemand mit dem Candlelight unvorsichtig hantiert?

Wer? Wir vielleicht? Wir sollen unvorsichtig hantiert haben? Wir? schreit Edenberger.

Nein, mein Herr, nein, das will ich keinesfalls gesagt haben.

Ich wiederhole, sagt Edenberger mit erregter Stimme, *wie im alten Rom ist das, nicht einmal beim Essen lässt einen das Ungeziefer in Ruhe. Wahrscheinlich kommt es aus den zweitausendjährigen Thermen, den neronianischen, ja, von da unten, ich kann es mir denken*, und er stößt mit dem Finger mehrmals nach unten. *Das da unten ist doch wie gemacht für Ungeziefer jeder Art.*

Aber was reden Sie da, mein Herr!

Was ich rede? Fragen Sie doch meine Frau!

Da lief es, stößt Mrs. Edenberger mit schreckensweit geöffneten Augen hervor und fährt mit dem Zeigefinger von der oberen Tischkante herunter auf ihren Platz, *da lief es über den Tisch, als ob es zu Hause wäre, gemütlich über Teller und Bestecke, ich wollte es nicht glauben, bis es mir an die Bluse sprang und auf die Schulter, da erst brachte ich einen Ton aus meiner Kehle, ja, da lief es herunter*, und sie zeigt nochmal genau den Weg über die Tischplatte, die Teller, die Bestecke, *und sprang herüber auf meine Bluse, hierher*, sie tippt auf ihre flache Brust, *und über meine Schulter …*

Und ich sah, fährt die zehnjährige Sophia eifrig fort und bekräftigt kopfnickend das Gesagte, *wie es vom oberen Tisch kam, so groß war es, und sie macht mit Daumen und Zeigefinger eine Handspanne, ich habe es genau gesehen, schwarze Knopfaugen hatte es und hat mich angeschaut …*

Mir scheint, hier wimmelt es nur so davon, ereifert sich Mr. Edenberger, *das ist ja unglaublich! Hatten Sie*, und er wendet sich an die Umstehenden, *hatten Sie vielleicht ähnliche Gäste an ihrem Tisch?*

Nein, mein Herr, sagt eine korpulente Dame vom Nachbartisch, *es war das friedlichste Abendessen, so wunderbar mundete der Hasenrücken*, und ihr Mann nickte zustimmend mit dem ganzen Körper.

Keine Spur von handspannengroßen Gästen. Erst der Tumult an Ihrem Tisch brachte uns aus dem Konzept.

Und mit einem Gesicht voll feinsinniger Nachsicht fügt die Dame hinzu: *Vielleicht war alles eine Täuschung des Lichts, ich meine des flackernden Kerzenlichts, da könnte man schon auf merkwürdige Gedanken kommen. Meinen Sie nicht?*

Aber es hat meine Tochter doch angeschaut, empört sich Edenberger, *mit schwarzen Knopfaugen angeschaut. Sie haben es aus ihrem Mund gehört. Und meiner Frau sprang es an die Brust und dann auf die rechte Schulter. Sie haben es doch aus ihrem Mund gehört.*

Was war es denn? Eine Maus?

Haben Sie schon jemals eine knallrote Maus gesehen? ruft Mrs. Edenberger erregt.

Sie sagen knallrot? Nein, das gibt es nicht.

Knallrot, wenn ich Ihnen sage, knallrot lief es über den Tisch, von der Kante dort bis zu meinem Platz, und dann auf meine Brust und über die Schulter.

Nein, quittegelb, fällt ihr Sophia ins Wort, *und hat mich angeschaut mit schwarzen Knopfaugen, so groß war es, von meinem Daumen bis zum kleinen Finger. Quittegelb und mit schwarzen Knopfaugen. Sonst wie eine Maus, aber quittegelb.*

Es gibt keine quittegelben Mäuse. Sie war knallrot, mein liebes Kind, knallrot, beharrt Mrs. Edenberger.

Sophia protestiert: *Quittegelb war sie, wenn ich dir sage quittegelb,* und Tränen des Protests quellen aus ihren Augen.

Buntfarbige Mutationen offenbar, flicht Mr. Edenberger mit sardonischem Lachen ein, *ausgebrütet in den Tiefen der neronianischen Thermen der TERME NERONIANE.* Und stößt mit dem Zeigefinger wieder nach unten. *Was weiß man schon von dieser chthonischen Unterwelt. Und wo ist es jetzt, das Ungeziefer?*

Unsicheres Um-sich-blicken.

Der Saalchef Antonio wird mutiger.

Hat, fragt er, *irgendjemand von Ihnen, meine sehr verehrten Damen und Herrn, etwas Auffälliges gesehen, etwas, das mit den Schilderungen der Herrschaften Edenberger in Verbindung zu bringen wäre, irgendetwas an den Tischen oder am Boden, sei es rot oder gelb oder wie auch immer?*

Die Gäste schütteln den Kopf.

Das alles ist rätselhaft. Unverständlich.

Antonio schaut in die Runde wie ein Feldherr.

Bitte, meine Damen und Herren, signore e signori, mesdames e mesieurs, und er macht eine einladende Geste, *wollen Sie sich bitte wieder an Ihre Plätze begeben.*

Und die Gäste ziehen sich langsam zurück, setzen sich an ihre Tische, und soweit sie nicht die Lust verloren haben, beugen sie sich wieder über ihre Teller und machen sich über die Reste eines abgestandenen Mahls, das so verheißungsvoll in tannengrüner Waldeslust und duftendem Bienen-Sommer begonnen hatte.

Martin Walser gab Nero einen Stups und steckte ihm einen Zettel zu.

Da, sagte er, *es macht sich gut, wenn du etwas vorträgst.*

Nero überflog die Zeilen, und da er über ein treues Gedächtnis verfügte und sich gerne reden hörte, steckte er den Zettel weg und nahm das Kinn hoch:

Ich stand in meinem Garten,
im roten Garten des Palasts
und wollte stehen, warten,
dass keines Gasts
Gerede mir den Tag verdürbe
und dass ich lieber stürbe,
als noch einen Menschen spräche.
Endlich war die Sonne fort,
verließ die Gärten der Paläste,
und ich suchte gierig den Rapport
aller dieser Gäste.

Walser machte eine rundum ausgreifende Geste auf die Anwesenden im Saal.

Schön gesagt, sagte Nero.

Ich habe dir doch aus der Seele gesprochen, sagte Walser zu Vanessa, *oder nicht? Erst wolltest du allein sein, dann unter Leuten.*

Ich habe es für dich geschrieben, flüsterte er, für dich. *Gefällt es dir?*

Schön gesagt, sagte sie und schaute auf den Nachbartisch.

Der Vierertisch der neuseeländischen Gäste wurde nämlich mit allem, was darauf stand, abgeräumt. Flink und geräuschlos ging das, und Antonio überwachte die Arbeiten der Camerieri.

Dann trat er auf Mr. Edenberger zu.

Ich kann verstehen, sagte er, *dass Ihnen die Freude am Speisen im Speisesalon vergangen ist. Ich habe deshalb angeordnet, das ganze Gericht auf Ihrem Zimmer nochmals zu servieren.*

Mr. Edenberger ging über diese Mitteilung hinweg, als ob er sie nicht gehört oder sie für ganz und gar selbstverständlich gehalten hätte.

Statt dessen sprach er: *Ich sage für mich und meine Familie, ›alea iacta est‹, wie Cäsar am Rubicon 49 vor Christus, die Würfel sind gefallen. Endgültig.*

Und das heißt: Morgen reisen wir ab.

Antonio, schieres Bedauern und Verständnis heuchelnd, deutete eine Verbeugung an und sagte: *Das haben wir zu respektieren.*

Edenberger hatte Miss Ellen im Blick. Er wollte sehen, wie die Nachricht der baldigen Abreise auf sie wirkte. Ellen schaute auf, und ihr Blick war wie die Bestätigung einer längst getroffenen gemeinsamen Vereinbarung. Sie wusste, wo sie hingehörte, und der rechte Ort, das wollte sie wohl glauben machen, war gewiss nicht die Nähe oder gar die Seite eines deutschen Professors.

Mr. Edenberger gewann seine Gelassenheit zurück.

Gemessenen Schrittes verließ er den Speisesalon. Gefolgt von zwei Frauen und einem zehnjährigen Mädchen.

Noch jemand hatte die Nachricht von der bevorstehenden Abreise gehört.

Ein bulliger Mann mittleren Alters mit Bürstenschnitt. Er

saß nur wenige Schritte entfernt an seinem Tisch und schälte eine Birne.

Als er die Nachricht hörte, glättete sich sein Gesicht. Er aß die Birne in kleinen Stücken. Mit dem letzten Birnenstück griff er unter den Tisch, und während er noch kaute, nahm er die schwarze Ledertasche, in der sich seine berühmte Briefmarkensammlung befand, und verließ den Speisesalon. Zufrieden mit sich und den Edenbergers und der Welt.

Sein Boss war heute in Venedig. Vor der Abfahrt hatte er ihm, dem Pavel, einen Auftrag erteilt. Der Edenberger, hatte er gesagt, der Edenberger muss weg, je früher, desto besser. Schau zu, wie du das hinkriegst. Alles kannst du machen. Nur keine Scherereien mit der Polizei.

Pavel hatte das Richtige gemacht. Und ganz ohne Polizei. Allerdings mit einer gewissen Verfremdung. Knallrot und Quittegelb.

Als der Tumult seinen Höhepunkt überschritten hatte, verließ Pavel seinen Platz und stellte sich in den Kreis der neugierigen Gäste. Er hob Scherben des Geschirrs vom Boden auf sowie vagabundierendes Besteck und kam sich vor wie ein Brandstifter, der sich bei den Löscharbeiten durch besonderen Eifer hervortut.

Jetzt trug er seine Briefmarkensammlung in den Wohnwagen. Hermann und Dorothea mussten gewaschen und getrocknet und von allen Farbspuren befreit werden.

Wenn sein Boss zurückkommt, würde er heute oder morgen Meldung erstatten, wie er es beim tschechischen Militär gelernt hatte. ›Keine besonderen Vorkommnisse‹, würde er sagen, und was ich noch erwähnen wollte: Edenberger hat für sich und seine Familie die Abreise angekündigt. Morgen fahren sie.

Als er mit seiner Tasche aus dem Hotel und um das Rondell schritt, wurde er am Ärmel gezupft.

Pavel blieb stehen und sah Luc neben sich.

Waren es Hermann und Dorothea oder Tristan und Isolde? flüsterte Luc.

Ich verstehe dich nicht, Luc. Hast du nicht gehört, sie waren knallrot und quittegelb.

Aber so groß wie Hermann oder Tristan.

Ich sage noch einmal, knallrot und quittegelb.

In diesem Augenblick fuhr ein Auto um das Rondell, und der Scheinwerfer streifte Lucs Gesicht.

Luc hatte ein Auge zugekniffen, und es war nicht auszumachen, ob ihn der Scheinwerfer oder der Zweifel plagte.

Gute Nacht, Luc.

Gute Nacht, Pavel.

Pavel bog auf den Parkplatz ein.

Es wird Zeit, dass wir den Platz räumen, dachte er. Die Thermen bekommen undichte Stellen.

Vanessa blieb nach dem Tumult im Speisesaal. Für sie war es ein scherzo furioso, etwas, das die ungezügelte Fressgier der Leute auf originelle Weise unterbrach.

Ungeziefer, das da in Rede stand, nein, davon hatte sie nichts bemerkt. Die Neuseeländer, so schien es ihr, sind nervöse Leute.

Vanessa besah sich unverhohlen die Gäste, die sie vom Balkon her kannte. Die Gefahr, von irgendjemandem entdeckt zu werden, war gering.

Die Kaffeebraunen hatten nach dem Aufruhr einen neuen Grund anzustoßen und ließen den Champagner schäumen. Sie feierten, als wären sie um Haaresbreite einer Katastrophe entgangen.

Lucs Schwimmlehrer, Vanessa entging es nicht, verließ mit einer schwarzen Tasche den Speisesalon.

Und Luc, wo ist Luc?

Tante Liz saß noch am Tisch, aber der Junge war weg.

Vanessa stand auf, packte das Büchlein in ihre Tasche, und gehorsam verließen mit ihr die Domestiken Phaon, Sporus und Epaphroditus den Speisesalon. Und Martin Walser.

Nur Nero rebellierte.

Hatte ich nicht Anweisung gegeben, Quartier zu machen? schrie er. *Hier in meinen Thermen, hier, wo es zugeht wie im alten Rom.*

Schrei hier nicht herum, Kaiser, fuhr ihm Walser über den Mund. *Alle haben sie gut gegessen heute Abend. Cinghiale, Hasenkeule, Pesce spada, und alle verbinden das köstliche Mahl mit deinem Namen, alle mit dem Namen des Kaisers Nero. Mehr kannst du nicht erwarten:*

> *›Auch ein Schmaus zu sein im Mund der Geliebten, ist herrlich‹ oder so ähnlich. ›Nänie‹, Friedrich Schiller*

Was willst du mehr, Kaiser?

Nero nickte: *Du hast recht, Martin,* sagte er kleinlaut und wischte sich die Augen.

Am Tresen zahlte Vanessa mit der Scheckkarte.

Vielleicht komme ich morgen wieder, sagte sie.

Sie sind immer willkommen, gnädige Frau.

Vanessa schlug den Kragen hoch und verließ das Hotel. Da wäre sie um ein Haar mit Luc zusammengestoßen. Sie blickte schnell in die andere Richtung. Für einen Augenblick hatte es den Anschein, als ob Luc stehen blieb und ihr nachschaute.

Sollte sie nicht lieber umkehren, das ganze jämmerliche Spiel beenden, ihren Jungen in die Arme schließen und nicht mehr loslassen?

Ein so schöner und ein so schrecklicher Augenblick!

Ihr Luc, und ganz nah.

Sie blieb stehen und drehte sich langsam um.

Da war kein Luc. Sie stand allein unter dem Baldachin des Hotels. Die Gäste füllten das Foyer und den Vorplatz. Mitten unter den Leuten stand sie.

Und glaubte, noch nie in ihrem Leben so einsam gestanden zu sein.

Was sollte sie tun? Zurück in die TERME NERONIANE konnte sie nicht. In ihr Hotelzimmer wollte sie nicht. Also weg.

Irgendwohin.

Und zog los. Verließ den Park der TERME NERONIANE. Immer weiter. Ging Wege, eingezwängt zwischen Hecken, denen man die Wildnis noch ansah, an Gräben entlang, in denen das dampfende Wasser der Thermen abfloss. Hunde in unsichtbaren Gehöften schlugen an.

Noch nie war sie diese Wege gegangen. Sie musste sich in der Nacht und Einsamkeit die Einsamkeit und Nacht vom Leib laufen.

Robert Mathul, von Venedig zurück, stand in seinem Zimmer, noch mit Mütze und Mantel, und schaute auf die Kieswege vor dem Hotel. Er sah eine Gestalt, eine Frauengestalt, die mit entschlossenen Schritten dem Ausgang des Parks zustrebte; den Mantelkragen hochgeschlagen. Jetzt blieb sie stehen, drehte sich um und blickte auf den Eingang des Hotels.

Er war sich nicht sicher. Aber nach Größe und Gestalt und nach dem, was die Beleuchtung hergab, könnte es Vanessa sein.

Wollte sie ihn besuchen? Mit ihm sprechen?

Er sperrte die Zimmertür ab, steckte den klobigen Schlüssel in seine Manteltasche, eilte die Treppe hinunter und hinaus in den Park, glaubte die Gestalt gerade noch zu erkennen, wie sie den Weg einschlug, der die Hotel-Zone verlässt und zu den Euganeischen Hügeln führt.

Er war in ihre Nähe gekommen. Sie durchschritt den Lichtkegel einer Straßenlaterne.

Ja, sie war es.

Vanessa.

Wohin geht sie? Das war nicht der Weg in ihr Hotel, in die AUGUSTUS TERME. Also wohin?

Er blieb ihr so nahe, dass er sie gerade noch erkennen konnte, und so fern, dass sie ihn nicht bemerkte.

Warum?

Das hätte er nicht zu sagen gewusst.

Konnte er die Frau in die Dunkelheit hinaus gehen lassen? Allein? In einer unvertrauten Umgebung? Er wollte in ihrer Nähe sein, wenn etwas wäre.

Oder vielleicht traf sie jemanden, hatte ein Appuntamento, eine Verabredung außerhalb der Hotel-Zone. Wollte von niemandem gesehen, von keinem bemerkt werden. Wer so kräftig ausschreitet, hat ein Ziel, will irgendwohin.

Er ging ihr nach, war ihr auf den Fersen; aber bei ihr, neben ihr, das wäre zu viel. Das wären Zugeständnisse, Eingeständnisse, Verlust von Freiheit.

Und doch.

Mit Vanessa durch die Nacht gehen, ihren Arm, ihre Hand, den Anschein ihres Gesichts. Und zu sagen, ich bin da, ohne ein Wort zu sprechen.

Scharfer Piniengeruch, Schwefel- und Modergeruch aus den Kanälen, Hundegebell von irgendwoher, ausgestreute Lichter auf den Euganeischen Hügeln, Verlockungen eines Frühsommerabends, kühler Hauch von den Hügeln. Und ihre Hand, ihr Gesicht, ihr Atem.

Er hätte sie fragen können, ob sie nicht Lust hätte auf einen Cynar oder was immer sie wollte.

Alles wäre möglich gewesen.

Alles hätte er tun können.

Alles.

Wäre und hätte.

10

Robert Mathul kam von seiner abendlichen Exkursion zurück und ging schnellen Schrittes, ohne rechts oder links zu blicken, auf sein Zimmer. Warf den Mantel aufs Bett.

Das kann doch nicht sein. Nein, das kann nicht sein. So kann der Tag nicht zu Ende gehen.

Er stand vor der Toilettenschüssel. Ein Abend zum Kotzen.

Du hast dich benommen wie ein Pennäler. Was, Pennäler! Wie ein Strolch, wie ein streunender Hund. Er überbot sich in pejorativen Vergleichen.

Schon dass du ihr nachgelaufen bist, Hals über Kopf. Umkehren hättest du müssen. Wer reisen will, soll reisen. Lass sie doch laufen. Und wenn sie es will, auch allein und in die Nacht.

Kein vernünftiges Wort hast du über die Lippen gebracht. Hallo, Vanessa, ich bin's, ich, der Robert, lass mich mit, den Mund aufmachen und sprechen, unter der Straßenlaterne schon, dort wäre der rechte Ort gewesen, das Einfachste von der Welt.

Mathul schüttelte den Kopf.

So darf der Tag nicht enden. So nicht.

Mathul verließ das Bad und ging ins Zimmer.

Andere hätten zur Flasche gegriffen, andere hätten Tabletten geschluckt, andere hätten wilde Zerstreuung gesucht.

Du musst damit zu Rande kommen. Was heißt ›damit‹? Das heißt ›mit dir‹. Du musst mit dir zu Rande kommen.

Er zwang sich zur Ruhe, zog das Jackett aus, die Schuhe, wusch sich die Hände und das Gesicht, löschte das Licht, schaltete das Radio ein, eine swingende Musik, rückte den Polsterstuhl ans Fenster und sah im Licht der Strahler, die am Dach des Hotels befestigt waren, die antiken Säulenstümpfe und Kapitelle, umsponnen von roten Rosen.

So saß er. Der Abend fiel von ihm ab, der unsägliche Weg

durch die Nacht, er schaute auf die Säulenstümpfe, die korinthischen Kapitelle, die roten Rosen.

Swingende Musik.

Der Nachmittag kam zurück. Langsam. Der Nachmittag in Venedig.

In Ruskin's House am Zattere ai Gesuati, einem Hotel, das er wegen seiner Dachterrasse mit Blick auf die Giudecca-Insel und den Giudecca-Kanal liebte.

Die Blaupausen zum Antrieb der Oxygen-Zentrifuge lagen auf dem Tisch. Aero-Space hatte drei Ingenieure geschickt. Sie sollten den Auftrag nach Hause bringen. Vertrag mit Unterschrift. Aero-Space hatte kapiert, was in den OXYGEN-KIEMEN steckte. Welche Zukunft...

Während die Ingenieure erläuterten und warben, schaute Mathul auf die langgestreckte Giudecca-Insel, auf Palladios monumentalen ›Redentore‹, auf die Schiffe, die großen, die kleinen, die über den Giudecca-Kanal zogen.

Meine Herren, sagte er im Anblick Venedigs, *Ihre Pläne und Berechnungen schön und gut. Sie sind so viel wert, wie der Stadtplan von Venedig. Man bekommt eine Vorstellung, aber nicht die Stadt. Und ich will die Stadt.*

Die Ingenieure schauten sich an.

Bildlich gesprochen. Ich will die KIEMEN da drinnen haben, er bohrte mit dem Zeigefinger in seinen Backen, *und sie müssen so gut passen wie die Häuserfront da drüben zum Giudecca-Kanal und so selbstverständlich sein wie der Segler am Eingang des Kanals.*

Die Ingenieure folgten der Richtung seines Armes.

Ich brauche einen Prototyp, sagte er. *Machen Sie ihn nach Ihren Plänen. Einen Prototyp mit Ihrem Antriebssystem. Ich gebe Ihnen meine Oxygen-Zentrifuge. Sie ist patentiert. Und das Mischpult für das Luft-Sauerstoff-Gemisch. Ebenfalls patentiert. Das andere machen Sie. Und dann sehen wir weiter.*

Die Ingenieure waren überrascht und, wie es schien, hoch zufrieden.

Das wird bald sein, sagte der Chef der Gruppe. *Es war unser*

Auftrag, Sie, Professor Mathul, um die ebengenannten Teile zu bitten. Nur, ich muss gestehen, ich hatte nicht den Mut. Die Insel da drüben, die Giudecca, und der Kanal da unten haben mich irritiert. Ich glaubte, Sie interessieren sich mehr für die Giudecca und den Kanal, und unsere Ingenieursarbeit würde Sie langweilen. Den Prototyp, Professor, den werden Sie bald haben. Der Sprecher holte sich von seinen beiden Kollegen die nickende Zustimmung und wiederholte: *Den Prototyp schon bald.*

In Ruskin's House gab es einen mehrfach gebrannten Grappa, ein köstliches Wasser.

Cameriere, den Grappa spezial, viermal.

Alla salute e all'invenzione, signori.

Dann gingen sie auseinander.

Und Mathul zurück in die TERME NERONIANE.

Warum ist der Tag nicht so geblieben. Das wäre ein Abschluss gewesen. Mit einem Ergebnis und einer Perspektive. So hätte man zu Bett gehen können.

Nicht den Ekel hochkommen lassen. Nicht noch einmal. Mathul wehrte sich. Nicht noch einmal den Würgegriff.

Er zwang seine Gedanken in eine andere Richtung, blätterte den Tag zurück.

Was gab es noch?

Wie fing er an?

Ach ja. Der Termin um zehn.

Er nickte nachdenklich mit dem Kopf. Der Gang zum Ospedale und der Besuch am Krankenbett.

Der Gang kostete mich einige Überwindung. Aber angesichts der ungeklärten Umstände und der Tatsache, dass ich, wie ich glaube, unter einer gewissen Beobachtung stand, schien es mir ratsam, eine Visite zu machen.

Ich fand den Patienten Federico Berlingueri unter weißen Laken, entspannte Gesichtszüge, gesunde Gesichtsfarbe, die Augen geschlossen. Ich ging wie einer, der unversehens in ein Schlafzimmer mit einem Schläfer geraten war, bewegte sich auf Zehenspitzen.

Erst auf den zweiten Blick sah ich die Schläuche, die von oben herab zum Arm und aus dem Bett heraus in verdeckte Behältnisse führten.

Ich blickte auf den Menschen vor mir im Bett. Was ist los mit ihm?

Er bekam über Schläuche, was er brauchte, und gab über Schläuche ab, was er nicht mehr brauchte. Ein geschlossenes System. Kein Bewusstsein, keine Plaudertasche, kein Apfel der Erkenntnis. Ein Bild des Friedens.

Was würde sein, wenn er aufwacht, sich erinnert und zu reden beginnt? Was würde sein, wenn er immer genauer, immer detaillierter von dem Ferngespräch nach San Sebastian berichtete und von dem, was dann mit ihm geschah, den Hörer am Kopf, ganz plötzlich und mit einem Schlag? Was würde geschehen, wenn das, was er zum Besten gab, mit dem verglichen würde, was in San Sebastian geschehen war, mit dem Mann, den man in der Nähe einer Telefonzelle gefunden hat, zerebral gelähmt wie er und zur gleichen Zeit?

Der Mann unter dem weißen Laken würde alles durcheinander bringen.

Mathul blickte auf Federico Berlingueri und modifizierte den Wunsch auf Genesung zum Wunsch auf einen Status quo. Alles bleibe so, wie es ist. Das war seine Gefühlslage. Jede andere Regung wäre ihm unehrlich erschienen.

In diesem Sinne übergab er seinen Strauß bunter, duftender Rosen und stellte ihn auf den Tisch neben dem Bett.

Robert Mathul saß in seinem Zimmer und schloss das Buch der Erinnerungen. Er erhob sich, ging im Zimmer in der Nähe des Fensters ein paar Mal auf und ab und warf jedes Mal einen Blick auf die angestrahlten und von roten Rosen umrankten Säulenstümpfe und Kapitelle.

Der Mann unter den weißen Laken, die roten Rosen, die Säulenstümpfe, die korinthischen Kapitelle.

Ein Bild des Friedens.

So könnte der Tag zu Ende gehen.

So könnte man ihn beschließen.

Mathul setzte sich in den Sessel und drehte das Radio lauter. Noch immer swingende Musik mit Saxophonen, gestopften Trompeten und weichen Posaunen. Bekannte Melodien in neuen Arrangements. Milde, von allerlei Blütendüften erfüllte Luft strömte ins Zimmer, Geplauder von den Balkonen, Gelächter, einzelne Worte, Geräusche von weit her, Züge auf der Nachtfahrt.

Mathul schaute auf die Uhr. Kurz vor zehn. Er streckte die Beine und die Arme. In einer halben Stunde ziehe ich mir die Decke über den Kopf. Die Post auf dem Tisch kann warten bis morgen.

Dunkelheit vor seinen Augen. Hände vor seinem Gesicht.

Fest und unerbittlich.

Er hätte aufschrecken, um sich schlagen, sich zur Wehr setzen müssen. Er tat es nicht. Blieb ruhig.

Wie es wäre, in die Hände von Kidnappern zu fallen, der Kids wegen, die er ihnen entrissen hatte, oder wegen seiner Patente? Was täte er dann? Daran hatte er schon öfter gedacht.

Robert Mathul spürte Hände vor seinen Augen. Es waren zarte Hände.

Wie bist du hereingekommen, Ellen?

Ellen löste die Hände und ging um ihn herum.

Ich hörte die Musik, habe geklopft. Keine Reaktion. Die Tür war nicht abgesperrt.

Ellen zog einen Stuhl heran und setzte sich.

Nur ein paar Minuten, sagte sie, *meine Tochter Sophia ist noch nicht eingeschlafen.*

Ellen senkte den Kopf.

Morgen reisen wir ab, sagte sie.

Robert Mathul war erstaunt. Er hatte Pavel zwar einen Auftrag erteilt, die Edenbergers betreffend, aber Pavels Nachricht hatte ihn noch nicht erreicht.

Er blickte auf Ellen.

Aus der Sekretärin, der Hotel-Managerin war eine zarte, zerbrechliche Frau geworden, das Kinn zitterte, ihre Augen schwammen.

Ich möchte dir nicht adieu sagen, wenn es alle tun. Ich will es dir jetzt sagen.

Sie nahm seine Hand und bedeckte sie mit Küssen.

Mathul zog seine Hand schnell zurück.

Ellen!

Lass mich, sagte sie.

Du hast mir Sophia zurückgegeben, und ich habe dir ein Stück meines Herzens gegeben. So ist es. Und du weißt es.

Von uns Maori sagt man, dass wir eine Hundeseele haben. Treu und anhänglich. Ich würde dir überallhin folgen, wohin du auch gehst. Und ich weiß, dass es nicht geht.

Sie kniete nieder und legte ihre Stirn auf Mathuls Knie.

Eine Geste, unendlich liebevoll und demütig.

Er fasste sie schnell an den Schultern und stand auf, und im Aufstehen nahm er sie mit in die Höhe.

Sie standen da. Körper an Körper.

Ellen hob ihr Gesicht zu ihm. Er nahm es zart in seine Hände und küsste sie.

Ellen flüsterte etwas.

Habe dich nicht verstanden, sagte Mathul.

Ich kann nicht bei dir bleiben, sagte sie leise. *Du weißt es. Und ich weiß es.*

Ich möchte etwas von dir. Mein ganzes Leben lang. Ich möchte mein ganzes Leben lang etwas von dir haben. Auch in meiner Heimat Neuseeland.

Sie drückte ihren Mund an sein Ohr und flüsterte ein Wort und noch einmal das gleiche Wort und noch einmal.

Hatte er recht verstanden?

Ein Baby?

Er spürte ihren Körper und wie er nach ihm, nach seinem Körper drängte.

Er war beglückt und entsetzt.

Ellen, dazu müsste ich dir etwas sagen.

Sie öffnete seine Krawatte.

Warte, sagte er.

Ich muss dir sagen …

Ellen legte ihren Finger auf seine Lippen:

Nicht jetzt, nicht jetzt. Dazu ist keine Zeit.

Aber da er ungerührt stand und keine Anstalten machte, erklärte sie: *Ich weiß schon, was jetzt kommt, was du mir sagen willst. Ja, wenn wir uns vor zehn Jahren begegnet wären, höre ich dich sagen. Ich bin ein alter Mann, was willst du mit einem alten Mann? höre ich dich sagen.*

Nein, Robert, flüsterte sie eindringlich.

Eine Frau spürt, was in einem Mann steckt und was nicht. Du bist kein alter Mann. Dein Körper drängt zu meinem. Ich spüre es. Und wenn es die Natur will, wenn sie es gut mit uns meint, dann bist du bei mir, auch wenn ich dich morgen verlasse, dann bleibst du bei mir, verstehst du, auch wenn wir uns nie wieder sehen.

Ellen sprach hastig. Sie wollte, so schien es, in ihre schnell gesprochenen Worte ein ganzes Leben packen.

Ich möchte dich sehen, alle Tage, ich möchte in deine Augen schauen, über deine Haare streichen, vielleicht etwas von deiner Stimme hören. Jeden Tag. Nach Zeichen, nach Besonderheiten möchte ich suchen, die mir vertraut sind, nach Regungen, die mir gefallen.

Ich werde ein Lied lernen, ein deutsches, ein Abendlied, und werde es singen, jeden Abend. ›Guten Abend, gute Nacht‹, so beginnt doch ein deutsches Abendlied. Oder ein Kinderlied ›Hoppe, hoppe Reiter …‹ Muss es noch lernen.

Und dann, ein paar Jahre später, werde ich den Atlas holen und zeigen, wo Deutschland liegt, werde den kleinen Kinderfinger in meine Hand nehmen und mit ihm über die großen Wasser nach Deutschland fahren, nach Darmstadt, ›Da ist er zu Hause‹, werde ich sagen, und von Deutschland werde ich über die Alpen fahren, hierher, zu den Euganeischen Hügeln.

Dahin fahren wir in den nächsten Ferien, TERME NERONIANE, nach langer Zeit nehme ich den Namen wieder in den Mund, TERME NERONIANE. Und ich werde, wenn wir hier sind, von dir erzählen, nur von dir, drunten am Becken mit dem vulkanisch heißen Wasser.

Ellen knöpfte sein Hemd auf.

Robert Mathul stand wie eine Statue.

Ellen verzweifelte.

Was ist noch zu sagen?

Sie suchte nach Gründen, nach neuen Gründen, wo nichts zu begründen war: *Du kannst doch nicht deine Begabung, deinen Erfindergeist, alles für dich behalten, flehte sie, dein wunderbares Wesen, so egoistisch kannst du nicht sein, Robert!*

Er spürte ihren geschmeidigen Körper zart und leicht und warm, ihren mädchenhaften Busen, Körperduft und herbes Parfum. Er wollte sie nehmen und haben, mit allen Fasern und Sinnen wollte er, und stand wie ein Standbild, ungerührt, unbewegt. Wusste mit sich nicht ein noch aus.

Wenn ich jetzt spreche, wenn ich jetzt meinen Mund auftue, wenn ich jetzt sage, was ich sagen muss, ja, sagen muss, weil es die Wahrheit ist, wenn ich jetzt den Mund auftue und ein Wort sage, das einzige Wort, das wahr ist und das ich jetzt sagen muss, dann ist alles vorbei, dann zerstöre ich das Glück dieser Stunde und eines Lebens, dann habe ich sie verloren, für immer verloren.

Ich spüre dich, deine Lippen, deine Zunge, die Wärme, die Glut deines Leibes, deines süßen Leibes …

Ellen, Ellen!

Er sah, wie sie das Kleid wieder überstreifte, in die Schuhe schlüpfte, die Haare ordnete, ein Kuss, innig und lang, unter der Tür noch ein Blick über die Schulter, ein undeutliches Lächeln.

Was sie in sein Ohr geflüstert hatte. Dreimal und bittend. Er wiederholte es.

Er lag auf seinem Bett und starrte an die Decke. Ein gelbliches Farbenspiel. Widerschein der Säulen und Kapitelle vor dem Hotel.

Er hatte geschwiegen. Das gemeinsame Glück, er wollte es retten, das Glück der Stunde.

Um welchen Preis? Er kam sich vor wie ein Betrüger.
Und sagte es laut.
Ich bin ein Betrüger, sagte er.
Das gelbliche Farbenspiel an der Decke erlosch. Graue Dunkelheit.

Mathul drehte sich zur Seite. Es blinkte.
Was ist?
Das Telefon. Das Telefon blinkte.
Was? Um diese Zeit? Und wie lange schon?
Er nahm den Hörer ab.
Die Rezeption.
Nein, sagte er. *Nein. Ich komme.*
Er zog sich an, schlüpfte in die Schuhe und in die Jacke, fuhr mit dem Kamm durch das Haar.
Was hielt der Tag noch für ihn bereit?

An der Rezeption war der Nachtdienst aufgezogen, Studenten, die ihre Übernächtigkeit gegen Euros tauschten.
Mathuls Hand lag auf dem Tresen, sein Blick ging durch die Glastür auf die Rosenrabatte und den Kiesweg vor dem Haus.
Noch war nicht entschieden, wie der Tag endete.

Ein Taxi fuhr vor.
Der Chauffeur stieg aus, öffnete den hinteren Wagenschlag und stand abwartend daneben.
Mathul ging hinaus, und als er sich zögernd dem Fahrzeug näherte, machte der Chauffeur mit einer leichten Verbeugung eine einladende Geste. Mathul stieg ein. Schwache Innenbeleuchtung. Da saß schon jemand.
Buona sera, sagte Robert Mathul.
Guten Abend, war die Antwort.
Die Stimme riss seinen Kopf herum.
Wohin? fragte der Autista.
LES BAINS, sagte die Stimme. *Und in einer Stunde holen Sie mich dort wieder ab.*

LES BAINS hatte eine elegante Bar, das war bekannt. Eine Bar mit französischem Flair und französischen Spirituosen.

Mathul sah neben sich einen hochgeschlagenen Mantelkragen und über dem Kragenrand zwei Augen. Als der Kragen heruntergeschlagen wurde, kam das Gesicht zum Vorschein.

Vanessa.

Ich sah Licht in deinem Zimmer. Da ist noch einer, dachte ich, der nicht schlafen kann, also schlafen wir zusammen – nicht. Sie zog eine ironische Schnute. *Einverstanden?*

Hast du, was französische Spirituosen anbelangt, bestimmte Erwartungen? Du bist mein Gast.

Robert Mathul war verwirrt.

Dem plötzlich genesenen Federico Berlingueri gratulieren oder einem der Aero-Space-Ingenieure mit dem KIEMEN-Prototyp die Hand drücken oder die zurückgekehrte Ellen an sich ziehen. Alles denkbar.

Aber Vanessa.

Das Taxi hielt vor LES BAINS, die beiden stiegen aus. Vanessa erinnerte den Fahrer noch einmal: *In einer Stunde also*, sagte sie.

Der Kies knirschte unter ihren Schuhen. Robert Mathul blieb stehen. Er musste, ehe sie weiter gingen, die Sache mit dem Abendspaziergang in Ordnung bringen.

Was ist? fragte Vanessa.

Ich weiß nicht, sagte er, *ob eine französische Bar für mich heute das Richtige ist.*

Französisch oder nicht, eine Stunde Zeit musst du heute für uns haben.

Das ist es nicht.

Na, komm schon, sagte Vanessa und zog ihn mit sich. Und Mathul bewegte die Füße und ging an ihrer Seite.

Die Bar war eingerichtet wie Bars im Süden Frankreichs, mit Nischen, kleinen Tischen und hohen Hockern. Sie suchten sich eine violett ausgeleuchtete Nische und kletterten auf die Hocker.

Chartreuse, s'il vous plait?

Oui. Merci.

Unvermittelt sagte sie: *Ich werde morgen nach München zurückreisen.*

Mathul schaute auf.

Vorher aber, so fuhr sie fort, *möchte ich dir meinen Sohn vorstellen.*

Was?

Ja.

Deinen Sohn?

Er ist hier. Vielleicht ist er dir schon über den Weg gelaufen.

Wer? Dein Sohn?

Er logiert mit meiner Mutter in den TERME NERONIANE. Und wird morgen mit ihr und mir zurück nach München fahren.

Der Cameriere servierte den Chartreuse und stellte kleines Gebäck dazu.

Du hast einen Sohn? fragte Mathul und schaute Vanessa mit großen Augen an. *Davon hast du nie etwas gesagt.*

Wann hätte ich? Und hätte es dich interessiert?

Mehr um etwas zu sagen als etwas zu erfahren, fragte er:

Wie alt ist er?

Zehn Jahre und – sie dachte einen Augenblick nach – *zweihundertzwölf Tage.*

Die Zeitangabe war komisch, und sie lachte dazu.

Immer noch lachend, sagte sie: *Ein solches Ereignis prägt sich ein. Er kam in New Orange, einem Vorort von New York, zur Welt. Ich wollte weg, verstehst du, weit weg. Am liebsten in eine andere Welt. Warum nicht in die Neue?*

In New Orange lebt eine Cousine meiner Mutter mit ihrer Familie. Dahin ging ich, und da kam er zur Welt.

Mehr als drei Jahre blieb ich bei ihnen. Geliebt und umsorgt. Es war eine schöne Zeit. Fast sorgenfrei. Nebenbei gab ich Vorlesungen und Seminare an der Notre Dame, einer kleinen angesehenen Universität.

Mathul saß unbewegt. Er schaute auf ihre Hand, die das Likörglas hielt. So nahe war die Hand. Er hätte die seine wie selbstverständlich drauflegen können.

Seine Hand nahm ein Gebäck.

Du warst wie vom Erdboden verschluckt. Wo ich auch fragte, ich bekam keine Antwort oder eine so vage wie: Sie ist, glaube ich, im Ausland. Wo genau? Keiner wusste es oder wollte es mir sagen. Ich verstand die Chiffre und gab auf.

Jahre später erfuhr ich zufällig, dass du in München lebst, wieder in München. Publikationen der Vanessa Mathul fielen mir in die Hand. Ich las sie, las alles von dir. Näher traute ich mich nicht an dich heran. Nur Buchstaben.

Dass du nicht allein sein könntest, ich meine, mit einer Tochter oder einem Sohn lebtest, das kam mir nicht in den Sinn.

Vanessa saß dem Sprecher schräg gegenüber, die rechte Hand am Likörglas, etwas vornüber gebeugt, wie es der hohe Hocker mit sich brachte.

Sie war ihm nahe, hatte sein lederartiges Gesicht mit den vielen kleinen Falten vor sich, seine braunen Augen, die sie liebte und die ihr so zugesetzt hatten, seinen Haarschopf, noch immer ohne einen grauen Faden, hörte die Modulation, das Auf und Ab seiner Stimme, und registrierte in einem abgelegenen Bezirk ihres Gedächtnisses alles, was er sagte.

Wie heißt dein Sohn? fragte Mathul.

Vanessa erschrak.

Luc, sagte sie schnell. *Er heißt Luc.*

Eine Abbreviatur von Lucas?

Ja. Gefällt dir der Name?

Luc Mathul. Der Name gefällt mir.

Ich möchte ihn dir morgen vorstellen. Sie schaute auf ihre Uhr, schon über Mitternacht, und verbesserte sich: *Ich werde ihn dir heute vorstellen. Wie machen wir das?*

Mathul: *Gemeinsames Frühstück um acht. Was hältst du davon?*

Das gefiele mir. Eine schöne Szene. Aber ich weiß nicht, wie meine Mutter reagiert. Ältere Herrschaften, das ist so eine Sache. Mir wäre lieber, wenn Luc und du, ohne Beisein eines Dritten –

Der Cameriere trat an den Tisch.

Ich soll Ihnen bestellen, dass das Taxi wartet.

Vanessa bezahlte, sie verließen die Bar.

Auf der Fahrt zur AUGUSTUS TERME fragte sie, ob er, Robert, morgens in die Piscina gehe?

Du meinst wohl, Robert und Luc Mathul sollen um die Wette schwimmen?

Luc hat in den TERME NERONIANE Kraul-Unterricht genommen. Ein kräftiger Mensch mittleren Alters hat das übernommen, und Luc war fleißig bei der Sache. Er möchte dir vielleicht zeigen, was er kann.

Sag ihm, sagte Mathul, *ich bin um acht in der Piscina.*

11

Als Robert Mathul die Flügeltür der TERME NERONIANE bewegte, war es halb ein Uhr nachts. Der junge Mann, der an der Rezeption Dienst tat, ein Student, wie wir wissen, nickte ihm zu, sprang dann auf, streckte den Arm aus, als wolle er den schnell vorübereilenden Nachtgast an der Jacke festhalten.

Mathul hatte es eilig. Er nahm zwei Stufen auf einmal – der junge Mann war hinter ihm,

Professore Mathule, rief er, *Professore Mathule, Sie haben Besuch.*

Der Angesprochene blieb stehen und drehte sich um.

In der Sitzecke neben dem Eingang, von dem großen Blumenstrauß fast verdeckt, saß ein Mann, und als Mathul seinen Blick auf ihn richtete, stand er auf, schob sich aus der Sitzecke heraus und schritt zur Mitte des Foyers. Ein Herr in dunklem Anzug, elegant, schmaler Oberlippenbart, südländischer Typ. Mathul stieg langsam die Stufen herunter.

Was wollte der Mensch?

Professor Mathul, hörte er sich angesprochen. *Ich weiß, die späte Störung ist unmöglich*, der Mann sprach in fließendem Englisch, *unmöglich und unverzeihlich*, sagte er, *aber besondere Umstände … haben Sie Nachsicht. Mein Name ist Ignazio de Selva, ich vertrete Herrn Pablo Martinez in allen Rechtsfragen, den Reeder Pablo Martinez aus San Sebastian.*

Ich bitte Sie zu dieser späten Stunde um ein kurzes Gespräch. Die Sache ist wichtig, sie duldet keinen Aufschub, haben Sie Verständnis, bitte. Hier mein Beglaubigungsschreiben.

Der Mann entfaltete ein Papier, Mathul sah den Briefkopf und überflog das Schreiben.

Es wies Ignazio de Selva als Anwalt des Pablo Martinez aus und berechtigte ihn, mit Professor Mathul ein Gespräch in wichtiger Sache zu führen. Unterschrift Pablo Martinez. Datum vom vorigen Tag.

Mathul machte er eine einladende Geste zur Sitzecke.

Der junge Mann hinter dem Tresen der Rezeption beobachtete die beiden.

Der eine, leicht vornüber gebeugt, redete über die Tischecke hinweg. Er sprach halblaut, fast flüsternd, offenbar in Sorge, ein Unbefugter könne das Gespräch mithören. Seine Worte unterstrich er mit kleinen Gesten. Der andere unterbrach ihn dann und wann, stellte offenbar Fragen.

Einmal erhoben sich die beiden halb von ihren Sitzen und schauten in gleicher Richtung auf das Rondell. Auch der Student reckte seinen Hals und entdeckte an der Schmalseite des ellipsenförmigen Rondells eine schwere Limousine.

Das Gespräch ging eine Weile.

Dann schaute Mathul auf die Uhr, stand auf und schritt langsam durch das Foyer zur Treppe.

Der andere lehnte sich zurück und entzündete eine Zigarette.

Mathul ging nicht auf sein Zimmer, sondern zwei Türen weiter und klopfte. Es dauerte eine Weile, bis Pavel öffnete. Er war im Schlafanzug und machte ein verschlafenes Gesicht.

Komm mit auf mein Zimmer.

Pavel schlüpfte in einen Bademantel.

Ich muss nach San Sebastian, sagte Mathul, als er die Tür seines Zimmers geschlossen hatte. *Die Privatmaschine des Reeders steht in Venedig, wir haben Nachtstarterlaubnis. Sein Anwalt wartet unten im Foyer auf mich. Wo ist das DING? Ich brauche es. Es geht um den Jungen des Reeders. Offenbar die letzte Chance.*

Wo ist das DING?

Im Wohnwagen. Ich gehe und hole es.

Du bleibst hier. Ich möchte nicht, dass jemand auf den Gedanken kommt, wir gehören zusammen.

Wo genau ist das DING?

Im Futteral der Bohrmaschine.

Mathul warf den Kulturbeutel und einige Textilien in seine Reisetasche.

Fast hätte ich es vergessen. Um acht Uhr, heute Morgen acht Uhr, wartet ein Junge, ein etwa zehnjähriger Junge in der Piscina auf mich. Er möchte mit mir schwimmen. Sag ihm, dass ich verreisen musste, und falls Erwachsene bei ihm sind, sag ihnen nicht, wohin und weswegen. Dem Jungen sag, dass es mir Leid täte.

Mathul, den Sommermantel über der Schulter, stand mit der Reisetasche unter der Tür.

Der Schlüssel. Ich brauche den Schlüssel für den Wohnwagen. Anschließend schiebe ich ihn unter den linken Reifen.

Mathul hatte die Türklinke in der Hand, sah noch einmal zurück und bemerkte den Stoß Post auf dem Tisch.

Schau die Post durch und erledige sie soweit möglich. Zwei oder drei Tage, länger will ich nicht bleiben. Wie im Fall Wellington.

Pavel stand am Fenster und schaute hinunter auf das Rondell. Er hatte das Licht gelöscht. Mathul schritt mit einem Mann auf eine Limousine zu, bog dann allein zum Parkplatz ab.

Er holte das DING.

Pavel war nun hellwach. Er knipste die Tischlampe an und nahm den Stoß Briefe in die Hand. Obenauf lagen zwei E-Mails. Er nahm das oberste und las.

Absender:

Pablo Martinez, San Sebastian. Wahrscheinlich ein Hilferuf. Das hat sich ja zwischenzeitlich erledigt.

Pavel legte das Blatt beiseite. Da blieb sein Blick an einer auffälligen Zeile hängen. Sie bestand aus Dankeswörtern. Eine ganze Zeile Dankeswörter. In mehreren Sprachen: Thanks, Merci, Grazie, Gracias, Danke stand da. Der übrige Text war Englisch. Dazwischen die Zeile mit den Dankeswörtern. In fünf Sprachen. Warum diese Zeile? Warum diese Wörter?

Pavels Englisch war dürftig. Er musste herausbringen, was da stand und warum es die Zeile mit den Dankeswörtern gab. Er setzte sich und starrte auf das Blatt.

Da stand, das war eindeutig und konnte gar nichts anderes heißen, da stand, Filipo, der Sohn des Reeders, ist wohlbehalten zu Hause. Er las den Satz zweimal, dreimal, die Wörter konnten nichts anderes heißen. Filipo war wohlbehalten bei seinen Eltern. Von der Polizei aus seinem Versteck befreit. Ermöglicht durch Mathul. Durch seinen telefonischen Anruf. Und dann die Zeile mit Thanks, Merci, Grazie, Gracias, Danke.

Pavel legte das Blatt zurück und schaute auf.

Filipo, der Sohn des Reeders, wohlbehalten zu Hause. Das stand hier. Mitgeteilt vom Vater. Und Mathul flog heute Nacht nach San Sebastian, um den Sohn des Reeders zu retten.

Pavel sprang auf. Er schaute aus dem Fenster und sah, wie Mathul in die Limousine stieg.

Pavel lief in sein Zimmer, sprang in die Hose, in die Jacke. Und steckte in die Tasche ein Gerät, ähnlich einer Motorradbrille. Aus dem Koffer holte er die Lupara. Lupara ist eine abgesägte Flinte, mit der sich italienische Hirten der Wölfe erwehren. Hohe Wirkung auf kurze Entfernung. Die Lupara in die Tasche.

Der Student hinter der Theke der Rezeption wunderte sich, als ein Gast ohne Hut und Mantel und mit einer kleinen Tasche an ihm vorbeischritt. Draußen aber rannte der Gast los, spurtete wie ein Hundertmeterläufer quer über die Rosenrabatte.

Ein schwerer BMW schleuderte den Kies der Gartenwege wie Schrot in die Luft und verschwand durch die Parkallee.

Diese Leute, diese reichen Leute, die sich schwere Wagen und Thermalbäder leisteten, was leisten sie sich noch alles?

Mitternächtlich.

Er, der Student im dritten Semester filologia romanza (Romanistik), kam aus der Nähe Ferraras, aus der Romagna, der Vater Kraftfahrer, die Mutter Küchenhilfe in einem Restaurant. Seine Eltern arbeiteten tagsüber, und nachts schliefen sie tief und schwer.

Ein Land. Zwei Welten.

Der Student verglich seine Uhr mit der Zeitansage, es war ein Uhr.

Pavel steuerte den Wagen aus dem Ort heraus. Da war zu entscheiden, nach Venedig Autostrada (Autobahn) oder Strada Statale (Landstraße)? Autostrada, das war schnell, aber mit Kontrollen an der Ein- und Ausfahrt. Wollten die Leute in der Limousine die Kontrollen? Pavel entschied sich für die Strada Statale. Mit geringen Erfolgschancen.

War die Wahl der Straße richtig? Das Fahrzeug? Kennzeichen unbekannt. Marke unbekannt. Dazu ein Vorsprung von sieben, acht Minuten. Schwer aufzuholen, denn der andere, wenn er etwas im Schilde führte, schaukelte nicht gemütlich durch die Nacht. Pavel konzentrierte seine Hoffnungen auf den Flughafen. Falls die Angaben Mathuls stimmten.

Eine Viertelstunde Fahrt und kein Fahrzeug. Dann überholte er einen Camion.

Die Landstraßen schliefen.

Pavel kamen Bedenken. Hatte er überreagiert? Er hätte auch die restliche Post durchschauen sollen, da steckten vielleicht weitere Informationen.

Na, gut, er wollte keine Zeit verlieren.

In hundert Meter Entfernung die Rücklichter eines Wagens. Pavel beschleunigte. Das Fahrzeug kam näher. Ein roter Streifen oberhalb des Fensters als Rücklicht. Abblenden. Überholen. Ziemlich riskant. Der andere fuhr auf der unebenen Straße über hundert. Ein schwerer Wagen, ein Lancia, wenn er recht gesehen hatte, besetzt mit drei Personen, könnten auch vier gewesen sein.

Das musste er noch einmal sehen. Genau sehen.

Beschleunigen, um den Abstand zu vergrößern.

Im Lichtkegel erkannte er ein Gebäude, umstanden von Zypressen. Er zog den Wagen scharf von der Straße, stoppte neben den Zypressen, schaltete das Licht aus, sprang heraus, stellte sich hinter einen Baum, hielt das Gerät, das aussah wie eine überdimensionale Motorradbrille, in der Hand und stülpte es sich über den Kopf. Ein Nachtsichtgerät.

Da brauste der Wagen vorbei. So etwa sah die Limousine aus, die er auf dem Vorplatz des Hotels gesehen hatte. Ein

Lancia, ein dunkler Lancia mit drei Personen, eindeutig drei. Kein Gesicht zu erkennen.

Zurück in den Wagen, zurück auf die Straße und hinterher. Wie lange es dauert, einen vorbeibrausenden Wagen einzuholen.

Da waren sie wieder die Rücklichter, der rote Streifen oberhalb des Rückfensters.

Pavel zog das Nachtsichtgerät vor sein Gesicht und fuhr ohne Licht.

Das war gefährlich, und die erste Sekunde fuhr er wie blind. Dann gewöhnten sich die Augen an die eingeschränkte Sicht. Das Ganze war nur zu wagen, weil die Straße schnurgerade lief.

Kontinuierlicher Abstand hundert Meter. Geschwindigkeit hundert.

Eine kleine Ortschaft. Pavel vergrößerte den Abstand und schaltete das Standlicht ein.

Außerhalb der Ortschaft das Nachtsichtgerät vor die Augen. Licht aus.

Vorsicht! Der Wagen vor ihm bremste, bog von der Strada Statale ab und fuhr auf einen Feldweg. Pavel hinterher. Ein paar hundert Meter.

Das Rücklicht erlosch. Pavel stoppte und stellte sofort den Motor ab.

Im Nachtsichtgerät war der Lancia zu erkennen und ein Gehöft. Personen zwischen dem Fahrzeug und einem Haus. Sie liefen hin und her. Pavel stieg aus und schob den Wagen vom Weg herunter auf einen Acker. Er nahm die Lupara aus der Tasche. Eine kleine, konventionelle Pistole trug er in der Innentasche seiner Jacke. Er zog den Zündschlüssel ab und steckte ihn ein. Um Geräusche zu vermeiden, ließ er die Tür seines Wagens offen.

Pavel näherte sich dem Gehöft. Hunde, wie sie häufig auf einsamen Höfen herumlaufen, waren nicht zu hören.

Neben dem Wohnhaus erkannte er ein Stallgebäude. Davor verschiedene Ackergeräte. Ein Bauernhof. Offenbar nicht bewirtschaftet.

Der Lancia stand auf dem Hof zwischen Stall und Wohnhaus.

Alle Fensterläden des Wohnhauses waren geschlossen. Die Menschen, die vorher zwischen dem Wagen und dem Haus hin- und hergelaufen waren, hatten sich ins Wohnhaus verzogen. An der Ecke drang Licht durch kleine Ritzen der Fensterläden.

Pavel musste herausbringen, ob zu den Personen auch Robert Mathul gehörte.

Durch das Nachtsichtgerät erkannte er das Gebäude nur schemenhaft. Pavel schob das Gerät hoch, auf die Stirn. Er wollte nichts zwischen sich und der Umwelt haben, nichts Gefiltertes. Wollte sich auf seine Sinne, die Nase, die Ohren, die unbewaffneten Augen und seinen Tastsinn verlassen.

Pavel machte sich vorsichtig an das Wohngebäude heran, hörte Stimmen, gedämpfte Männerstimmen.

Und blieb stehen.

Besser zuerst den Lancia untersuchen. Könnte ja sein, dass sich dort etwas findet, was Mathuls Anwesenheit bestätigte.

Der Lancia war nicht abgeschlossen, Pavel öffnete vorsichtig die Beifahrertür. Die Innenbeleuchtung des Wagens sprang an.

Tür zu und warten.

Keine Reaktion.

Pavel überlegte. Er wusste nicht, wo sich im Lancia der Schalter für die Innenbeleuchtung befindet, öffnete die Tür einen Spalt, tastete das Armaturenbrett ab, dann das Dach über dem Fahrersitz und fand einen verschiebbaren Riegel. Er bewegte ihn und öffnete die Tür ein wenig, dann noch ein wenig. Es blieb dunkel.

Eine weitere Entdeckung: Der Zündschlüssel steckte. Pavel wusste nicht, wofür es gut sein sollte, aber er nahm den Schlüsselbund an sich.

Er suchte die Sitze und den Boden des Wagens ab. Nichts.

Vielleicht findet sich etwas in der Ablage oder im Handschuhfach.

In diesem Moment ertönte ein Schrei, ein verzweifelter Schrei im Wohnhaus. Klatschende Schläge und wieder ein Schrei.

War es Mathuls Stimme?

Das war nicht auszumachen.

Pavel schlich zum Haus, stellte sich auf die Zehenspitzen und drückte sein Auge an eine der Ritzen in den Fensterläden. Aber wie er sich auch drehte, kein Mensch war zu sehen, nur ein Stück Fußboden. Stimmen hörte er, und sie wurden lauter. Eine Stimme, die Englisch sprach, und eine andere in italienischer oder spanischer Sprache. Jetzt eine Stimme, die ›Not a word‹ sagte. Das war Mathuls Stimme, eindeutig, und noch einmal: ›Not a word‹. Das war eindeutig Mathul, gleich darauf ein klatschender Schlag – und wieder ein Schrei. Diesmal glaubte Pavel im Schrei die Stimme Mathuls erkannt zu haben.

Robert Mathul! Keine Frage!

Die Lupara.

›Lupara‹ war ein Tarnname. In Wirklichkeit war die Lupara eine Schallwaffe, die mit einem niederfrequenten Schall erstaunliche Wirkung erzielte. Tiere und Menschen fielen, wenn sie von dem gebündelten Schall aus einer Entfernung bis fünfzehn Meter getroffen wurden, in Taubheit und zeitweise Lähmung.

Die Lupara wurde von einer starken Batterie angetrieben und ließ beim Einschalten für wenige Sekunden einen singenden Ton hören.

Pavel schaltete die Lupara ein. Der singende Ton war erschreckend laut. Sofort verstummten die Stimmen hinter den Fensterläden. Nach einiger Zeit ein Geräusch an der Haustür.

Pavel zog das Nachtsichtgerät über die Augen. Er stand ein paar Schritte hinter der Hausecke. Wenn der Mensch um die Ecke bog, wollte er loslegen. Der Schuss selbst, das wusste er, war kaum hörbar.

Er wartete.

Nichts.

Schritt für Schritt schob sich Pavel nach vorne, schaute um die Ecke und fuhr zurück. Vor ihm stand ein Mensch, mit der Hand zu packen, um einen Kopf größer als er selbst und mit breiten Schultern.

Zum Glück schaute er in die Richtung des Wagens, und weil er bemerkte, dass die Wagentür offen stand, ging er zum Wagen, nahm die Tür und schlug sie mit Schwung zu.

Im gleichen Augenblick gab Pavel einen Schuss aus der Lupara ab. Unhörbar.

Er sah, wie sich der Mann langsam drehte, am Wagen festhielt, den Mund auf und zu klappte, ein paar lallende Laute ausstieß und dann zu Boden glitt. Pavel ging auf ihn zu.

Wieder ein Geräusch an der Haustür. Im Türrahmen erschien eine Gestalt und rief halblaut einen Namen, Carlo oder so ähnlich.

Die Lupara hatte den Nachteil, dass sie erst nach zwei Minuten wieder einsatzbereit war. So lange brauchte sie, um die Spannung für den nächsten Schuss aufzubauen.

Die Gestalt unter der Haustür, im Nachtsichtgerät deutlich auszumachen, hielt eine Waffe mit beiden Händen und drehte sich langsam von der einen zur anderen Seite. Sollte Pavel seine kleine Pistole aus der Tasche ziehen und auf die Beine zielen?

Er entschied anders.

Pavel ging aufrecht auf den Mann mit der Waffe zu und tat so, als sei er der Komplize, der eben ins Freie gegangen war. Der andere sagte etwas, Pavel verstand nicht. War auch nicht nötig. Er stand vor ihm, eine Stufe tiefer, und schlug ihm mit einem Fausthieb die Waffe aus der Hand. Dabei entlud sich ein Schuss, Pavel spürte einen Schlag gegen seinen rechten Oberschenkel.

Den nächsten Fausthieb landete er von unten herauf am Kinn des Kontrahenten. Der schrie auf und stürzte nach hinten in den Hauseingang. Pavel setzte nach, packte ihn am Hals und schlug seinen Kopf mehrmals auf den Steinboden. Als der andere versuchte, ein Messer aus der Tasche zu ziehen, trat Pavel auf seine Hand, stieß das Messer weg und schlug ihm mit der Faust kräftig ins Gesicht. Blut floss aus dem Mund.

Pavel stieg über ihn hinweg und riss die Tür zum Zimmer auf, in dem er Mathul vermutete.

Das Zimmer war leidlich erleuchtet. Pavel schob das Nachtsichtgerät hoch. Ein Mensch lag zusammengekrümmt am Boden, scheinbar leblos. Pavel drehte sein Gesicht ins Licht: Robert Mathul. Mit roten Striemen über der Stirn und aufgeplatzten Lippen. Böse zugerichtet.

Auf dem Tisch, mitten auf dem Tisch, lag das DING.

War es um das DING gegangen?

Pavel suchte nach einem Strick, einem Kabel oder Vergleichbarem. Über einer Stuhllehne hing ein Lederriemen. Vielleicht eines der Folterinstrumente, mit dem Mathul traktiert worden war. Er drehte den Mann im Hauseingang auf den Bauch und fesselte seine Hände mit dem Lederriemen.

Er sah, dass der Kerl fein gekleidet war, weißes Hemd, dunkler Anzug, Krawatte, elegante Schuhe. Ein stutzerhaftes Bärtchen auf der Oberlippe.

Der Kerl stöhnte und spuckte Blut.

Pavel spürte einen stechenden Schmerz. Er griff an sein rechtes Bein. Seine Hose war glitschig von Blut, und Blut tropfte auch aus seinem rechten Hosenbein. Pavel humpelte hinaus, zum Lancia wollte er, und nach dem anderen sehen.

Der war jedoch nicht da. Nicht da, wo er gelegen hatte.

Wo war der Kerl?

Gab es einen Dritten, der ihn weggeschafft hatte?

Pavel zog den Zündschlüssel aus der Tasche und steckte ihn ins Zündschloss. Die Scheinwerfer flammten auf.

Seitwärts, neben einem Ackergerät, ein Kleiderbündel. Das könnte er sein. Hatte sich der Kerl in seinem Delirium dorthin geschleppt? Pavel wollte zu ihm, aber sein rechtes Bein streikte. Es war lahm und gefühllos und versagte den Dienst.

Mit großer Mühe schleppte er sich ins Wohnhaus.

Als Pavel vor Mathul stand und überlegte, wie er ihm helfen könne, schlug Robert Mathul die Augen auf.

Pavel, sagte er leise, *nimm das DING. Wenn du es nicht in Sicherheit bringen kannst, mach es kaputt.*

Zuerst aber bringe ich dich in Sicherheit.

Nein, stöhnte Mathul, *nein. Die können großes Unheil damit anrichten.*

Mit ein paar kräftigen Schlägen zertrümmerte Pavel das DING und zerstampfte die Trümmer mit dem linken Fuß.

In der Ecke des Zimmers stand ein Kübel mit Wasser, klares, kaltes Wasser. Ein Requisit für bestimmte Verhörpraktiken. Pavel zog den Kübel heran und schüttete das Wasser mit Schwung über Mathuls Kopf.

So etwas lernt man beim tschechischen Militär, sagte er entschuldigend.

Und tatsächlich, Mathul krümmte und streckte sich, schüttelte das Wasser aus Haar und Gesicht und stützte sich mit einer Hand auf.

Schaffst du, fragte Pavel, *schaffst du die dreißig Meter zum Lancia, wenn ich dir helfe?*

Er half Mathul in die Höhe.

Robert Mathul in Sicherheit zu bringen, darum ging es. Mehr wollte er nicht. Er fasste Mathul um die Hüfte. Sie schleppten sich aus dem Haus.

Mathul sank auf den Beifahrersitz. Pavel war noch nicht zufrieden.

Die Lupara, sagte er. *Ich muss die Lupara finden. Und die Pistole, die ich dem Kerl aus der Hand geschlagen habe. Vor allem die Lupara.*

Er suchte im Umkreis des Lancia, schleppte sich um das Auto und dann zur Hausecke, an der er den Schuss abgegeben hatte. Nichts.

Mathul war auf seinem Sitz vornüber gekippt. Er stöhnte und rang um Luft. Es ging ihm schlecht. Er musste so schnell wie möglich in ärztliche Behandlung.

Pavel ließ deshalb den Motor an, die Scheinwerfer flammten auf. Er stieß vor und zurück. Und im Scheinwerferlicht sah er die Lupara. Zweimal war der Wagen soeben über sie gerollt und hatte das Kunststoffgehäuse zerquetscht. Pavel stieg aus. Nicht einmal die Trümmer wollte er zurücklassen.

Er fuhr den holprigen Weg zur Strada Statale und sah von weitem den BMW im Acker. Ein weiteres Fahrzeug stand auf dem Ackerweg. Scheinwerfer aus. Ein Griff in die innere Jackentasche, er legte die Pistole auf das Armaturenbrett.

Man hatte ihn bemerkt. Zwei Gestalten sprangen vom BMW zum anderen Wagen. Der Wagen setzte mit hohem Tempo zurück auf die Strada Statale und raste ohne Licht Richtung Venedig.

Pavel quälte sich aus dem Auto. In der Rechten hielt er die entsicherte Pistole. Er sah den BMW, beide Vordertüren weit geöffnet, kein Mensch.

Er schleppte sich zu dem Fahrzeug und schaute in sein Inneres. Die rüden Gäste hatten versucht, das Fahrzeug flott zu machen. Hatten die Verkleidung aufgerissen, um die Kabel kurz zu schließen.

Waren es Strolche, die sich einen verlassenen BMW nicht entgehen lassen wollten, oder bestellte Komplizen?

Pavel versorgte die gesicherte Pistole in seiner rechten Innentasche und steckte den Zündschlüssel des BMW ins Zündschloss. Gottlob, der Wagen sprang an.

Der Ackerboden war trocken, und Pavel hatte keine Mühe, den Wagen auf den Ackerweg zu manövrieren.

Mathul hing zusammengesackt und schwer atmend in seinem Sitz. Er musste vom Lancia in den BMW verfrachtet werden. Oder sollte er, Pavel, mit dem Lancia ins nächste Ospedale fahren? Ohne Autopapiere? Weiß der Teufel, welche Vorgeschichte der Lancia hatte.

Es half nichts, Mathul musste in den vertrauten BMW und dann in das Ospedale. Dort kannte man ihn und würde sich um ihn kümmern.

Pavel nahm alle Kraft zusammen, griff dem stöhnenden

Mann unter die Arme und zerrte ihn aus dem Lancia. Dabei verlor er das Gleichgewicht und stürzte zu Boden, Mathul auf ihn. So blieben sie eine Zeit lang liegen. Dann robbte Pavel Zentimeter für Zentimeter über den Feldweg und zog Zentimeter für Zentimeter den Stöhnenden hinter sich her. Wie lange? Er hatte kein Zeitgefühl.

An der Tür des BMW schrie Pavel: R*eiß dich zusammen, Mathul, du musst mir helfen, du musst mir jetzt helfen, reiß dich zusammen, wir schaffen es, stütz dich auf das Chassis.*

Mathul verstand, er stützte sich auf. Pavel ging mit seinem Rücken unter Mathuls Körper, hob ihn hoch und schob ihn auf den Beifahrersitz. Da lag er mehr als dass er saß. Tür zu.

Pavel kroch um das Fahrzeug herum und schob sich auf den Fahrersitz. Er schloss die Augen, legte seinen Kopf auf das Lenkrad und wäre am liebsten bis ans Ende seines Lebens so geblieben.

Mathul auf dem Nebensitz rührte sich. *Wo sind wir?* fragte er und machte zwischen jedem Wort eine Pause.

Pavel antwortete nicht. Er ließ den Motor an, schaltete das Licht ein und fuhr los. Sein rechtes Bein reagierte nicht. Er musste mit dem linken Bein Gas und Kupplung bedienen, die Bremsmanöver mit der Handbremse ausführen.

Mit beiden Händen am Steuer, nicht schneller als sechzig. Und immer wieder, trotz der Scheinwerfer, eine Dunkelheit vor den Augen. Eine große Versuchung, das Gas wegzunehmen und den Kopf einfach aufs Lenkrad zu legen.

Doch Pavel behielt die sechzig bei und starrte unverwandt auf die Fahrbahn.

Du musst dir etwas vornehmen, sagte er sich, etwas planen, etwas zurechtlegen, sonst fällt die Bewusstlosigkeit über dich her.

Dafür sorgen, dass der Primario den Boss behandelt. Und wenn sie ihn aus dem Bett holen, es muss der Primario sein. Mathul braucht den besten Arzt im Hause. Für äußere und innere Verletzungen.

Dafür sorgen, dass die Carabinieri und ein Notarzt informiert werden. Die Lage des Gehöftes, links ab von der Strada Statale, ein Lancia auf dem Ackerweg, das ist zu finden.

Dafür sorgen, dass der Junge Bescheid weiß. Um acht Uhr wird er an der Piscina stehen und warten. Mathul hatte sich mit ihm um acht Uhr verabredet.

Pavel warf einen Blick auf den Beifahrerplatz. Robert Mathul lehnte zusammengesunken an der Wagentür, den Kopf auf der Brust. Mit dem zweiten Blick sah Pavel, dass Mathuls Gesicht verschwollen war. Sie müssen ihm übel mitgespielt haben. Nie hätten sie etwas aus ihm herausbekommen. Da kannten sie ihn schlecht, seinen Chef.

Pavel klammerte sich ans Steuer. Es kann nicht mehr weit sein. Der Himmel nahm eine lichte Färbung an. Am jadegrünen Horizont die Gipfelflur der Euganeischen Hügel.

Und dann die ersten Häuser von Montegrotto, die Leuchtreklame vom LES BAINS, vom AUGUSTUS, vom COMMODORE, vom EXCELSIOR. Ein paar Straßenzüge.

Das Schild OSPEDALE.

Pavel fuhr an den Eingang. Er zog die Handbremse, der Motor stotterte, der Wagen machte ein paar Sprünge und blieb stehen. Ein lautes und anhaltendes Claxon.

Um halb fünf Uhr ein lautes und anhaltendes Claxon. Der Portier stürzte heraus und fuchtelte mit den Armen, um Gottes willen.

Er trat an den BMW heran und sah einen Mann, dessen Kopf auf dem Lenkrad lag und das Claxon auslöste. Neben ihm saß ein Mann mit verschwollenem Gesicht und wie leblos.

Der Portier eilte zurück und alarmierte den Pronto Soccorso, den Notfalldienst.

Punkt acht Uhr stand Luc, in einen Bademantel gehüllt, an der Piscina. Nicht allein. Eine Dame war bei ihm. Auch im Bademantel.

Seine Mutter.

Seine Mutter war die ganz große Überraschung.

Kurz nach sieben klopfte es an die Tür. Oma Liz war im Bad, und er noch im Bett. Wie er es von den Erwachsenen gehört hatte, rief er ›*Avanti*‹.

Da stand sie im Zimmer. Er konnte es nicht fassen.

Er konnte es nicht fassen und wollte aus dem Bett springen. Seine Mutter aber sagte: *Warte.* Sie zog den Blazer aus und legte sich ein paar Minuten zu ihm. Und das war schöner als ein ganzer Tag in den TERME NERONIANE.

Luc war von seiner Oma instruiert worden, dass es heute zurück nach München gehe, mit dem Flugzeug von Venedig nach München um halb zwölf, und vorsorglich hatte sie bereits das meiste gepackt. Von der Mutter hatte sie nichts gesagt. Aber dass sie jetzt bei ihm lag, war noch weit schöner als der Flug von Venedig nach München.

Jetzt standen Luc und seine Mutter am Beckenrand der Piscina.

Komm, sagte sie, *wir schwimmen miteinander.*

Sie ließen die Bademäntel fallen und stiegen in das Becken. Das Wasser war frisch.

Wir müssen uns bewegen, sagte sie.

Vanessa schielte zu ihrem Sohn, wie er es machen würde. Nach ein paar unregelmäßigen Zügen griff er mit gekrümmten Armen nach vorne, und mit den Beinen paddelte er. Und kam voran. Holte Luft mit seitwärts gewandtem Kopf. Und kam gut voran.

Bravo, rief Vanessa, *bravo. Wo hast du das gelernt?*

Luc griff kräftig ins Wasser.

Am oberen Ende der Piscina hielt er sich fest und atmete schwer.

Bravo, sagte seine Mutter noch einmal, *bravo.*

Und schaute zum Eingang.

Gleich kommt ein Mann, sagte sie, *der möchte sehen*, *wie du schwimmen kannst.*

Wer ist das? fragte Luc.

Ich habe ihm von dir erzählt und auch, *dass du schwimmen kannst.*

Schwimmen ist doch nix, meinte Luc. *Ich kann kraulen.*

Ja, das will er sehen.

Wie heißt der Mann? wollte Luc wissen.

Komm, wir schwimmen zurück, sagte seine Mutter.

Diesmal musste Luc in der Mitte der Bahn verschnaufen. Seine Frage aber hatte er nicht vergessen.

Wie heißt der Mann?

Vanessa schwamm die restliche Strecke und stieg aus dem Wasser. Sie schaute auf die Uhr, zwanzig nach acht.

Sie schüttelte den Kopf.

Wie hast du dich nur darauf einlassen können. Du solltest ihn doch kennen. Der bastelt an einer Erfindung oder kontaktiert Gott und die Welt. Und Luc und ich sind eine quantité neglegiable.

Immer noch falle ich auf ihn herein.

Wut kam in ihr hoch und Ärger über sich selbst. Sie schlüpfte in ihren Bademantel.

Komm aus dem Wasser, Luc.

Und der Mann? fragte Luc.

Komm aus dem Wasser, bitte.

Luc kletterte über die Leiter aus der Piscina und stellte sich vor seine Mutter.

Wie heißt der Mann?

Vanessa war erstaunt über Lucs Unerbittlichkeit. Sie schaute hinüber zu den Euganeischen Hügeln.

Heißt er Mathul, wie wir?

Vanessa erschrak.

Wie kommst du darauf?

Er sah, wie sich seine Mutter schwer tat.

Ich habe nämlich, sagte er, *zufällig gehört, wie sie an der Rezeption seinen Namen gesagt haben, und dann noch einmal im Speisesalon. Signor Mathul, sagte Antonio, und damit meinte er nicht mich, sondern ihn. Gehören wir zusammen, Mama?*

Vanessa drückte Luc an ihren Körper, drückte ihn so fest sie konnte.

So standen sie, und Vanessa hätte sich lieber einen Höllensturz gewünscht, als in Lucs Gesicht zu schauen und etwas Unwahres zu sagen.

Der Mann gefällt mir, sagte Luc. *Er hatte einmal Rosen an seinem Tisch, gelbe Rosen. Keiner im ganzen Saal hatte Rosen, nur er. Einen großen Strauß. Und Besuch hatte er. Ein Mädchen war dabei. So alt wie ich. Sophia. Sie sprach aber nur Englisch.*

Und warum kommt der Herr Mathul nicht?

Luc, ich weiß es nicht. Vielleicht ist er krank geworden oder hat eine dringende Reise machen müssen oder hat es vergessen. Ich weiß es nicht.

Vanessa hob Lucs Bademantel auf und half ihm hinein.

Wir ziehen uns an und frühstücken. Dann ist es Zeit für die Abreise.

Soll ich dem Herrn Mathul einen Brief schreiben?

Was willst du ihm schreiben?

Dass wir auf ihn gewartet haben und dass man halten muss, was man versprochen hat. Er hat doch versprochen zu kommen, oder?

Ja, das hat er.

Gut, dann schreibe ich ihm einen Brief und gebe ihn bei der Rezeption ab.

Einverstanden.

Vanessa nahm ihren Sohn bei der Hand und ging auf den Ausgang der Piscina zu.

Ein Angestellter des Hotels trat durch die Flügeltür. Er sprach nicht Vanessa an, sondern Luc.

Heißt du Luc, Luc Mathul?

Ja.

Und ich bin seine Mutter.

Der Bedienstete musterte Luc und Vanessa.

Kommen Sie bitte zur Rezeption.

12

Ein Wagen auf der Autostrada nach Venedig, zum Flugplatz Venedig.

Vanessa saß am Steuer, die weißhaarige alte Dame und Luc im Fond des Wagens. Alle drei im Gespräch. In heftigem Gespräch. Ohne dass ein Wort fiel.

Das kann ich nun überhaupt nicht verstehen, hielt die weißhaarige Dame ihrer Tochter Vanessa vor und schaute mit düsterem Gesicht auf die vorbeieilenden Wiesen und verstreuten Gehöfte. Du hast, wie du sagst, deine Arbeit abgeschlossen, was hält dich also noch hier? Und Luc müsste längst wieder zur Schule, zurück in seine Klasse. Er verliert den Anschluss. Da muss ich alte Frau nun allein nach München reisen. Nein. Sie schüttelte den Kopf.

Prima, sagte Luc mit verschlossenem Mund, dann sind wir, Mama und ich, noch ein paar Tage zusammen. Ich mag meine Oma schon, aber mit Mama ist das etwas ganz anderes. Wir haben zusammen ein Hotelzimmer, und ich kann jeden Morgen noch ein paar Minuten … außerdem will ich das mit dem Mann herauskriegen.

Ich kann gar nicht anders, hielt Vanessa ihrer Mutter entgegen, ich muss hier bleiben. Der Mann ist verletzt, man hat mich nicht einmal vorgelassen, er ist unter die Räuber gefallen, wie und wo, das weiß ich nicht, weiß nur, dass er mich braucht. Ich werde so lange bleiben wie nötig. Das musst du verstehen.

Nein, das verstehe ich nicht, nach allem, was war. Nein, Vanessa, das verstehe ich nicht.

Vanessa und Luc standen an einem der großen Fenster der Abfertigungshalle und sahen, wie die weißhaarige Dame in einem Pulk von Fluggästen über das Rollfeld auf eine zweistrahlige Maschine zuging. An ihrer rechten Hand baumelte ein schwarzes Handtäschchen.

Vor dem Einstieg ins Flugzeug drehte sich die alte Dame um und suchte die Fenster des Flughafengebäudes nach vertrauten Gesichtern ab. Aber auf die Entfernung und hinter den Scheiben war niemand zu erkennen. Sie ließ sich widerwillig ins Innere des Flugzeugs schieben.

Die Gangway wurde zur Seite geschoben, die Triebwerke begannen zu singen, die Maschine rollte zum Startplatz, wenig später war sie in der Luft.

Als Vanessa ihr Zimmer in den TERME NERONIANE betrat, standen ihre Koffer aufgereiht neben dem Schrank. Vom AUGUSTUS zu den TERME NERONIANE gebracht. Die Hotelverwaltungen hatten geräuschlos gearbeitet.

Komm, Luc, wir gehen ins Thermalbad. Etwas Wärme und Bewegung wird uns gut tun.

Luc stand an dem kleinen Schreibtisch und hatte die hoteleigene Schreibmappe aufgeschlagen.

Ich komme nicht mit, sagte er. *Nicht jetzt. Ich möchte den Brief schreiben.*

Welchen Brief? Ach so, den Brief an den Herrn Mathul.

Sie machte ein nachdenkliches Gesicht. *Du weißt, Herr Mathul liegt im Krankenhaus.*

Egal, meinte Luc. *Er wird schon wieder gesund werden. Dann kann er ihn lesen.*

Er setzte sich an den Schreibtisch und stützte beide Ellbogen auf die Schreibplatte.

So saß er, bis sich seine Mutter umgezogen und das Zimmer verlassen hatte.

Dann schrieb er. Und als er fertig war, steckte er den Bogen in ein Kuvert, klebte es zu und adressierte es an Herrn Mathul. Er bürstete sich die Haare, schlüpfte in das blaue Jackett, in dem er, so seine Meinung, etwas gleich sah und machte sich auf den Weg. Den Zimmerschlüssel hinterlegte er an der Rezeption.

Der Weg zum Ospedale war leicht zu finden. Hinweisschilder mit dem aufgemalten roten Kreuz gab es genug.

Er kam an einem Blumengeschäft vorbei, kehrte um und kaufte für sieben Euro einen Strauß.

An der Pforte des Ospedale fragte er nach Herrn Mathul. Der Pförtner schaute ihn über die Brille hinweg an. Er sah das blaue Jackett und den Blumenstrauß. Das schien zu genügen. Er blätterte in einem Heft und sagte: *Duecento cinquanta.*

Als er das verdutzte Gesicht des Jungen sah, schrieb er die Zahl 250 auf einen Zettel. *Grazie*, sagte Luc und fuhr mit dem Lift in den zweiten Stock.

Vor dem Zimmer mit der Nummer 250 verließ ihn der Mut. Was sollte er sagen, wenn er vor dem Bett des Herrn Mathul stand? Am besten, ich warte, bis eine Schwester kommt oder ein Arzt. Dann drücke ich ihnen den Blumenstrauß und den Brief in die Hand und sage ›Für Herrn Mathul‹ und verschwinde.

Ein Patient mit einem Stock und einem weißen Mantel, wie ihn die Badegäste der Sauna tragen, humpelte an ihm vorbei. Der Patient blieb stehen und drehte sich um. Luc sah sein Gesicht.

Pavel!

Luc, du?

Sie schauten sich an, und da sie beide das Gleiche sagen wollten, sagten beide nichts.

In Lucs Kopf arbeitete es. Dass er zu Herrn Mathul wollte, ging Pavel nichts an. Aber die Blumen in seiner Hand sahen nach Krankenbesuch aus. Und da stand vor ihm einer, am Stock und in weißem Mantel, den er gut kannte. Also streckte Luc ihm die Blumen hin und sagte: ›*Gute Besserung, Pavel.*‹

Pavel war erstaunt.

Der Junge kam in den zweiten Stock, hatte Blumen und sprach Genesungswünsche aus. Vielleicht geschickt von seiner Tante, die etwas gutmachen wollte.

Pavel nahm die Blumen: *Ich danke dir, Luc. Die Blumen freuen mich sehr.*

Warum brauchst du einen Stock?

Was sollte Pavel sagen? Seine Geschichte taugte nicht für andere Ohren. Und war doch so, dass er sie dem Jungen gerne erzählen wollte.

Er sah Lucs Gesicht.

Sie setzten sich in eine Nische, und Pavel legte los: *Der Kerl stand da und hatte seine Pistole auf mich gerichtet, so, mit beiden Händen, direkt auf mich, hierher, auf mein Herz. Da half nur eins, Luc.*

Das tat gut. Es tat Pavel gut, die Geschichte erzählen zu können. Bisher hatte er nur Andeutungen gemacht, vage Andeutungen. Da fiel ein Schuss, hatte er dem Commissario gesagt. Mehr nicht.

Aber jetzt konnte er sagen, wie es war. Es musste heraus, dass er in Gefahr gewesen war, in großer, und wie schnell er damit fertig geworden war. Lucs große Augen waren ein Applaus im Voraus.

Da half nur eins, Luc. Dem Kerl auf die Finger schlagen. So, von oben her, und Pavel schlug mit der Faust nach unten.

Die Pistole flog in hohem Bogen irgendwohin. Und dann dem Kerl eins unters Kinn, so, und er schlug einen kurzen Haken aufwärts. *Weißt du, in einer solchen Situation, da muss man …*

Lucs Augen groß, der Mund offen. Er nickte.

Ja, und dass ich es nicht vergesse. Irgendwann ging der Schuss los. Durch mein Bein ging die Kugel, durch den Oberschenkel, und unten wieder heraus. Hier hinein und da heraus.

Er deutete mit der rechten Hand auf die beiden Stellen.

Pavel tat, als ginge es nur um seine Hose.

Zuerst, weißt du, spürt man gar nichts. Irgendwas schlägt gegen das Bein. Lächerlich. Tut nicht weh. Dann läuft etwas Warmes aus dem Hosenbein, das ist Blut und tut noch immer nicht weh. Aber dann. Auf einmal. Du willst laufen, aber das Bein will nicht, hat keine Kraft. Und plötzlich tut es weh. Keine Kraft, aber Schmerzen. Du möchtest schreien. Beißt die Zähne zusammen. Und dann wird es im Kopf leicht, ganz leicht wird es, du wirst müde und möchtest schlafen. Nur schlafen, schlafen.

Und warum hat der Kerl auf dich geschossen?

Ja, warum?

Pavel stockte und dachte nach.

Wahrscheinlich wollte er etwas von mir.

Bestimmt Hermann und Dorothea, rief Luc, *oder Tristan und Isolde oder alle zusammen. Die haben einen Wert, hast du gesagt, und eine Zukunft.*

Pavel schnalzte mit den Fingern: *Luc, du bist der geborene Detektiv. Aber der Kerl hätte sie nie bekommen. Nur über meine Leiche. Und so schnell, das siehst du ja, macht man mich nicht kalt.*

Was ist aus dem Kerl geworden?

Das weiß ich nicht. Der lag am Boden und jammerte. Geschieht ihm recht. Ich hoffe, die Polizei hat ihn geschnappt und ins Kittchen gesteckt.

Luc schaute auf den Boden und drehte mit der rechten Hand ein Büschel Haare.

Und Hermann und Dorothea und Tristan und Isolde, was ist mit ihnen?

Pavel bückte sich zu Luc herunter, legte den Zeigefinger auf die Lippen und schaute vorsichtig nach rechts und links.

Ich habe, flüsterte er, *für heute Abend um sieben Uhr ein Taxi bestellt. Käse und Bananen liegen schon bereit. Ich darf das Ospedale noch nicht verlassen, aber ich muss. Die Kleinen brauchen mich. Sie verdursten sonst und verhungern.*

Um sieben Uhr, sagst du?

Um sieben kommt das Taxi.

Vielleicht sehen wir uns kurz nach sieben.

Luc gab Pavel die Hand.

Schön, dass du mich besucht hast.

Als Luc am Fenster des Pförtners vorbeiging, knisterte das Kuvert in seiner Jackentasche. Er zog es heraus.

Das ist für Herrn Mathul, sagte er und reichte es dem Pförtner durchs Fenster. *Ich habe Herrn Mathul leider nicht angetroffen.*

Der Pförtner lächelte, als ob er verstanden hätte, und sagte: *Ci penso io*, nahm das Kuvert und steckte es mit einer schwungvollen Geste in ein Postfach.

Luc rannte los.

An der Rezeption der TERME NERONIANE ließ er sich den Zimmerschlüssel geben. Im Zimmer schnell in die Badehose, dann in den Bademantel. Anschließend dann in die Piscina.

Seine Mutter lag in einem Liegestuhl und hatte ein Buch auf den Knien. Luc setzte sich zu ihr und sagte: *So, der Brief ist geschrieben.*

Die Mutter schaute auf, und Luc sah, dass ihre Gedanken woanders waren.

Heute Abend haben wir Besuch, sagte sie. *Commissario Leonardi wird mit uns zu Abend essen.*

Luc hörte den Namen. Er verband mit dem Namen keine bestimmte Vorstellung. Aber ›Commissario‹, das klang scharf und kam in Uniform. Und gefiel ihm nicht.

Es gefiel ihm nicht, dass seine Mutter mit so einem zusammen sein sollte. Er wollte es nicht und hätte kaum sagen können, warum.

Luc schrieb noch immer an dem Brief für den Herrn Mathul.

Es waren nur ein paar Zeilen, die er tatsächlich geschrieben hatte. Nämlich, dass er auf ihn gewartet habe und gerne mit ihm zusammen in der Piscina geschwommen wäre. Und er wünsche ihm gute Besserung. Mehr hatte er nicht geschrieben. Jetzt aber schrieb er weiter: Auffällig sei doch, dass sie beide Mathul hießen und ob das ein Zufall sei?

Es passte Luc nicht, dass sich seine Mama mit dem Commissario traf. Und er, Luc, musste dabei sitzen. Sie sollte sich lieber um den Herrn Mathul kümmern. Der lag im Ospedale und brauchte Hilfe. Der und nicht der Commissario.

Luc überlegte, wie er dem gemeinsamen Abendessen entgehen könnte. Er ließ den Bademantel fallen, sprang ins Becken, griff mit den Armen ins Wasser und paddelte mit den Beinen.

Robert Mathul und der Commissario, mit jedem Atemzug gingen die Namen ein und aus.

Luc stieg aus dem Bassin und trocknete sich ab. Er trat vor seine Mutter und sagte: *Ich möchte nicht mit dem Commissario zu Abend essen.*

Vanessa schaute auf und nickte.

Das kann ich verstehen, sagte sie.

Luc war überrascht. Er hatte mit Auseinandersetzungen gerechnet.

Das Gespräch mit dem Commissario auf Italienisch, das ist langweilig für dich.

Das ist es nicht allein, wollte Luc sagen. Sagte aber nichts.

Soll ich dir das Essen aufs Zimmer bringen lassen?

Ich möchte lieber in die Pizzeria.

Hast du Geld?

Luc nickte. *Kann ich jetzt gehen?*

Vanessa schlüpfte in ihren Bademantel.

Ich gehe mit, sagte sie.

Commissario Leonardi kam im knitterfreien hellgrauen Leinenanzug. Ein gutes Abendessen mit einer schönen Frau und so nebenbei etwas Dienstliches, das war nach seinem Sinn.

Vanessa sah ihn nicht ungern am Tisch.

Das Gespräch hüpfte hin und her, in den Pausen ein Antipasto aus gebackenem Gemüse.

Als das Wildgericht serviert wurde, legte Vanessa das Besteck nieder.

Ich möchte alles über die letzten vierundzwanzig Stunden des Robert Mathul erfahren, sagte sie. *Die Polizei muss doch Bescheid wissen, und ich habe ein Anrecht darauf.*

Ein Agreement, entgegnete Leonardi und legte ebenfalls das Besteck nieder. *Ein Gleiches. Von der gnädigen Frau möchte ich bitte alles über die letzten vierundzwanzig Stunden ihres ehemaligen Gatten erfahren.*

Das war zum Lachen.

Vanessa fasste sich.

Ist schnell gesagt, sagte sie. *Ich wollte heute gegen Mittag Robert Mathul im Ospedale besuchen und wurde nicht vorgelassen. Sein Zustand erlaube es nicht. Nicht lebensbedrohend, nicht bedenklich. Aber sein Zustand erlaube keinen Besuch. Das ist alles.*

Leonardi zog die Augenbrauen hoch.

Du weißt, dass er, wie soll ich sagen, übel zugerichtet wurde. Ich habe ihn gesehen. Kopfverband. Auch am Körper Verletzungen. Nicht vernehmungsfähig.

Aber der Commissario Leonardi weiß doch warum und von wem und wo, hielt Vanessa dagegen.

Ich habe den Ort gesehen, ja. Ein einsamer Bauernhof auf dem halben Weg nach Venedig. Einiges ist mysteriös an der Sache. Drogen oder Waffen oder Menschenraub. Wir wissen es nicht. Noch nicht.

Vanessa protestierte: *Robert Mathul hat mit solchen Sachen nichts zu tun. Da bin ich mir ganz sicher. Vielleicht hat es mit seinen Erfindungen zu tun, seinen Patenten.*

Auch das ist möglich, lenkte Leonardi ein.

Und wenn es so ist, vielleicht kannst du mir einen Tipp geben, eine Vermutung. Ist dir etwas aufgefallen in den letzten Tagen? Zum Beispiel eine Verabredung mit Leuten aus San Sebastian.

San Sebastian in Spanien? Nein.

Vanessa schüttelte den Kopf.

Du weißt, meine Kontakte mit Robert Mathul sind limitiert. San Sebastian, sagst du? Da ging doch seit Wochen ein Kidnapping durch die Presse. Das Kind eines Reeders. Hast du sicher gelesen. Aber der Junge ist frei, seit ein paar Tagen ist er frei. Und hat sich damit, wie mir scheint, erledigt.

Leonardi kniff beide Augen zu einem Schlitz: *Robert Mathul hat nie diesen Fall erwähnt oder den Namen San Sebastian?*

Nie.

›San Sebastian‹ ist, komischerweise, der einzige Anhaltspunkt, den wir mit dem Überfall auf Robert Mathul in Verbindung bringen können. Das kann etwas bedeuten, kann aber auch nichts bedeuten.

Leonardi ergriff das Glas: *Der Anlass ist nicht beglückend, aber er schenkt uns diesen Abend. Auf dein Wohl und die Gesundheit deines, ja, wie soll ich sagen, deines Herrn Mathul.*

Vanessa hob das Glas und trank.

Luc saß allein an einem Tisch in der kleinen Pizzeria. Um diese Zeit, zwischen sechs und sieben Uhr abends, ist nicht viel los. Nach neun Uhr und dann bis Mitternacht sieht es anders aus.

Luc zerschnitt seine Pizza con funghi und schob die Teile mit der Hand in den Mund. Saftig waren sie, und der Pilzgeschmack erinnerte an Wald und Moos.

Luc schaute auf die Uhr. Noch zehn Minuten. Er blickte kauend auf die Straße. Ein Taxi fuhr die Straße lang und hielt an der Kreuzung.

Rot.

Der Fahrgast drehte seinen Kopf und schaute beiläufig zur Seite.

Pavel.

Luc zog seine Börse, zahlte an der Theke und rannte hinter dem Taxi her. Fast gleichzeitig kamen sie auf dem Parkplatz der TERME NERONIANE an.

In einer halben Stunde wieder abholen. Pavel machte mit dem Zeigefinger einen halben Bogen auf dem Zifferblatt der Armbanduhr.

Der Taxifahrer nickte.

Schön, dass du da bist, sagte Pavel, hielt in der einen Hand eine Tasche, den Stock in der anderen Hand lehnte er an das Wohnmobil und sperrte auf.

Komm nur herein.

Wie geht es euch, sagte er und holte eine Maus nach der anderen aus dem Verschlag und strich ihr übers Fell.

Habt ihr Durst? Natürlich habt ihr Durst, die Näpfchen sind leer. Verdünnte Milch habe ich mitgebracht und Bananen, Käse, Kekse.

Isolde, was ist mit dir? Isolde!

Er schob ihr Milch und Käse und Keksbröckchen hin.

Luc schaute sich im Wohnwagen um. An den Wänden war eine Unzahl von Instrumenten und Werkzeugen zu erkennen, kleine und kleinste, in Reih und Glied. Und Maschinen. Nicht auszumachen, wofür sie gut waren und was sie konnten.

Wusste der Kerl, der auf dich geschossen hat, dass Isolde und die anderen im Wohnwagen wohnen?

Pavel hatte Mühe, den Zusammenhang mit Lucs Frage herzustellen.

Ach ja, der Kerl mit der Pistole! Ja, das sind raffinierte Burschen, weißt du, die bekommen fast alles heraus. Aber jetzt ist ihnen die Lust vergangen.

An einer Schranktür klebte ein Zeitungsartikel. Ein langer Text und zwei Bilder. Ein Bild mit Pavel und Mathul, ein Bild mit Mathul am Rednerpult. Unter den Bildern stand: ›Professor Robert Mathul und sein Assistent Pavel Urbanek‹ und: ›Professor Mathul spricht über Schallfrequenzen‹.

Luc schaute auf die Bilder und dann auf Pavel.

Pavel saß auf einem Hocker, hatte eine Maus in der Hand und fuhr ihr mit dem Finger übers Fell.

Du gefällst mir nicht, Isolde, sagte er, *keine Milch, kein Käse, keine Bananen. Du gefällst mir nicht.*

Luc: *Was ist ein Assistent?*

Hörst du, Isolde, Luc möchte wissen, was ein Assistent ist. Was sagen wir ihm denn?

Er drehte Isolde hin und her und betrachtete sie kritisch. *Sagen wir so: Ein Assistent hilft seinem Chef bei der Arbeit.*

Bist du der Assistent von Professor Mathul?

Pavel wandte seinen Kopf.

Aha, du studierst den Artikel. Ja, sagte er, *ich bin so etwas wie der Assistent von Professor Mathul.*

Luc reagierte überraschend.

Das freut mich, sagte er.

Das freut dich? So? Und warum?

Du hast mir das Kraulen beigebracht, und der Herr Mathul wollte sehen, ob ich es kann.

Nach einer Pause fügte Luc hinzu: *Ich heiße Mathul wie er.*

Pavel setzte Isolde in den Käfig und drehte sich langsam mit dem ganzen Körper Luc zu.

Du heißt Luc Mathul?

Ja.

Und, und seid ihr miteinander verwandt?

Luc zog die Mundwinkel nach unten und die Schultern nach oben.

Pavels Blick änderte sich.

Bisher war Luc nur ein Junge, zehn Jahre alt, sportlich, mit dem man etwas anfangen kann. Jetzt aber.

Er sah das Gesicht des Jungen. Es war ihm vertraut, und er hätte nicht sagen können, warum.

Luc merkte den anderen Blick, bemerkte, dass er gemustert wurde. Er fuhr sich mit der rechten Hand ins Haar und drehte ein Büschel um seinen Zeigefinger.

Diese Geste kannte Pavel, diesen Zeigefinger, der sich eine Strähne greift und sie dreht und wickelt. Gibt es das? Kann das sein? Wird eine Geste, eine Verlegenheits- oder Unsicherheits- oder Nachdenkgeste in die nächste Generation weitergegeben?

Pavel holte Tristan aus dem Käfig und strich ihm übers Fell. Das Tier saß in seinem Handteller und schnupperte nach allen Seiten.

Pavel gab sich Mühe, seine Gedanken zurück in den Wohnwagen und zu seinen grauen Freunden zu holen.

Da kamen, erzählte er, *vor gar nicht langer Zeit ein paar junge Wissenschaftler, Zologe der eine, Biochemiker der andere, und erzählten dem Chef, sie seien dabei, die Bewegungsmodule im Mäusehirn zu isolieren, und dann kam ein anderer, der die Nerven mit Chips verband … Aber was erzähle ich dir da, Luc.*

Erzähl weiter, Pavel.

Der Professor Mathul lud die Leute in sein Laboratorium ein, und heraus kamen Tristan und Isolde und Hermann und Dorothea, und ich dirigiere sie mit dem Finger auf dem Touchpad wie einen Cursor. Du hast es ja gesehen. Solche Sachen macht der Professor Mathul.

Solche Sachen möchte ich auch machen.

Da musst du zu ihm in die Schule gehen, nach Darmstadt, auf die Technische Hochschule.

Luc hörte die fremden Wörter und sah den Herrn Mathul

vor sich im Speisesalon mit den gelben Rosen, sah sein braun gebranntes Gesicht.

Etwas bewegte ihn. Ein Gefühl, unsagbar, unbeschreiblich. Wie bei Florian, wie im Haus seines Freundes Florian. Da durfte er einmal auf das Knie von Florians Vater sitzen, auf dem einen Knie saß Florian und auf dem anderen er. Florians Vater erzählte eine Geschichte. Vor ein paar Jahren war das. Er war noch kleiner. Aber die Geschichte von den Leuten, die den Mond im Weiher mit dem Netz fangen wollten, vergaß er nicht. Das Auf-dem-Knie-Sitzen und die Geschichte von den Mondfischern vergaß er nicht.

Manchmal gab es Streit mit Florian. Beim Skifahren zum Beispiel. Er, Luc, fuhr hinter Florians Vater, weil er besser fuhr als Florian. Dann flüsterte Florians Vater ihm ins Ohr: ›Jetzt wechseln wir die Reihenfolge.‹ Und er, Luc, verstand und war traurig.

Ein Wagen fuhr vor. Pavel schaute auf die Uhr. Die halbe Stunde war vorbei.

Ich muss zurück ins Ospedale. Und du in die TERME NERONIANE.

Pavel sperrte ab, und während Luc ein paar Schritte weiterging, schob er den Schlüssel schnell unter den linken Reifen des Wohnwagens.

Luc war die Bewegung nicht entgangen. Könnte nicht ich, dachte er, morgen den Mäusen etwas zum Fressen bringen?

Könnte nicht ich, sagte er zu Pavel, *morgen den Mäusen etwas zum Fressen bringen?*

Pavel lachte und schüttelte den Kopf.

Das geht nicht, Luc.

Er stützte sich auf seinen Stock und humpelte zum Taxi.

13

Am nächsten Vormittag gegen elf stand Pavel am Gangfenster des zweiten Stocks vom Ospedale und warf einen Blick hinüber zu den Euganeischen Hügeln.

Einen Sehnsuchtsblick.

Die Doktores schüttelten den Kopf, wenn sie Pavel sahen. Nicht wegen seiner Ungeduld. Das kannten sie. Es waren die Schusswunden. Das Projektil war unterhalb der Hüfte in seinen Oberschenkel hinein- und oberhalb des Knies herausgefahren, hatte die Muskeln oben und unten schonend durchtrennt, keiner wichtigen Ader und keiner Sehne etwas zuleide getan und keinem Knochen. Selbst die Textilfasern von Hemd und Hose blieben, wo sie hingehörten.

Der Mann hatte so etwas von Glück! Und die Wunden heilten zusehends.

Morgen, so sagte die Schwester, *werden wir die Wunden mit einem Pflaster verkleben.*

Und morgen vielleicht schon, sagten die Doktores, könne Pavel das Ospedale fußläufig verlassen. Ambulante Nachbehandlung genüge.

Pavel hielt sich lieber im Gang auf als in seinem Zimmer. Der Gang war seine Flaniermeile. Man begegnete Schwestern, Ärzten, Besuchern. Und das war Leben. Oder so viel wie.

Jetzt zum Beispiel der Herr, der eben aus dem Lift stieg. Ein Herr mittleren Alters, glatte, schwarze Haare, heller Trenchcoat, zweifarbige Schuhe, und mit Blumenstrauß. Er schaute sich um, ging auf die Tür mit der Nummer 250 zu, klopfte, blieb unter der geöffneten Tür für ein paar Augenblicke stehen und kehrte um.

Der Herr wandte sich an Pavel: *Scusi tanto*, sagte er in einem fremdländisch weichen Italienisch: *Ich wollte einen Patienten der TERME NERONIANE besuchen. Aber das Zimmer ist leer.*

Pavel wusste warum.

Mathul, der Patient von Zimmer 250, war bei einer sonographischen Untersuchung.

Aber vielleicht meinte der Besucher gar nicht Mathul. Wusste doch kaum einer, dass er im Ospedale lag. Wahrscheinlich wollte der Besucher zu Federico Berlingueri, dem Angestellten der TERME NERONIANE. Der lag auf dem gleichen Flur, ein paar Zimmer weiter. Wahrscheinlich, nein, ganz sicher wollte er zu Federico Berlingueri. Und Pavel wies mit dem Finger auf Federicos Zimmer.

Der Herr dankte mit einer leichten Verbeugung, ging auf das Zimmer zu, trat ein und schloss die Tür hinter sich.

Der eingetretene Herr verharrte. Er sah vor sich einen Patienten unter weißen Laken mit geschlossenen Augen, scheinbar ruhig schlafend.

Das überraschte ihn.

Er hatte einen Patienten mit Blessuren erwartet, mit Verbänden um Kopf und Kragen. So oder so ähnlich sollte er aussehen, hatte man ihm gesagt.

Der Besucher hielt sich nicht lange mit Betrachtungen auf. Er wurde aktiv.

Die Blumen, die er in einer Vase fand, warf er in einen Eimer und ersetzte sie durch seinen Strauß.

Dann hob er vorsichtig das weiße Laken in die Höhe und kontrollierte die Schläuche.

Er hielt seine Hand an Mund und Nase des Patienten und prüfte den Atem. Und war zufrieden.

Mit einem schnellen Griff in die Innentasche seines Trenchcoats zog er eine Injektionsspritze hervor, entfernte die Schutzhülle, spritzte eine Probe der Flüssigkeit in die Luft und stach in den Infusionsbeutel. Der Inhalt des Beutels nahm augenblicklich eine gelbliche Färbung an. Und im Handumdrehen verschwand die Injektionsnadel wieder in der Schutzhülle und der Innentasche des Trenchcoats.

Ein Geräusch. Der Besucher wandte den Kopf. Die Tür bewegte sich, im Türrahmen erschien eine grüngekleidete Autorität. Hinter ihm eine Infermiera, eine Krankenschwester.

Der Besucher deutete eine Verbeugung an.

Ich besuche einen lieben, alten Bekannten, sagte er in einem undeutlichen Italienisch.

Der Primario musterte ihn von oben bis unten.

Da stürzte die Schwester nach vorne zum Infusionsbeutel.

La infusione e gialla, gialla, schrie sie, *die Infusion ist ja ganz gelb.*

Der Primario wandte sich um.

Diesen Moment nutzte der Besucher, war fix unter der Tür und draußen. Er warf schnelle Blicke nach rechts und links.

Ist der Lift fahrbereit? Ist die Treppe schneller?

Pavel passierte auf seinem Trainingsgang gerade den Lift. Er sah den herausstürmenden Besucher; seine Blicke, seine Bewegungen, das war kein teilnahmsvoller Krankenbesuch, ganz und gar nicht, da ging etwas vor sich, etwas Bedrohliches. Und als der Mann die Treppe für seinen Fluchtweg wählte und an Pavel vorbeistürzte, schob Pavel mit einer flinken Bewegung die Krücke zwischen seine Beine. Der Mann taumelte. Im Taumeln rappelte er sich wieder hoch. Pavels Stock griff noch einmal ein und zielte auf den Kopf des Flüchtenden.

Es krachte ordentlich.

Einen Moment herrschte lautlose Stille.

War es, weil Pavel plötzlich die Stütze seines Stockes fehlte oder weil er sich mit seinem ganzen Körper eingesetzt hatte, Pavel stürzte jedenfalls auf den Flüchtenden. Und spürte einen stechenden Schmerz in seinem Oberschenkel. Die Wunden, eine von beiden oder alle beide, waren wieder aufgebrochen. Er tat einen Schrei; der Schmerz nahm ihm fast die Besinnung und machte ihn bewegungsunfähig.

Von dem Lärm aufgeschreckt, traten der Primario und die Krankenschwester aus dem Krankenzimmer, auch aus den anderen Zimmern kamen besorgte Menschen, eilten herbei und schauten erschreckt auf das Menschenknäuel am Boden.

Das war die Chance des Flüchtlings. Er schob sich mühsam in die Höhe, hielt seinen Kopf mit beiden Händen, drückte sich um die Ecke, glitt die Treppe hinunter und schritt wenig später, wer hätte das für möglich gehalten, aufrecht und freundlich grüßend durch die Pforte.

Auf Tschechisch und Deutsch und mit den Händen versuchte Pavel seinen Helfern klar zu machen, dass nicht er das Objekt ihrer Bemühungen sein sollte, sondern der andere, der andere – wo war er, he, wo war er, der andere?

Der Primario und die Schwester schrieen und fuchtelten mit den Händen. Die Infusion hatten sie unterbunden. Es war nicht klar, wie viel von dem Gelben in den Körper des Patienten geflossen war und was es war, das Gelbe. Aber es war klar, dass der flüchtige Besucher damit zu tun hatte.

Wo war er?

Man musste ihn dingfest machen.

Der Primario zog sein Handy und fragte die Pforte. Ja, hörte er von dort, da sei einer hinausspaziert, einer mit glatten schwarzen Haaren, hellem Trenchcoat und zweifarbigen Schuhen und – der Pförtner reckte den Hals und blickte auf den Parkplatz – es bewege sich auch ein Auto, er werde sofort die Polizei benachrichtigen.

Mein Gott, die Polizei! Da ist der Kerl doch längst über alle Berge.

Große Aufregung im zweiten Stock des Ospedale. Pavel lag am Boden. Durch die Hose seines Schlafanzugs sickerte Blut und bildete eine kleine Lache. Er verbiss tapfer, man sah es, den Schmerz der aufgeplatzten Wunden seines Oberschenkels.

Schlimmer stand es um Federico Berlingueri. Das Gelbe musste schleunigst analysiert werden. Gab es ein wirksames Gegengift? Und würde der Patient die Attacke überstehen?

Der Primario und ein weiterer Arzt bemühten sich um Federico Berlingueri.

Die Menschen auf dem Gang tauschten flüsternd ihre Eindrücke und Besorgnisse. Als aber nichts weiter geschah und die Ruhe in den Gang zurückgekehrt war, wussten sie nicht, was weiter zu tun sei und verschwanden, einer nach dem anderen, wieder in den Zimmern.

Da stieg ein Mann aus dem Lift, ein Mann mit Kopfverband und einem Arm in der Schlinge, in Begleitung einer Schwester, blieb stehen und sah gerade noch, wie Pavel auf einer Bahre weggetragen wurde.

Pavel, rief Mathul, *he, Pavel, was ist los mit dir?*

Pavel hörte die Stimme. Er stützte sich auf seine Ellbogen und suchte Mathuls Gesicht.

Du hattest Besuch, sagte er. *Der Herr war leider in Eile. Dabei stand ich ihm im Wege.*

Und sank zurück auf die Bahre.

Vanessa lehnte an der Balkontür ihres Zimmers. Der Wind strich durch die Bäume und modellierte unablässig die kleinen Cumuli am frühsommerlichen Himmel. Martin Walser fiel ihr ein und »Nero lässt grüßen«.

Ich liebe den Leerlauf des Winds durch die Bäume,
das Rauschen für nichts. Mich ergreift die Eitelkeit
der Wolken, die den Augenblick beherrschen wie für immer
und dabei vergehen.

Schön, oder nicht?

Luc saß auf dem Balkon unter einem Sonnenschirm mit einem Buch auf den Knien. Die Geschichte eines Mädchens, das auf einem Delphin zu einer Insel reitet.

Da drüben der Monte Ceva, 250 Meter hoch, der wäre doch was für uns beide. Meinst du nicht?

Luc winkte ab.

Ist gar nicht gut, nur herumsitzen und lesen.

Luc winkte ab.

Vanessa zog kräftige Halbschuhe an, holte eine Windjacke aus dem Schrank und knöpfte sich ein Tuch um den Hals.

Was ist? Kommst du mit?

Mit Oma Liz musste ich keine Berge besteigen, maulte Luc. *Da konnte ich lesen, so viel ich wollte.*

Also dann bis heute Abend.

Vanessa ging entschlossen zur Tür. Sie hörte Stühlerücken.

Kräftige Schuhe und eine Windjacke, sagte sie, ohne sich umzuschauen. *Ich warte auf dem Parkplatz.*

Zum Monte Ceva, genauer zum Fuß des Monte Ceva, brauchte man das Auto und fünfzehn Minuten.

Das Mädchen, Luc war noch bei der Heldin seiner Geschichte, das Mädchen steigt auf einen Delphin wie auf ein Pferd und reitet durchs Meer.

Geht das überhaupt? fragte er seine Mutter auf der Fahrt zum Fuß des Monte Ceva.

Vanessa zuckte die Achseln.

Weißt du, Luc, in einer guten Geschichte geht viel. Auch unser Berg, der Monte Ceva, ist eine gute Geschichte.

Oh je!

Luc kannte diese Art pädagogischer Werbung:

Ich will die Geschichte des Mädchens auf dem Delphin kennen lernen und nicht diesen blöden Berg da.

Die erste halbe Stunde der Bergbesteigung war ein wortloser Trott über eine schiefe Ebene mit Rebstöcken und kleinen Getreidefeldern. Keinem der beiden kam die Wortlosigkeit ungelegen.

Luc bestieg den Delphin. Ob das gut geht? Vor ihm ritt das Mädchen. Vom Berg herunter kam ein kühler Wind und roch, wie Luc fand, nach Salz und Fischen. Und das Ziel, die Insel, die geheimnisvolle Insel, war schon nahe.

Vanessa schwamm im Kielwasser eines anderen. Nur, sie war sich nicht sicher, ob sie das wollte.

Ein lichter Hain aus Eichen und Kastanien nahm die Wanderer auf. Sie blieben kurz stehen und schauten auf die Wegstrecke zurück.

Robert Mathul, so hatte Vanessa erfahren, mache eine Kur, und sie, vollgepackt mit diffusen Gründen, suchte seine Nähe. Oma Liz, die gute Weißhaarige, machte mit. Und Luc sollte dabei sein. Also mit Luc und einer ausgeklügelten Regie.

Warum Luc?

Stolz vielleicht. Mutterstolz.

Auch eine durch die Zeit gemilderte Form von Rache. Er sollte sie spüren. Die Versäumnisse. Er, der Mann für fassbare Wirklichkeiten, sollte erfahren, dass er von der Wirklichkeit der Menschen nichts verstand. Nichts, aber auch gar nichts. Dieser intelligente Dummkopf.

Durch den schütteren Bergwald stiegen sie Schritt für Schritt nach oben.

Dann die Begegnung mit Mathul in den TERME NERONIANE. Die Begegnung an der Fontana.

Sie brachte mich, ich kann es nicht leugnen, durcheinander. Gefühle, die ich nicht für möglich gehalten hatte, waren da. Waren da und stark.

Und jetzt das Neueste, das Letzte: der Unfall.

Eine unselige Geschichte?

Luc, ein paar Schritte vor ihr, drehte sich um und blieb stehen.

Pavel würde mir sicher beibringen, wie man auf einem Delphin reitet, sagte er.

Welcher Pavel?

Welcher Pavel, welcher Pavel. Es gibt nur den einen. Du kennst ihn doch.

Dein Schwimmlehrer?

Pavel ist mein Freund.

Sie haben ihm durchs Bein geschossen. Da hinein, Luc deutete die Stellen an, und da heraus. *Aber er läuft herum, als wäre nichts.*

Und das glaubst du, Luc?

Das weiß ich!

Die Bergwanderer ließen den Eichen- und Kastanienwald hinter sich.

Vor ihnen der steile Anstieg zum Gipfel. Über ihnen die pralle Mittagssonne.

Da hatte jeder mit sich zu tun. Sie stiegen und schwitzten.

Auf einmal stockte Luc und geriet fast aus dem Häuschen. *Ein Kaktus*, schrie er, *ein richtiger Kaktus, und da noch einer und noch einer.*

Auf diesen Moment hatte Vanessa gewartet. Sie hatte von den botanischen Extravaganzen des Monte Ceva gehört, auch ein bisschen darüber gelesen, und freute sich, dass Luc sie entdeckt hatte. Ganze Felsen waren von den fleischigen, mit Stacheln besetzten Blättern und roten Früchten überwuchert. Ein Bild wie aus der ariden Sektion eines botanischen Gartens.

Das ist die Indische Zwergfeige, erklärte sie, *sie kommt aus Mittelamerika. Venezianische Seeleute haben sie wahrscheinlich mitgebracht. Die Indische Zwergfeige will es trocken und heiß, und das hat sie hier so gut wie in Mexiko oder Guatemala.*

Und noch etwas Besonderes, Luc. Schau hier und hier und hier! Siehst du die grauen Knöpfe, die vielen kleinen, grauen Knöpfe? Das ist das »Semprevivum«, zu deutsch »Hauswurz«. Sie überzieht ganze Felsen, netzartig. Heißt mit Vor- und Familienname Semprevivum arachnoideum, netzartige Hauswurz. In den Alpen ist sie zu Hause und hat, vermutlich in der Eiszeit, als die Gletscher in die Poebene rutschten, auf dem Monte Ceva eine zweite Heimat gefunden. Auch die Hauswurz will es trocken und heiß.

Pflanzen aus Mittelamerika und Pflanzen aus den Alpen, nebeneinander. Auf dem Monte Ceva. Auf keinem anderen Euganeischen Hügel sonst.

Als sie sich aufrichteten und den Blick von den Vulkanfelsen (seit dreißig Millionen Jahre) lösten, dem Semprevivum (seit zwanzigtausend Jahren) und den Indischen Feigen (seit fünfhundert Jahren) sahen sie zweihundert Meter unter sich ein sattes Wein- und Getreideland mit Dörfern und Castelli, und in der Nachbarschaft auf gleicher Höhe eine Versammlung zuckerhütiger Berge.

Weißt du, wie sie heißen, die Dörfer da unten und die Berge?

Vanessa breitete die Karte über ihre Knie, und Luc deutete mit dem Finger auf die Karte und dann nach Westen und Norden und löste die Rätsel.

Und der Delphin?

Ach, der Delphin.

Der suchte vor der griechischen Insel vergeblich seinen Reiter.

Und der Professor und Erfinder Robert Mathul?

Ach, der Robert Mathul.

Der stand am Fenster seines Krankenzimmers, einsam.

Der Abstieg vom Gipfel des Monte Ceva ging in einem weiten Bogen über die Flanke des Berges. Das Gefälle war mäßig, und Vanessa schlug einen flotten Wanderschritt an.

Was soll ich tun? Was soll ich bloß tun? Jeder Schritt hämmerte ihr diese Frage ein.

Sie hatte sich von der Exkursion auf den Monte Ceva etwas erhofft. Die Bewegung, der weite Blick, die frische, salzige Luft, das Zusammensein mit Luc.

Sie hatte sich etwas erhofft.

Antworten.

Und bekam nur Fragen.

Das Zusammentreffen mit Robert Mathul in den TERME NERONIANE. Vielleicht war alles zu kompliziert, die Fäden, fein und kunstvoll gesponnen, jetzt aber verwirrt und verknotet.

Also abbrechen. Das Unternehmen abbrechen. Heute noch oder morgen, einen Brief mit guten Wünschen ins Ospedale, und mit Luc zurück nach München?

Robert Mathul sollte Luc kennen lernen. Ja, das sollte er. Und Luc wollte ihn kennen lernen. Der Junge ahnte etwas und wollte es wissen. Er hat einen Brief an ihn geschrieben. Wann tut das schon ein Junge in diesem Alter? Luc will es wissen.

Und du, Vanessa, willst zurück nach München, willst auf und davon?

Was kann ich Mathul in seinem jetzigen Zustand zumuten?

Muss ich mich vielleicht an sein Bett setzen und seine Genesung abwarten?

Nein, das kann ich nicht. Und das will ich nicht.

Kann ich zu ihm gehen und sagen: Luc, der zehnjährige Luc, der dir einen Brief, ich betone, aus eigenem Antrieb, einen Brief geschrieben hat, ist mein und dein Kind. Schau ihn an. Schau ihn dir genau an. Sprich mit ihm. Schwimm mit ihm. Geh mit ihm spazieren. Spiel mit ihm. Er ist dein Sohn.

Wie würde Mathul reagieren?

Seine Wutausbrüche. Ich habe sie nicht vergessen.

Keine Angst, würde ich sagen. Keine Angst, Professor Mathul. Der Junge bleibt bei mir.

Du hast ihn gar nicht verdient.

Nein, das würde ich nicht sagen.

Nein, das nicht.

Vanessa und Luc traten aus dem Eichen- und Kastanienwald und hatten vor sich wieder die abfallenden kleinen Getreidefelder und die Rebstöcke. Vanessa blieb stehen und hielt ein Taschentuch in der Hand.

Luc schaute in ihr Gesicht.

Hast du geweint?

Der frische Wind, weißt du, und die frische, salzige Luft. Vanessa lächelte.

Ihre Gedanken gingen nach vorne. Entweder abreisen, und zwar so bald wie möglich, oder die Karte ›Luc‹ ausspielen, voll ausspielen.

Vorsicht! Vergiss nicht, es geht nicht um Mathul oder um Vanessa, es geht vor allem um Luc. Der Junge darf keinen Schaden nehmen.

Aber wie?

Sie stieg ins Auto und war nicht klüger geworden. Aber sie sah ruhiger auf die Stunden und Tage, die vor ihr lagen.

Während sie den Wagen durch die Kurven hinunter in die Ebene steuerte, warf sie einen Blick auf Luc. Er hatte etwas in seinem Schoß, eingeschlagen in ein Taschentuch, und hielt es mit beiden Händen. Vanessa schaute noch einmal zur Seite und sah in dem Taschentuch zwei Polster Semprevivum.

Luc bemerkte ihren Blick.

Wie heißen sie?

Semprevivum.

Und auf Deutsch?

Hauswurz.

Das Semprevivum nehme ich mit nach Hause.

Als eine Schwester des Ospedale das Abendessen auf Zimmer 248 brachte, das Zimmer von Pavel Urbanek, fand sie ein leeres Bett. Vielleicht ist er auf der Toilette. Sie versorgte die anderen Patienten und kam zurück. Das Bett blieb leer.

Seit der Attacke von heute Mittag war das Personal des Ospedale in nervöser Spannung. Man musste in diesen verrückten Zeiten offenbar mit allem rechnen.

Mit Hochachtung sprachen sie von dem Patienten auf Zimmer 248, der sich dem Verbrecher in den Weg gestellt und ihn fast zur Strecke gebracht hatte.

Und jetzt war sein Bett leer.

Hatten sich die Briganten an ihm gerächt? Hatten sie ihn entführt?

Die Schwester eilte zum Primario. Der stand in Hut und Mantel unter der Tür, sein Dienst war für heute beendet. Als er den Bericht der Schwester hörte, legte er Hut und Mantel ab, eilte zu Zimmer 248 und fand das leere Bett vor. Und alarmierte die Polizei.

Commissario Leonardi und ein Carabiniere waren nach wenigen Minuten zur Stelle.

Mit diesen Ausländern, flüsterte der Primario, *mit diesen Ausländern hat man nur Scherereien.*

Jetzt geht es, er schaute auf seinen Zettel, *um einen gewissen Pavel Urbanek.*

Ich kenne den Mann, sagte Leonardi, *er hat mir die Hinweise für den Überfall auf den Professore Mathule gegeben.*

Dieser Pavel Urbanek ist verschwunden, sagte der Primario. *Der Mann kann sich kaum bewegen, weil seine Verwundung bei der*

Attacke heute Mittag – Sie wissen davon – wieder aufgebrochen ist. Irgendwer muss ihn weggeschafft haben.

Wie viele Ausgänge hat das Haus?

Hauptausgang durch die Pforte und für Notfälle und für den letzten Weg eine spezielle Pforte an der Ostseite des Gebäudes.

Der Lift, geht er bis zum Keller?

Bis zum Keller.

Und aus dem Keller führen Ausgänge ins Freie?

Der Primario nickte. Sie fuhren mit dem Lift in den Keller.

Der Keller hat zwei Ausgänge. Einer, zeigte der Primario, *ist hier.*

Sie stiegen eine Betontreppe hoch. Die Tür war von innen verriegelt.

Und der andere Ausgang?

Sie gingen über einen langen Gang und nach der anderen Seite wieder eine Treppe hoch. Die Tür war nicht verriegelt. Sie traten ins Freie.

Entlang des Gebäudes lief ein Weg und sah aus, wie Wege auf der Rückseite von Gebäuden aussehen: kaum benutzt und überwuchert von Gras und Moos.

Der Commissario ging hin und her und heftete die Augen auf den ungepflegten Weg. Dann wandte er sich seinem Begleiter zu.

Ich weiß, was sie sagen wollen. Reifenspuren. Und nicht älter als ein paar Stunden.

Richtig.

Der Commissario bückte sich: *Wenn ich das Reifenprofil richtig deute, kam das Fahrzeug von hier und fuhr nach dort.*

Er zeigte mit der Hand die Richtung.

Und da vorne bog es dann auf die Straße.

Leonardi zog eine Digitalkamera aus der Tasche und hielt die Spur fest.

Ich werde die Kontrollen an den Polizeisperren erweitern lassen. Welche Merkmale von Pavel Urbanek kann ich weitergeben, was ist signifikant für ihn?

Leonardi und der Primario gingen um das Gebäude herum, und als sie am Haupteingang ankamen, standen auf dem Merkzettel des Commissario die Wörter »mittelgroß«, »Bürstenschnitt«, »kräftig«, »gehbehindert wegen Schussverletzungen im rechten Oberschenkel«, »Patientenkleidung«.

Mehr, sagte der Commissario und zog seine Schultern hoch, *mehr kann ich im Augenblick nicht tun.*

Luc saß auf dem kleinen Balkon und hatte das Buch mit der Delphin-Reiterin auf den Knien. Er wartete auf seine Mutter, die sich für das Abendessen fertig machte.

Wenn Luc durch die Gitterstäbe des Balkons schaute, sah er unter sich gruppenweise die Gäste des Hotels in Erwartung des Abendessens stehen.

Weiter drüben stand ein Taxi in der Nähe des Parkplatzes.

Luc warf das Buch auf den Boden und sprang auf. Die Uhrzeit, das Taxi, der Parkplatz. Alles passte zusammen.

Ich habe noch etwas zu erledigen, rief er ins Bad, *bin gleich wieder zurück.* Unter der Tür kehrte er noch einmal um und steckte etwas, gewickelt in ein Taschentuch, ein.

Er stürzte die Treppen hinunter, rannte um das Rondell und auf den Parkplatz. Er klopfte an die Tür des Wohnwagens. Es dauerte, dann öffnete sich die Tür, und vorsichtig erschien Pavels Kopf.

Luc!

Ich habe das Taxi gesehen. Da wusste ich –

Komm herein.

Pavel bewegte sich mühsam. Er hatte Krücken unter die Achseln geklemmt.

Die Wunden wollen nicht heilen, sagte er entschuldigend. *Aber ich musste kommen.*

Er griff in den Käfig und setzte Tristan und Isolde auf seinen Arm. *Kann doch meine Liebespaare nicht verkommen lassen. Jeden Tag Banane, Zwieback, Käse, verdünnte Milch, das brauchen sie. Luc, du erinnerst dich, Isolde hatte gestern keinen Appetit. Und heute? Von der Banane konnte sie gar nicht genug bekommen, und dann noch Käse.*

Er fuhr ihr mit dem Finger über das hellgraue Fell.

Und Dorothea hörte gar nicht mehr auf zu saufen. Immer wieder kam sie zu dem Schüsselchen mit der verdünnten Milch.

Ich habe dir etwas mitgebracht, sagte Luc und zog aus seiner Hosentasche vorsichtig das Taschentuch. Er legte es auf den Tisch und bog die Ecken auseinander. Zum Vorschein kamen kleine, graue Knöpfe.

Die Knöpfe heißen Semprevivum, sagte Luc, *und wachsen auf dem Monte Ceva, und nur dort. Du kannst sie in einen Topf pflanzen und mitnehmen.*

Pavel legte die grauen Knöpfe in seine Hand und betrachtete sie von allen Seiten. *Sehen aus wie der Nachwuchs von Isolde oder Dorothea*, lachte er. *Ich nehme sie mit in mein Zimmer. Danke. Ein Topf mit Erde wird sich finden.* Er wickelte das Tuch um das Pflanzenpolster und steckte es ein.

Mühsam schraubte er sich in die Höhe.

Ich muss wieder zurück ins Krankenhaus.

Und was ist morgen? wollte Luc wissen. *Das mit der Banane, dem Zwieback, dem Käse und der verdünnten Milch kann ich doch auch machen. Gib mir den Schlüssel, und ich versorge die Tiere so gut wie du. Vielleicht kannst du morgen gar nicht kommen?*

Pavel überlegte. Der Junge hatte Recht. Alles war heute für ihn schwierig gewesen, das Herauskommen aus dem Krankenhaus und das Fortkommen mit den Krücken.

Gut, sagte er, *wenn es nicht anders geht, von mir aus. Ich lass es dich wissen. Telefonisch. Dann sage ich nur ›Semprevivum‹. Das ist das Stichwort. Und du weißt, was zu tun ist.*

Luc war begeistert.

Pavel streckte seine Hand aus, und Luc schlug ein.

Ich sammle Bananen, Zwieback, Käse, und wenn ich ›Semprevivum‹ höre, ziehe ich los.

Den Schlüssel, sagte Pavel, *schiebe ich unter den linken Reifen, in Fahrtrichtung links.*

Luc rannte zurück zum Hotel. Unter der großen Drehtür blickte er sich um. Er sah, wie der Taxifahrer seinem Fahrgast entgegenging und ihm unter die Arme griff.

Pavel lag wieder in seinem Bett. Die Exkursion hatte ihn mitgenommen, er war erschöpft. Und Hunger hatte er auch. Das Abendessen war längst abgetragen worden. In der Schublade des Nachtkästchens fand sich ein Stück hartes Brot. Er lag, schaute zur Decke und kaute das Brot. Und bemerkte nicht die Schwester unter der Tür.

Die Schwester ging langsam auf das Bett zu. Fassungslos. Und wieder rückwärts zur Tür.

Sie vergewisserte sich. Ja, es ist das Zimmer 248. Ja, es ist der Patient Pavel Urbanek. Sie eilte ins Ärztezimmer.

Der Primario war nach Hause gegangen. Sein Stellvertreter, ein Mann mit blondem, schütterem Haar, stand am Fenster und rauchte eine Zigarette. Er war Facharzt für psychosomatische Krankheiten, hatte in Wien einige Semester Psychopathologie studiert und sprach leidlich deutsch.

Er war über die letzten zwölf Stunden des Hauses informiert worden und gewann, als er den hastigen Bericht der Krankenschwester vernahm, den Eindruck, dass die Aufregungen dieses Tages noch nicht zu Ende waren. Er drückte die Zigarette aus, rüstete sich mit Langmut und Stethoskop und machte sich auf den Weg in den zweiten Stock.

Buona sera, guten Abend, sagte er freundlich, als er in 248 eintrat. *Ich bin Doktor Fanello. Und Sie sagen*, er schaute auf einen Zettel, *Sie seien Herr Pavel Urbanek.*

Ich sage es nicht nur, ich bin's.

Natürlich sind Sie Herr Pavel Urbanek, natürlich.

Der Doktor zog einen Stuhl heran und setzte sich in die Nähe des Bettes.

Und wo waren wir denn heute Abend? Sie haben, wie mir die Schwester berichtete, Ihr Abendessen nicht eingenommen. Wo waren wir denn da?

Ich war hier.

Der Doktor drohte mit dem Finger und lächelte: *Wirklich, Herr Urbanek?*

Pavel spürte den bemühten Ton des Doktors. Nach den

Anstrengungen des Tages tat ihm die Zuwendung gut. Mit diesem Mann konnte man reden.

Ich habe den Ort nicht verlassen, Herr Doktor.

Und was haben wir denn die ganze Zeit über gemacht?

Pavel halblaut und ein wenig schmunzelnd: *Mäuse gefüttert, Herr Doktor.*

Wie bitte?

Pavel angeregt: *Ich habe Mäuse gefüttert.*

Doktor Fanello legte seine Hand auf die Bettdecke.

Herr Urbanek, bitte ganz ruhig. Was haben wir gemacht?

Sie heißen Tristan und Isolde, und ich habe sie gefüttert.

Soso. Sie haben Tristan und Isolde gefüttert. Vielleicht auch Romeo und Julia?

Nein, diese beiden nicht. Aber Hermann und Dorothea.

Auch Hermann und Dorothea haben Sie gefüttert. Soso. Und was essen denn Hermann und Dorothea so am Abend?

Pavel eifrig: *Dorothea bevorzugt Käse, Camembert zum Beispiel oder einen zarten Brie. Und Hermann ist scharf auf Bananen. Aber das kann sich auch umkehren, ist abhängig von der jeweiligen Tagesform.*

Und wo, wenn ich fragen darf, wo hat die Speisung stattgefunden?

Auf dem Parkplatz.

Soso. Auf dem Parkplatz.

Doktor Fanello kniff die Augen zusammen und blickte in die obere rechte Ecke des Krankenzimmers.

Solche Sachen hatte er in Wien studiert. Sich auf Pavels Erzählungen einen Reim zu machen, hatte er studiert, und es war nicht schwer, im Gegenteil, es war für ihn ein Vergnügen, eine Etüde, eine psychopathologische Fingerübung.

Er ordnete den Befund nach Rang. Und dann sah es so aus: Obenauf, ganz eindeutig obenauf und diagnostisch alles beherrschend, handelte es sich um eine literarisch ausstaffierte Schizophrenie.

Der Mann war, wie aus den Unterlagen zu ersehen, unverheiratet, näherte sich, getrieben von unerfüllter Sexualität, dem einen oder anderen Liebespaar, aber scheu und schüchtern wie er nun einmal war, nur einem Paar auf dem Papier, Tristan und Isolde zum Beispiel oder Hermann und Dorothea, also nur einem, das er aus der Literatur kannte. Sein gespaltenes Bewusstsein gaukelte ihm Liebespaare vor, berühmte und von der Literatur mit allen Raffinessen ausstaffierte.

Und dann die Mäuse. Siehe seine erste Auskunft. Typisch diese Mäuse.

Mäuse sind Platzhalter. Mäuse tabuisieren.

Wie viel Mäuse hat das gebracht? fragt der Kumpel.

Mäuse sagt er und meint Geld.

Mäuse sagt die Hausfrau und holt die Flusen unter Schrank und Bett hervor.

Mäuse sagt der Patient Pavel Urbanek und meint Liebespaare. Er wollte die Liebespaare nicht beim Namen nennen, für ihn sind es ›Mäuse‹.

Der schütterblonde Doktor Fanello nickte sich selbst zustimmend zu.

Der Mann da vor ihm ist kein plumper Voyeur, der sich am Zusehen ergötzt, sondern einer mit Freundlichkeiten in den Taschen, mit Käse und Zwieback und Bananen, er lässt sich seine libidinöse Lust etwas kosten, will dafür bezahlen. Ein Voyeur mit Helfersyndrom? Ja natürlich, ein Voyeur mit Helfersyndrom. So etwas gibt es.

Und dann der Parkplatz. So einer wie Pavel Urbanek weiß, was sich auf Parkplätzen in den Autos und zwischen den Autos abspielt.

Parkplatz, das verweist auf die Herkunft des Patienten. Parkplatz, das ist Prostitution und Zuhälterei, das ist Vorstadtmilieu, Proletariat und Kleinkriminalität – das ist vaterlos, alleinerzogen, schwere Jugend. Parkplatz, das ist die Abbreviatur einer total verpatzten, unglücklichen Kindheit.

Doktor Fanello wurde nachdenklich.

Ich frage mich, wo sich Urbanek heute Abend tatsächlich aufgehalten hat.

Eine Entführung, so viel jedenfalls steht fest, hat nicht

stattgefunden. Sie ist vom Tisch. Aber wo war der Mann? Denkbar, dass er sich tatsächlich auf einem Parkplatz herumgetrieben hat.

Milieufixiert.

Für morgen gilt, und darauf hat das Haus zu achten, strenge Observation, und alles notieren, was mit Stimmen oder Halluzinationen oder Wahnvorstellungen zu tun haben könnte.

Fanello holte seinen Blick von der rechten oberen Ecke des Zimmers herunter, schaute auf seinen Zettel und las: Pavel Urbanek. Der Mann auf 248, Pavel Urbanek, war ein interessanter Fall.

Doktor Fanello machte sich Notizen.

Und was ist morgen, Herr Urbanek? fragte er.

Wer wird morgen Ihren Liebespaaren Käse und Bananen, Zwieback und Milch servieren? Ihr Gesundheitszustand und der Herr Primario werden Ihnen sicherlich keine weiteren caritativen Einsätze erlauben.

Pavel lachte. *Macht nichts, Herr Doktor, macht nichts.*

Er beugte sich vor, winkte den Doktor zu sich heran, machte ein pfiffiges Gesicht und flüsterte ›Semprevivum‹. *Ja, Doktor, dann sage ich einfach ›Semprevivum‹.*

Dabei warf er einen triumphierenden Blick zuerst auf den Doktor und dann auf das rote Töpfchen, aus dem ein paar graue Knöpfe spitzten.

Doktor Fanello sinnierte.

Was war von ›Semprevivum‹ zu halten? Gehörte es in der Vorstellung des Pavel Urbanek zu den Wörtern, die Einfluss auf die Dinge nehmen, also magische Kraft besitzen? Zauberwörter oder dergleichen?

Für den Doktor Fanello nahm der Fall Urbanek atavistische Züge an. Seine Berufserfahrung reichte nicht aus, um damit therapeutisch umzugehen. Und selbst das Handbuch für Psychopathologie hätte ihm an dieser Stelle nicht weiter geholfen.

Fanello ließ es gut sein und schob seine Hand auf die Bettdecke. *Nun schlafen wir erst mal gut, Herr Urbanek*, sagte er.

Und morgen früh, dafür sorge ich, bekommen wir ein Englisches Frühstück.

Pavels Hand lag auf der des Doktors; und Dankbarkeit auf seinem Gesicht.

14

Suchen Sie sich einen Lyriker oder Psychiater als Rezensenten – solche Worte standen in dem Brief an den Verleger und –, *ich als Althistorikerin habe zu »Nero lässt grüßen – Selbstporträt des Künstlers als Kaiser« nichts zu sagen.*

Vanessa machte kurzen Prozess, faltete das Blatt, verschloss das Kuvert und trug es zur Rezeption.

Wie geht es dem Professore, gnädige Frau? Haben Sie gute Nachrichten aus dem Ospedale?

Gestern Abend hatte ich ihn am Telefon, berichtete Vanessa, *da wirkte er munter.*

Dann beugte sich der Mann über den Tresen:

Sehen Sie die drei Herrn am runden Tisch in der Ecke?

Vanessa drehte sich um.

Es sind Deutsche. Sie wollen den Professore sprechen. Was soll ich ihnen ausrichten?

Vanessa verharrte einige Sekunden, dann sagte sie: *Lassen Sie nur, das übernehme ich.*

Mit festem Schritt ging sie auf die drei zu.

Guten Tag, ich höre, Sie wollen Professor Mathul sprechen. Mein Name ist Vanessa Mathul.

Die drei schnellten in die Höhe.

Sie waren erstaunt und für einen Moment sprachlos. Von einer Frau Mathul war ihnen nichts bekannt. Der Ältere nannte seinen Namen und fügte, begleitet von knappen Gesten, die Namen seiner Begleiter hinzu.

Ja, wir wollten den Professor sprechen und hörten an der Rezeption, dass das schwierig sei.

Bitte behalten Sie Platz, meine Herren. Wenn Sie gestatten, setze ich mich zu Ihnen. Was führt Sie hierher, und worüber möchten Sie mit Professor Mathul sprechen?

Es geht um einen Auftrag, sagte einer aus der Gruppe zögernd, *und da gibt es Fragen.*

Hatten Sie einen Termin? War etwas vereinbart?

Wir arbeiten eng mit Professor Mathul zusammen und dachten, wir könnten jederzeit ... Sie verstehen.

Wer ist diese Frau, die ihnen da gegenübersaß? Nie war von einer Frau Mathul die Rede gewesen, nie war sie in Erscheinung getreten. Und jetzt sitzt sie am Tisch und stellt Fragen.

Und weiter dachte er: In meiner Tasche sind die Blaupausen der KIEMEN. Aero-Space hat alles darangesetzt und wie wild gearbeitet, jeder von uns, Tag und Nacht. Vor der Montage des Prototyps brauchen wir das Plazet des Meisters.

Bei den KIEMEN ist, wenn alles gut geht, mit einem Millionenpublikum zu rechnen. Die Konkurrenz weiß das und heftet sich an unsere Fersen. Diese Frau zum Beispiel, von welchem Unternehmen kommt sie, in wessen Auftrag spricht sie? Vanessa Mathul – nie von ihr gehört.

Und Vanessa selbst?

Sie sah den malträtierten Mathul vor sich. Kopfverband, Hämatome an Gesicht und Körper, den Arm in der Schlinge. Beim zweiten Besuch erst hatte man sie vorgelassen. Sie war schockiert.

Und weiter: Sie sind hinter Robert Mathul her. Wollen etwas von ihm. Ich weiß nicht was. Eine Formel, eine Information, ein Patent.

Sie visitierte die drei. Warum sagen sie nicht klipp und klar, was sie wollen, um welches Projekt es sich handelt, in welchem Auftrag sie kommen, von welcher Firma?

Ganoven? So sehen sie eigentlich nicht aus. Aber wer kann schon in einen Menschen hineinsehen. Können die besten Manieren haben und sind doch Halunken.

Und warum zu dritt?

Ich werde Leonardi benachrichtigen. Er soll sie im Auge behalten.

Der Sprecher der drei gab seinen Kollegen ein Zeichen mit den Augen und erhob sich: *Gnädige Frau, wir wollen Ihre Zeit nicht länger in Anspruch nehmen*, sagte er und deutete eine Verbeugung an. Die drei verließen das Hotel.

Wenig später fuhr ein Mercedes vom Gelände der TERME NERONIANE.

Außerhalb der Sichtweite des Hotels bog der Mercedes in eine Seitengasse und stoppte.

Was sollen wir tun? Ohne Mathuls Unterschrift auf den Blaupausen können wir nicht weitermachen. Keiner aus der Vorstandsetage würde uns die Erlaubnis zum Bau des Prototypen geben.

Die drei saßen im Auto und schwiegen.

Es war unüberlegt, hierher zu fahren. Ohne Voranmeldung.

Dann, langsam und stockend, zog einer der drei die Fetzen eines Gesprächs hervor, das er eben in den TERME NERONIANE mitgehört hatte. Nämlich, dass Mathul sich im Krankenhaus, im Ospedale, befinde. Ja, so habe ich es verstanden. Mitgeteilt vom Mann an der Rezeption.

Im Ospedale? Ist er krank? Ist ihm etwas zugestoßen?

Du meinst, wir sollten ins Krankenhaus fahren und fragen? Ihn besuchen?

Ich weiß nicht. Wenn ihm wirklich etwas fehlt, mit Mathul ist nicht gut Kirschen essen. Wir kennen ihn doch.

Die Meinungen gingen hin und her.

Mehr als hinauskomplimentieren kann man uns nicht.

Der Mercedes kurvte, den Wegweisern folgend, zum Ospedale.

Was die Ingenieure nicht wussten: Von einem gewissen Nachteil für sie war, dass der eine einen Trenchcoat besaß, der andere zweifarbige Schuhe und der dritte glatt gebügelte schwarze Haare.

Der mit dem Trenchcoat fragte an der Pforte nach Professor Mathul: *Professore Mathul e presente? Che numero?*

Der Pförtner erfasste die drei mit einem Blick. Er trat aus

seiner Loge, geleitete die Besucher in ein Zimmer und wies auf die leeren Stühle.

Zurück in der Loge telefonierte er mit dem Primario, und der Primario mit dem Commissario. Der Commissario warf sich mit einem Carabiniere in ein Auto, weitere Carabinieri folgten in einem zweiten Wagen. Fünf Minuten später schritten die Polizisten durch die Pforte des Ospedale.

Die drei Ingenieure legten gerade die Taktik fest, mit der sie den Professor zu einer schnellen Abzeichnung der Blaupausen bewegen wollten.

Buon giorno, signori, sagte Leonardi, *bitte Ihre Pässe.*

Hinter ihm standen zwei Carabinieri. Leonardi musterte die Pässe eingehend und sagte dann: *Bitte folgen Sie mir auf das Kommissariat.*

Was ist los, fragte der Trenchcoat, *warum auf das Kommissariat?*

Ein paar Fragen. Dann bringen wir Sie wieder zurück ins Ospedale.

Und die Tasche, kann ich sie in meinen Wagen legen?

Die Tasche? Nein, die geben Sie bitte meinem Kollegen. Und schon hatte einer der Carabinieri die Tasche unterm Arm.

Sie enthält Konstruktionszeichnungen und ein Werkstück, schrien die Zweifarbigen-Schuhe und entrissen ihm die Tasche.

Das war keine gute Idee.

Die Carabinieri, mit rabiaten Menschen täglich konfrontiert, wussten damit umzugehen. Sie bogen ihm die Arme auf den Rücken und hielten sie fest.

Die drei mussten auf das Kommissariat.

Und dann begann das Verhör. Woher, warum hier, seit wann, wie lange, warum zu dritt, weshalb bei Mathul, was in der Tasche? Mit jedem einzeln.

Die Antworten wurden verglichen.

In der Mitte des Nachmittags waren die Verhöre beendet. Leonardi erklärte den drei Ingenieuren, dass sie jetzt ihren Besuch bei Professore Mathule abstatten könnten. Mein Kollege bringt Sie zum Ospedale.

Allerdings ohne Tasche. Für den Inhalt der Tasche, die Blaupausen und das Werkstück, sei das Kommissariat unzuständig. Prüfungen solcher Gegenstände nähmen die Technischen Lehrstühle der Universität Padua vor. Natürlich nicht heute und nicht morgen. In drei bis vier Wochen sei mit einer Nachricht zu rechnen. Und dann könnten sie erfahren, ob der Inhalt der Tasche frei gegeben werde oder nicht.

Die drei Ingenieure standen wie angedonnert.

Der eine wurde leichenblass. Dem anderen schwollen die Adern an Hals und Schläfe. Der dritte biss sich auf die Unterlippe, dass sie blutete.

Ich verlange einen deutsch sprechenden Anwalt, schrie der Trenchcoat.

Hier ist das Branchenverzeichnis, mein Herr. Wählen Sie aus.

Blickkontakte zwischen den dreien. Etwas von teutonischer Entschlossenheit kam in ihre Züge und machte sie kantig.

Die Glatten-Schwarzen-Haare setzten sich. *Ich möchte noch einen Blick in meine Unterlagen werfen.*

Leonardi schwankte. Er hatte ein gewisses Verständnis für das Verlangen eines Ingenieurs, der sich von seinem Produkt auf ungewisse Zeit trennen musste, dass er sich vorher noch eine Vergewisserung, eine Absicherung in seinem Gedächtnis verschaffen wollte. *Na gut.* Nach kurzem Zögern händigte Leonardi die Papiere aus.

Der Trenchcoat verwickelte den Commissario wegen des deutsch sprechenden Anwalts in ein Gespräch.

Die Zweifarbigen-Schuhe baten um ein Glas Wasser und hielten es wie ein Wurfgeschoß in der Hand.

Die Glatten-Schwarzen-Haare zündeten eine Zigarette an und pafften.

Und entzündeten nach der Zigarette die Blaupause.

Noch ehe einer der Polizisten eingreifen konnte, schoss die Flamme über das Blatt, packte im Nu das zweite Blatt und fraß mit Feuereifer das dritte. Das speziell präparierte Papier stand in hellen Flammen und zerstob mit einem kleinen Knall.

Die Zweifarbigen-Schuhe löschten mit dem Glas Wasser.

Zwischen Feuer und Rauch und Knall und Wasser griff der Trenchcoat in die Aktentasche zum Werkstück, warf es auf den Boden und trampelte darauf herum. Das aus verschiedenen Kunststoffen gefertigte Stück zersprang und zersplitterte in tausend kleine Teile.

Die Polizisten schauten von einem zum andern und wollten nicht glauben, was sich da vor ihren Augen abgespielt hatte. Am Ende war ihnen klar, dass der Inhalt der Tasche, also das, was die Technischen Lehrstühle zu Padua prüfen sollten, in Schall und Rauch und Kunststoff-Splitter aufgegangen war.

Leonardi schrie: *Che cosa le salta in mente. Was fällt Ihnen ein!*

Commissario, sagten die Glatten-Schwarzen-Haare und pafften, zurückgelehnt im Stuhl, graue Kringel in die Luft. *Commissario, die Blaupausen und das Werkstück waren unser persönlicher Besitz. Wir sind freie Bürger eines freien Landes und können mit unserem persönlichen Besitz, unbeschadet Dritter, tun und lassen, was wir wollen. Das ist Römisches Recht, Commissario, oder nicht?*

Leonardi wurde unsicher.

Ist mir, schoss es ihm durch den Kopf, ein Fehler unterlaufen? Hätte ich, nach Römischem Recht, eine förmliche Beschlagnahmung der Aktentasche und ihres Inhalts aussprechen müssen?

Commissario, wir möchten zum Ospedale gebracht werden, und zwar unverzüglich, trumpften die Zweifarbigen-Schuhe auf.

Wenn Sie noch etwas wissen wollen, Sie haben unsere Pässe gesehen und wissen, wo wir in Deutschland zu erreichen sind.

Commissario Leonardi sah keinen Grund, die Männer länger festzuhalten. Im Gegenteil. Er wollte sie los sein, je schneller desto besser.

Bitte, sagte er und öffnete die Tür. *Der Kollege wird Sie zurückbringen.*

Dann ging alles wie am Schnürchen. Im Ospedale angekommen, schritten sie durch die Pforte, und der Pförtner rief ihnen aus seiner Loge *Professore Mathule duecentocinquanta* zu und malte die Ziffern zwei, fünf und null groß mit dem Finger in die Luft.

Sie klopften an Mathuls Zimmer. Einer der Ingenieure trat ein. *Guten Tag*, grüßte er, und weil ihm nichts Besseres einfiel, sagte er: *Was machen Sie für Sachen, Professor!*

Mathul saß an seinem Tisch und las Zeitung. Als er die Stimme hörte, drehte er sich um.

Wir kennen uns aus Ruskin's House am Zattere ai Gesuati. Bringen Sie Neuigkeiten?

Ich bringe zwei Kollegen, Sie erinnern sich, Professor, in Ruskin's House waren wir zu dritt.

Mathul machte mit der Hand eine herbeiwinkende Bewegung. Da standen die drei in Mathuls Zimmer.

Ich kann Ihnen keine Stühle anbieten, denn ich habe keine. Hier, das Bett, eine komfortable Sitzgelegenheit. Nehmen Sie Platz.

Da saßen sie nebeneinander auf der Bettkante wie Hühner auf der Stange.

Was bringen Sie? Ich vermute den KIEMEN-Prototyp? Öffnen Sie Ihre Tasche, ich möchte ihn sehen.

Mathul war ein lädierter, aber kein behinderter Mann. Das sah man. Über Stirn und Schläfe klebte ein Pflaster, ein anderes Pflaster am Hals. Ach ja, das linke Auge war marmoriert und der linke Arm in der Schlinge.

Sind Sie gestürzt, Herr Mathul?

Die teilnehmende Frage war weniger teilnehmend als überbrückend, eine Sprechpause überbrückend, und wurde von Mathul mit einer Handbewegung weggewischt.

Na, was ist, wo bleiben die KIEMEN?

Wir brauchen Ihre Zustimmung. Ohne Ihre zustimmende Unterschrift keine KIEMEN.

Was? Noch keinen Prototyp?

Schweigen.

Und wo soll ich unterschreiben?

Die Glatten-Schwarzen-Haare zogen ein gefaltetes Papier aus der Tasche und reichten es Mathul. *Bitte mit Ort und Datum.*

Was? Auf ein leeres Blatt?

Die Zweifarbigen-Schuhe zogen die Schultern hoch und bedauerten: *Leider ist uns ein Malheur passiert.*

Der Trenchcoat vervollständigte: *Die Blaupausen sind verbrannt.*

Verbrannt? Und alles dahin?

Nein, nicht alles. Die Originale liegen bei Aero-Space im Tresor. Wenn Sie wollen, Herr Mathul, dass die KIEMEN fertig werden, brauchen wir Ihre Unterschrift. Geben Sie uns Ihre Unterschrift auf Treu und Glauben.

Auf dieses Blatt? Auf Treu und Glauben?

Mathul legte das Papier auf den Tisch und darauf den Schlingen-Arm.

Der Trenchcoat reichte ihm einen Stift.

Die nächtliche Misshandlung mit Todesangst hatte Mathul durchgeschüttelt. Eine Unterschrift auf Treu und Glauben, niemals hätte er sie gegeben, niemals. Früher. Kalkuliert und durchsichtig musste sein, was er unterschrieb. Treu und Glauben, wohin käme man da.

Jetzt aber? Woran kannst du dich halten? Selbst die Einflüsterungen des eigenen Instinkts, ich habe es doch erlebt, sind voller Fallstricke.

Da sitzen die drei, sind über irgendeine Misslichkeit gestolpert, irgendwer hat ihnen ein Bein gestellt. Und jetzt brauchen sie meine Unterschrift und bieten nichts als Treu und Glauben.

Das ist wenig. Und doch. Vielleicht das Beste, was sie haben.

Mathul nahm den Stift, schrieb Ort und Datum auf das Papier und gab seine Unterschrift. Über das Geschriebene setzte er *›Mit den Ausführungen der Ingenieure von Aero-Space einverstanden.‹* Er reichte das Papier hinüber zum Bett.

Die drei schauten auf das Blatt, und jeder spitzte den Mund zu einer Dankesbezeigung. Dazu kam es aber nicht.

Mathul nahm ein anderes Blatt zur Hand, drehte es hin und her und prüfte die richtige Lese-Entfernung.

Hören Sie sich das an, sagte er.

Hallo! Ich habe in der Piscina auf dich gewartet. Aber du bist nicht gekommen. Ich wäre gerne mit dir gekrault. Meine Mama sagt, du bist im Krankenhaus. Ich wünsche dir gute Besserung. Luc.

Das hat mir ein zehnjähriger Junge geschrieben.

Die drei auf der Bettkante machten freundlich-verständnislose Gesichter.

Der Junge wird noch ein paar Tage hier sein. Länger nicht. Ich ebenso. Nur ein paar Tage noch. Und ich möchte dem Jungen eine Freude machen. Ich habe immer gesagt, das Endprodukt muss kinderleicht sein im Gebrauch. Ganz wörtlich. Für ein Kind zu gebrauchen. Und der Junge wird es beweisen. Er soll mit den KIEMEN schwimmen.

Schaffen Sie das, meine Herrn?

Schweigen.

Der Trenchcoat stand auf. *Aber nicht, wenn wir hier auf der Bettkante sitzen bleiben*, sagte er.

Gute Reise, gute Arbeit, sagte Mathul und begleitete die Ingenieure zur Tür.

Mathul war in bester Laune. Er lief im Zimmer auf und ab, betrachtete sein Konterfei im Spiegel und war zufrieden. Die Pflaster an Schläfe und Hals sahen aus wie Reparaturen einer misslungenen Rasur, und den Arm in der Schlinge, mein Gott, den trägt heute jeder mal. Jeder, der Tennis spielt oder Ski fährt. Und das Veilchen am linken Auge – jetzt im Spätfrühling jahreszeitlich angemessen.

Er verließ sein Zimmer und klopfte am nächsten.

Hallo, Pavel, wie steht's? rief er. *Ziehen wir uns auf unser Basislager zurück, in die TERME NERONIANE? Heute oder morgen?*

Für Pavel galt strenge Bettruhe. Der Heilungsprozess musste neu beginnen, die beiden aufgeplatzten Schusswunden brauchten Zeit und Ruhe.

Er richtete sich ein wenig auf.

Nicht jeder, sagte Pavel, *hat eine Natur wie du. Zäh wie drei Katzen. Gestern halb tot-geschlagen, und heute will er schon wieder in den TERME NERONIANE frühstücken. Nein, ich kann nicht. Du musst alleine frühstücken. Zwei, drei Tage noch, früher auf keinen Fall.*

Mathul ging in sein Zimmer und kam mit zwei Zahnbechern und einer Flasche Grappa zurück. Dreimal gebrannter Grappa.

Sie tranken die Zahnbecher leer.

Köstlich, meinte Pavel, *und wie man hört, sehr gesund.*

Was trinken eigentlich unsere Liebespaare?

Kann die Paare heute nicht bedienen, sagte Pavel. *Habe aber vorgesorgt. Mit ›Semprevivum‹.*

Wie?

Dass du das nicht verstehst, glaube ich gerne. Aber du kannst dich auf ›Semprevivum‹ verlassen.

Pavel machte eine Pause.

Überprüfe die Speisung der Liebespaare, sagte Pavel und sah Mathul und Luc vor sich, sah beide im Wohnwagen vor sich, sah, wie Luc aus Überraschung und Verlegenheit – oder war es Mathul? – ein Haarbüschel um den Finger drehte.

Werde ich, reagierte Mathul und wiederholte, *ja, das werde ich. Man kann die wertvollen Tiere nicht irgendeinem – wie sagst du? – ›Semprevivum‹ überlassen.*

Pavel zog die Schultern hoch.

Wann ist Fütterung?

Speis und Trank für die Liebespaare wie immer um sieben.

Ich werde mit dem Primario reden. Urlaub um sieben, für eine Stunde.

Mathul zog sich in sein Zimmer zurück. Die launige Stimmung umschwirrte ihn wie ein Schwarm Kolibris. Ein paar Telefonate, eine Bestellung in der Küche.

Kurz vor sieben stand das Taxi vor dem Ospedale, Mathul schlüpfte in seinen Mantel.

Merkwürdig.

Im Zimmer, in den Gängen, in den Behandlungsräumen des Ospedale war alles gut. Da fühlte er sich wiederhergestellt.

Draußen aber, die wenigen Schritte zum Taxi, war es der Abendwind? Der große Himmel? Waren es die Geräusche der Straße? Er kam sich ausgesetzt vor und ließ sich tief ins Taxi fallen.

Parkplatz TERME NERONIANE. Das Taxi bestellte er für acht Uhr zurück. Er stand da und schaute auf die Front der TERME NERONIANE.

Vor wenigen Tagen erst hatte er das Haus verlassen. Und sah es jetzt an wie nach einer langen Reise. Ich war ja auch am Ende der Welt, sagte er sich, und bringe Erinnerungen mit an Hals und Schläfe und Arm und Auge.

Auf dem Parkplatz war alles so, wie es sich gehörte, der Schlüssel unter dem linken Rad (in Fahrtrichtung), der Mäusegeruch, das erschreckte Rascheln der Tiere.

Ich habe euch etwas mitgebracht, begrüßte er sie. *Bananen, Käse, Kekse, gewässerte Milch.*

Und sie kamen und schnupperten durch die Gitterstäbe.

Er holte Dorothea aus dem Käfig, setzte sie auf seinen Arm und strich ihr über das Fell. Dorothea schaute ihn aus schwarzen Knopfaugen an.

Nur ein paar Gene liegen zwischen dir und mir. Und ihnen verdanken wir, dass wir dir eine Kommandozentrale in dein Gehirn einsetzen können und nicht etwa umgekehrt. Er strich über Dorotheas hellgraues Fell.

Ob sich das Spiel weiter oben wiederholt? Ob es da einen gibt, der wieder ein paar Gene mehr besitzt als wir?

Mit Vanessa könnte ich darüber sprechen. Sie hat ein Organ für Dinge, die keine Dinge sind. Ich habe ihr nie geglaubt, habe nie geglaubt, was sie über die letzten Dinge, wie sie es nannte, sagte und war doch fasziniert. Nicht weil sie es sagte, die schöne Vanessa. Es könnte ja auch, dachte ich, es könnte ja tatsächlich so sein, wie sie sagt. Nicht bewiesen, im Experiment bewiesen, aber doch. Ach Vanessa! Es wäre schön, mit dir über Dinge zu sprechen, die keine Dinge sind.

Mathul sah die Maus auf seinem Ärmel. *Dorothea*, sagte er – da ging die Tür des Wohnwagens auf. Mathul drehte sich erschreckt um und sah im Türspalt einen Bubenkopf.

Auch der Junge erschrak.

Komm herein, sagte Mathul.

Luc stieg die beiden Stufen hoch. In einem Plastikbeutel trug er Bananen, Käse und Kekse.

Wie heißt du?

Ich heiße Luc.

Pause.

Und ich weiß, wie du heißt, sagte Luc. *Du heißt Mathul, genauso wie ich.*

Robert Mathul schaute. Vor ihm stand Vanessas Sohn.

So also sieht er aus, der Sohn. Ein schlankes Bürschchen mit vifem Gesicht. Ein Bürschchen in blauen Jeans und blauem Hemd mit kurzen Ärmeln. Ich sehe ihn nicht zum ersten Mal. Er ist mir in den TERME NERONIANE begegnet, im Speisesaal, ja, bei den gelben Rosen im Speisesaal und in der Piscina und irgendwo auf den Gängen. So viele Kinder gibt es nicht im Hotel. Natürlich, den Jungen habe ich gesehen.

Weiß deine Mama, dass du hier bist, hier im Wohnwagen?

Meine Mama steht draußen am Rondell bei den Säulen und wartet. Ich habe ihr gesagt, dass sie nicht mitkommen soll, weil ich das ›Semprevivum‹ allein bringen muss.

Mathul horchte auf.

Aha, du bringst das ›Semprevivum‹. Das ist ein schwieriges Wort. Woher hast du es denn?

Luc hätte jetzt sagen können, ich habe es von Pavel, ich habe es von deinem Assistenten. Aber das sagte er nicht. Er wollte keinen Namen nennen, hielt den Plastikbeutel in die Höhe und sagte: *Ich bringe den Liebespaaren etwas zum Fressen. Sie bekommen immer um sieben ihre Mahlzeit.*

Das ist prima, dass du dich um die Tiere kümmerst. Nur, diesmal bin ich etwas schneller gewesen und habe sie schon gefüttert. Aber vielleicht haben sie noch Appetit, versuch es, ein Stück Banane oder Käse, versuch es mal.

Luc steckte Bananenscheiben zwischen die Stäbe des Käfigs und kleine Käsestücke, und die Tiere kamen und knabberten. In einem Medizinfläschchen hatte er gewässerte Milch und goss sie in die kleinen Schalen.

So also hing das zusammen – Luc ist Vanessas Sohn und bringt den Liebespaaren das ›Semprevivum‹.

Mathul setzte sich und beobachtete den Jungen. Ruhige Bewegungen, die Futter-Portionen vorbereitet, die Tiere sprach er mit Hermann und Dorothea und Tristan und Isolde an, und immer die richtigen Tiere.

Die Haare, kurz geschnitten, dunkel und, wie es scheint, mit einem rötlichen Ton. Mathul hatte Lust, über diese Haare zu streichen, sie zwischen die Finger zu nehmen, und hob die Hand. Da drehte Luc sich um, und Mathul sah geradewegs in seine Augen. Rehbraune Augen.

Mathul spürte eine Nähe. Wollte mehr über den Jungen wissen, wollte ihn bei der Hand nehmen. Hätte es gerne getan.

Luc plagte eine Frage. Eine Frage, zu richten an diesen Mann.

Aber so wenig, wie der eine die Frage stellte, griff die Hand des anderen nach dem Schopf des Jungen.

Und der Augenblick verging.

Den Jungen überkam eine Unsicherheit oder Ärgerlichkeit oder Unzufriedenheit. Er fuhr sich mit der Hand in die kurz geschnittenen Haare und drehte ein Büschel um den Finger.

Mathul lachte.

Warum lachst du? fragte Luc.

Mathul kannte seinen Reflex, ein Haarbüschel zu nehmen und um den Finger zu drehen. Kollegen hatten ihn verspottet und von Übersprungshandlung gesprochen.

Und jetzt Luc. In einem Moment, in dem der Junge einen Übersprung suchte.

Hat Luc die Bewegung irgendwo und von irgendwem abgeschaut? Woher hat er sie?

Erinnerungen kamen. Erinnerungen an eine medizinische

Konsultation zehn, elf Jahre zurück, an heftige Auseinandersetzungen und Rechtfertigungen, an sterile Praxisräume, an Menschen, die er seither nie mehr gesehen hatte, Namen, die ihm gänzlich entfallen sind …

Nein, nein, physiologische Ähnlichkeiten, falls es sie gibt, sind rein zufälliger Art. Der Junge ist mir sympathisch, ich brauche keine Erklärungen für meine Zuneigung.

Luc, ich habe eine Frage an dich.

Der Junge drehte sich um, und wieder hatte Mathul das Bubengesicht vor sich – und verlor seine Frage.

Luc sprang ein: *Ich weiß vielleicht*, sagte er schnell, *was du fragen willst. Du willst wissen, warum ich Mathul heiße, so wie du. Das wolltest du doch fragen?*

Mathul nickte amüsiert.

Du hast Recht, Luc, der Name ist nicht gerade häufig.

Aber Luc war noch nicht zu Ende.

Und ich will wissen, fuhr er eifrig fort, *warum du so heißt wie Mama und ich.*

Jetzt mussten sie beide lachen.

Ja, das möchte ich wissen, bekräftigte Luc. *Ich habe Mama gefragt, aber sie gibt mir keine Antwort.*

Mathul schaute auf den Jungen. Was soll ich ihm sagen, wie es ihm erklären? Seine Hand, das spürte Mathul, zog es zum Haarbüschel auf seinem Kopf, um daran zu drehen. Schnell steckte er sie in die Hosentasche. Ist doch nicht zu fassen, dass mich der Junge in Verlegenheit bringt.

Luc, sagte Mathul nach einer Weile, *das mit dem ›Mathul‹ ist eine Sache, die betrifft dich und mich und deine Mama, also müssen wir drei sie gemeinsam besprechen. Du und ich und Vanessa – ich meine deine Mama –, wir sprechen gemeinsam darüber. Abgemacht?*

Gut, abgemacht.

Eine Frauenstimme rief ›*Luc*‹.

Beide horchten auf.

Und noch einmal ›*Luc*‹, hoch und ängstlich gerufen.

Mathul, mit dem Rücken zur Tür, stand auf und packte Luc an beiden Armen und sagte: *Versprochen.*

Da flog die Tür des Wohnwagens auf.

Ein verwirrender Anblick.

Lassen Sie sofort mein Kind los, schrie Vanessa in höchster Erregung und griff nach einem metallenen Gegenstand, der auf der Werkbank lag. Sie packte den Gegenstand mit beiden Händen, holte aus und schlug zu. Ein dumpfer Schlag. Der Mann vor ihr drehte sich langsam um und sah mit großen Augen auf die Frau mit dem Metallstück.

Robert, schrie Vanessa, *Robert!*

Robert Mathul hielt sich an einem der Käfige fest, verlor den Boden unter den Füßen und riss den Käfig mit sich.

Vanessa ließ das Metallstück fallen.

Mama, schrie Luc und hielt ihren Arm fest. *Mama! Nein!*

Mein Gott!

Sie beugte sich über Mathul und nahm seinen Kopf vorsichtig in beide Hände.

Was habe ich getan! Robert!

Sie tastete seinen Kopf ab.

Keine feuchte Stelle, kein Blut an den Fingern.

Vielleicht habe ich ihn nicht am Kopf getroffen, sondern irgendwo am Rücken.

Die Schulter, presste Mathul heraus, *die Schulter meines lädierten Armes.*

Luc, lauf zur Rezeption des Hotels, wir brauchen ein Taxi oder noch besser einen Krankenwagen.

Luc sprang aus dem Wohnwagen und kam sofort wieder zurück, draußen wartet schon ein Taxi.

Dann hol den Taxifahrer.

Die Tür sprang auf, der Taxifahrer kam herein, ein kräftiger Mensch. Er sah sofort, was zu tun war, griff Mathul unter die Arme und stellte ihn auf die Beine. Dann umfasste er ihn an den Hüften, holte Mathuls gesunden Arm über seinen Nacken und stieg mit ihm aus dem Wohnwagen. Ein paar Schritte, und sie waren am Taxi.

Ich fahre mit, sagte Vanessa.

Ich fahre auch mit, sagte Luc und setzte sich auf den Rücksitz neben Mathul.

Der Fahrer fuhr langsam und war bemüht, jede Erschütterung zu vermeiden. Immer wieder drehte er sich um und fragte, wie sich der Fahrgast fühle.

Vanessa sah im Rückspiegel ihren Luc und daneben Robert. Eine heiße Welle stieg in ihr hoch und färbte ihr Gesicht.

Der Taxifahrer hatte per Telefon beim Ospedale Sanitäter mit einer Tragbahre angefordert, und als das Taxi ankam, standen sie schon bereit.

Und nicht nur sie. Auch der Primario war herbeigeeilt und verfügte den Patienten sofort auf die Intensivstation.

Vanessa und Luc warteten.

Vanessa saß, aufgewühlt von den Eindrücken der letzten Minuten, auf einer Bank vor der Station.

Luc wusste nichts mit sich anzufangen. Erst saß er auf der Bank, die Hände unter die Kniekehlen geschoben, und zappelte mit den Beinen. Dann stand er auf und lief an ein Fenster. Und sah nur Bäume und Sträucher im Park.

Da trat der Primario unter die Tür. Vanessa erhob sich. Luc lief hinzu.

Kein Grund zur Besorgnis, die Schulter und der lädierte Arm haben etwas abgekriegt. Wie ist denn das passiert? fragte der Arzt.

Er wartete keine Antwort ab, sondern fuhr fort: *Der Mantel war sein Glück und wie ein Polster. Ich behalte den Professore auf der Intensivstation. Diese Nacht. Dann sehen wir weiter.*

Luc drückte sich am Primario vorbei und wollte in das Innere der Station.

Das geht nicht, hielt ihn der Primario zurück, *bis morgen musst du warten.*

Und zu Vanessa gewandt: *Gehen Sie in Ihr Hotel. Herr Mathul ist in guten Händen.*

15

Am vierten Tag nach der Attacke im Wohnwagen schritten Vanessa und Luc durch die Pforte des Ospedale. Jeden Tag so gegen elf waren sie an der Pforte gestanden, und der Primario hatte ihnen übers Telefon mitteilen lassen, dass es für einen Besuch noch zu früh sei. Heute endlich nickte der Mann hinter der Glasscheibe. Vanessa und Luc hatten freien Durchgang. Luc trug einen Rosenstrauß, gelbe Rosen natürlich, darauf hatte er bestanden.

Er war nicht Vanessas einzige Begleitung. Mit ihr ging die Erwartung. Eine immer neu komponierte Aufregung aus Erinnerung und Zukunft und ein Zittern, von dem sie nicht wusste, woher es kam.

Sie nahmen nicht den Lift, sie nahmen die Treppe. Auf dem ersten Treppenabsatz gesellte sich zur Erwartung die Freude. Freude und Erwartung mit Vanessa und Luc auf dem Weg zu Robert Mathul.

In den zurückliegenden Tagen hatte Vanessa sich immer wieder vorgestellt, wie es wäre, wenn sie mit Luc auf ihn zuginge. Das ist er, würde sie sagen und auf Luc zeigen. Das und nicht mehr. Die letzte Karte, das Wort von der letzten Karte, die sie ausspielen wollte, kam ihr in den Sinn. Und sie spürte in der vorausgedachten Begegnung so etwas wie Triumph.

Das war in den zurückliegenden Tagen gewesen.

Jetzt aber?

Sie nahm mit Luc die letzten Stufen der Treppe in Erwartung und Freude. Von Triumph keine Spur. Am obersten Treppenabsatz wurde ihr klar: Alles würde jetzt anders werden. Mit Luc. Mit Robert Mathul. Und mit ihr selbst. Mit ihnen allen würde es anders werden. Gleich, was herauskäme, alles würde anders werden.

Das machte sie beklommen.

Freude, Erwartung und Beklemmung. Sie nahm Luc fest bei der Hand.

In der anderen Hand trug Luc den Strauß gelber Rosen wie eine Monstranz vor sich her.

Soll ich etwas dazu sagen? fragte er seine Mutter und schaute zu ihr hoch.

Wie du willst, sagte sie.

Sie standen vor der Tür zu 250. Auf Vanessas Klopfzeichen hörten sie eine Stimme und traten ein; zuerst Luc mit den Blumen, dann Vanessa.

In der Mitte des Zimmers stand Robert Mathul im Straßenanzug und neben ihm der Primario, grüngewandet.

Ah, Sie bekommen Besuch, rief der Doktor, *gnädige Frau, junger Mann, und so schöne Rosen.*

Er steckte seine Nase in eine der gelben Blüten. Dann wandte er sich an den Patienten: *Wir haben alles besprochen, morgen gehen Sie zurück in Ihr Hotel, und dann sehe ich Sie jeden zweiten Tag zur Nachkontrolle.*

Ein kurzes Nicken, schon war er aus dem Zimmer.

Die drei blieben allein zurück.

Schweigen, abwartende Blicke.

Luc tat zwei Schritte, streckte seinen Arm mit den gelben Rosen vor und sagte: *Gute Besserung.*

Danke, sagte der Patient langsam und mit leicht ansteigender Stimme. Er schaute auf Luc, dann auf Vanessa und nahm den Rosenstrauß. Gelbe Rosen wie im Speisesalon der NERONIANE. *Hast du die Rosen ausgewählt, Luc?*

Ja.

Mathul goss Wasser in eine Vase,

Wie schön sie sind, sagte er, *ich danke dir, Luc.*

Dann gab er Vanessa die Hand. Er schob zwei Stühle heran, bat Platz zu nehmen und ließ sich auf der Bettkante nieder.

Seine rechte Hand ging nach oben zu einem Haarbüschel, aber als ihm die Bewegung bewusst wurde, zog er die Hand schnell zurück und steckte sie in die Rocktasche.

Er wandte sich wieder Luc zu.

Ich freue mich, dass du und deine Mama mich besuchen. Jetzt geht es mir schon viel besser. Und morgen, ihr habt es gehört, morgen darf ich das Krankenhaus verlassen.

Pause.

Ich habe es nicht vergessen, Luc, sagte er dann. *Wir wollten etwas Wichtiges besprechen, nicht wahr?*

Luc schaute ihn unverwandt an.

Ich habe dir versprochen, gemeinsam mit deiner Mama die Frage zu klären, warum wir alle drei den gleichen Namen haben.

Er richtete seinen Blick auf Vanessa.

Deine Mama und ich, sagte er schnell und wie um es endlich los zu werden, *deine Mama und ich waren vor zwölf Jahren miteinander verheiratet.*

Man sah, dass er sich einen Ruck gab, als er das sagte.

Vanessa hatte ein kleines, leicht verkniffenes Lächeln um den Mund.

So war es, bestätigte sie.

Ich hatte gehofft, fuhr Mathul fort, *dass wir das alles auf einem gemeinsamen Spaziergang, während eines Abendessens oder unter einem Sonnenschirm in den Thermen besprechen können. Aber es kam anders.*

Er hüstelte und schaute auf Vanessa.

Doch auch hier können wir unser Gespräch führen, nicht wahr?

Er schwieg.

Jetzt war Luc an der Reihe. Jetzt musste Luc etwas sagen, etwas fragen. Und es war klar, was er fragen musste. Oder eine Feststellung treffen. Auch die Feststellung war ziemlich klar.

Frage oder Feststellung. Beides war ziemlich klar. Entweder das eine oder das andere. Oder beides nacheinander.

Luc war an der Reihe, er rutschte auf dem Stuhl nach vorne. Da läutete das Telefon. Mathul nahm den Hörer ab und sagte nach kurzer Pause schnell und energisch: *Nein, jetzt nicht.*

Er hatte den Hörer noch in der Hand, da klopfte es an die Tür.

Ich fürchte, sagte Mathul, *das Ospedale ist nicht der rechte Ort für unser Gespräch,* und als er das sagte, stand ein Herr unter der Tür, zwei weitere warteten hinter ihm.

Wir haben gehört, verehrter Professor, legte der Besucher los, *es gehe Ihnen besser, gottlob, und da wollten wir vorführen, was wir fertig gebracht, er verbesserte sich, was unser Labor fertig gebracht hat, den Prototyp wollten wir Ihnen zeigen.* Der Sprecher schüttelte seine Diplomatentasche. *Für einen jugendlichen Schwimmer, wie Sie es gewünscht haben.*

Gnädige Frau, sagte er und wandte sich etwas linkisch an Vanessa, *ich bitte um Nachsicht, aber vielleicht verstehen Sie unsere Freude* – er stockte und schien sich erst jetzt seines überfallartigen Eindringens bewusst zu werden.

Mathul stand auf, ging langsam auf den Sprecher zu, und seinem Gesicht war nicht anzusehen, was er vorhatte.

Diese aufdringlichen Burschen, die einfachsten Umgangsformen ließen sie vermissen. Mit kräftigen Worten, so hatte er vor, wollte er sie aus dem Zimmer weisen.

Und tat es nicht.

Im Zuschreiten auf die ungebetenen Gäste spürte er eine Hemmung, die mit ihrem Eifer zu tun hatte. Ein Spielverderber wollte er nicht sein. Auch das kurze Gespräch mit Luc und Vanessa kam ihm in den Sinn und dass es sich mühsamer anließ, als er erwartet hatte.

Die Störung, er verzögerte seine Schritte, die Störung zu diesem Zeitpunkt, vielleicht war sie gar nicht so störend.

Er blieb stehen. Sein Unmut glättete sich, und mit knappen Worten, doch ohne Schroffheit, verkündete er, dass jetzt nicht die Stunde sei, Prototypen vorzuführen. Er drängte die Herrn mit ausgebreiteten Armen aus dem Zimmer und den Gang hinunter. Die Drei gingen zögernd und stockend und schauten ein ums andere Mal auf ihn, um zu erfahren, wohin es gehe und was nun werde.

Während Robert Mathul die Besucher vor sich her schob, erwachte in ihm die Neugier auf das, was sie in ihrer Tasche hatten. Sehen wollte er ihn wenigstens, den Prototyp, in die Hand nehmen und vielleicht auch in die Mundhöhle schieben. Er blieb stehen und klopfte an eine Tür. Als er eine Stimme hörte, trat er ein.

Pavel saß auf einem Stuhl in der Nähe des Fensters.

Sie kennen Herrn Urbanek, wandte sich Mathul an seine Begleiter, *meinen Mitarbeiter. Mit ihm können Sie alles, was in der Sache zu sagen ist, besprechen*. Dann verharrte er einen Augenblick.

Haben Sie ihn dabei? fragte er und blickte vom einen zum anderen und auf die Tasche. *Kann ich ihn sehen?*

Derjenige Ingenieur, der die Diplomatentasche trug, bekam leuchtende Augen. Er stellte die Tasche auf den Beistelltisch, öffnete mit flinken Fingern den Verschluss und entnahm der Tasche ein Futteral und dem Futteral einen Gegenstand von den Maßen einer gut gefüllten Brieftasche. Mathul ergriff ihn und ging zum Fenster. Den Ingenieur, der ihm folgen wollte, schickte er mit einer kurzen Handbewegung zurück.

Als sich Mathul vom Fenster löste, waren zwanzig Minuten vergangen. Er legte den Gegenstand in das Futteral und übergab ihn Pavel.

Gute Arbeit, sagte er, nickte jedem der drei Ingenieure zu und verließ den Raum.

So schnell es sein Zustand erlaubte, eilte Mathul auf sein Zimmer zurück, öffnete die Tür und sah zwei Stühle, verlassene Stühle, unordentlich verlassene Stühle, in der Mitte des Raumes. Mit ein paar Schritten war er am Telefon.

Hallo, Pavel, sag den Leuten von Aero-Space, dass wir uns in wenigen Tagen in München treffen. In wenigen Tagen in München, sag ihnen das. Nichts weiter.

Mathul setzte sich auf die Bettkante, legte beide Hände in den Schoß und blickte auf die leeren Stühle.

Vanessa und Luc.

Wo finde ich sie? Und wenn ich sie finde, was sage ich?

Er saß da, und sein Blick ging von den unordentlich gestellten Stühlen auf das grüne, dunkle Blattwerk vor dem Fenster und zurück zu den Stühlen.

Das war wie ein technisches Problem und musste auch wie ein solches gelöst werden. Er sah die Teile und wusste, dass sie zusammengehören. Aber wie? Für die Lösung blieb nicht viel Zeit.

Nicht um eine Entschuldigung ging es, mein Gott, die würde sich finden, gut verpackt in die Schilderung des Atemgerätes und was daraus würde. Seine Zeitverlorenheit mit den drei Ingenieuren, die ließ sich erklären. Nein, das war es nicht. Die Sache war diffiziler.

Sie begann mit Vanessa, mit der tiefen Zuneigung zu Vanessa, und das war mehr als ein Zugeneigtsein, wie es das Wort meint. Das weitere Leben ohne diese Frau, er konnte es sich nicht vorstellen. Wenn ihm etwas in den letzten Tagen klar geworden war, dann dies; er wollte noch einmal beginnen, mit ihr, und vieles mitnehmen – und vieles über Bord werfen.

Ich werde Vanessa fragen. Nein, ich werde sie bitten. Ich werde ein zweites Mal um ihre Hand anhalten.

Er sah vor sich den Stuhl, auf dem Luc gesessen hatte, und erinnerte sich, dass er über Lucs Haare streichen wollte, seine dunklen Haare, etwas borstig. Und in Lucs Gesicht wollte er schauen, in das hellwache Bubengesicht.

Kinder waren für ihn immer etwas Lautes, Unordentliches gewesen; etwas, das unfertig ist und stört.

Und Luc? Ist bei Luc alles anders?

Wieso anders?

Seine spektakulären Kriminalfälle hatten doch allesamt mit Kindern zu tun. Für sie hatte er sich ins Zeug gelegt, sogar sein Leben riskiert.

Mathul stand auf und ging zum Fenster.

Tatsächlich, so war es. Paris, Wellington, San Sebastian – immer waren es Kinder gewesen. Er wollte sie nicht, die Kinder, und jetzt, rückblickend, kam ihm seine jüngste Lebensgeschichte vor wie eine Heimtücke dieser Störenfriede.

Vanessa und Luc. Die eine war ohne den anderen nicht zu haben, und er mochte ihn ja, den Luc.

Mathul ertappte sich bei dem Gedanken, wie es wäre, den Jungen, und später den jungen Mann und eines schönen Tages vielleicht den jungen Kollegen, an der Seite zu haben.

Das alles wollte er Vanessa unterbreiten.

Die Teile waren zusammengefügt. Die Blaupause stimmte.

Er stand auf, strich das Bett glatt, rückte die beiden Stühle an ihren Platz, ordnete die Zeitungen auf dem Beistelltisch und ging zum Fenster. Er drehte sich um und schaute in ein wohlgeordnetes Krankenzimmer.

Ist es angebracht, einen Brief zu schreiben? Oder bitte ich zu einem Spaziergang? Oder treffe ich mich mit ihr in der französischen Bar von LES BAINS?

Es klopfte. Die Tür öffnete sich einen Spalt, eine Schwester streckte den Kopf herein, und als sie Mathul erblickte, trat sie ein und übergab einen Brief.

Mathul erkannte Vanessas Schrift und riss den Brief auf. Nur wenige Zeilen.

Ich freue mich, las er, *dass Du wieder hergestellt bist und Dich Deiner Arbeit widmen kannst. Und sie hat Dich wieder, wie wir gesehen haben, mit Haut und Haaren. Luc und ich fahren morgen nach München zurück. Wir wünschen Dir noch gute Tage in den TERME NERONIANE und viel Erfolg.*

Mathul schlüpfte in seine Straßenschuhe und eilte aus dem Zimmer. Auf dem Gang wäre er beinahe mit Pavel zusammengestoßen.

Ich werde morgen mit dir entlassen, morgen Mittag, rief Pavel dem Vorübereilenden zu.

Ausgezeichnet, rief Mathul zurück, *ausgezeichnet*, und war schon auf dem ersten Treppenabsatz.

Es war gegen sieben Uhr abends, Zeit für die Speisung der Liebespaare. Pavel schlüpfte in die Jacke und nahm einen Stock. Das Taxi wartete bereits vor dem Ospedale. Er hatte eine Aktentasche unter den Arm geklemmt, und als er im Taxi saß, legte er sie behutsam auf seine Knie und hielt sie mit beiden Händen fest.

Pavel öffnete die Tür zum Wohnwagen, ein aufgeregtes Rascheln, die Spitzmäuse hingen an den Stäben, funkelnde

Knopfaugen, wohlgenährt, glänzendes Fell. Luc hatte gut für sie gesorgt.

Pavel legte die Tasche auf die Werkbank.

Hinter ihm ein Geräusch, die Tür des Wohnwagens. Er wandte den Kopf, da stand Luc.

Komm herein, sagte Pavel und klopfte ihm auf die Schulter, *ich habe mit Dir gerechnet.*

Luc stellte alles, was er mitgebracht hatte, die gewässerte Milch, die halbe Banane, die Apfelschnitze, die Käsestückchen und die Kekse, auf die Werkbank und wandte sich um.

Heute zum letzten Mal, sagte er, *wir fahren morgen zurück nach München, meine Mama hat schon die Fahrkarten.*

Pavel: *Was, schon morgen?*

Ob ich ihn wiedersehe, den Luc? Das Schwimmbecken, der Wohnwagen, die Liebespaare. Klar, das konnte ja nicht ewig so weitergehen. Der Junge muss zurück in die Schule.

Er beobachtete, wie Luc die Tiere fütterte, sachkundig, jedem Tier, was es braucht, gewässerte Milch, Banane, Apfelschnitze, Käsestückchen, Kekse. Jedem das Seine.

Pavel schaute seitwärts, schaute auf die Werkbank und sah auf der Werkbank die Tasche, die Aktentasche mit dem Prototypen.

Natürlich werde ich Luc wieder sehen, schoss es ihm durch den Kopf, natürlich; er muss die KIEMEN erproben, den Prototyp für den jugendlichen Schwimmer, eigens für ihn gemacht.

Luc hatte bemerkt, dass sich Pavel mit der Tasche beschäftigte und nicht davon loskam.

Was ist mit der Tasche? fragte er. *Warum hast du sie mitgebracht?*

Keine einfache Frage.

Was in der Tasche steckte, war Chefsache, ganz klar, und nur der Chef konnte bestimmen, wer die Sache zu sehen bekam.

Aber der Prototyp war für einen jugendlichen Schwimmer, und der erste, Pavel hatte es so gehört, sollte Luc sein. Luc sollte beweisen, wie kinderleicht alles ging. Photographen und Kameraleute, das Fernsehen, die großen Zeitungen, alle sollten sie da sein, wenn Luc mit den KIEMEN ins Wasser stieg und durch das Becken kraulte, ohne auch nur ein einziges Mal das Gesicht aus dem Wasser zu heben.

Was ist mit der Tasche? fragte Luc.

Pavel holte tief Luft. Warum eigentlich nicht? dachte er, öffnete die Tasche und entnahm dem Futteral einen Gegenstand, so groß wie eine gut gefüllte Brieftasche. Beinahe andächtig hielt er den grauen Gegenstand aus festem und elastischem Kunststoff mit Röhrchen und Schläuchen in der Hand.

Das sind KIEMEN, sagte Pavel. *Damit kannst du im Wasser atmen wie ein Fisch, holst dir wie die Fische den Sauerstoff aus dem Wasser.*

Luc starrte auf die KIEMEN. Er konnte nicht glauben, dass es so etwas gab und jetzt vor ihm lag, in Pavels Hand.

Und hat das der Professor Mathul erfunden?

Luc stellte die Frage mit einer gewissen Feierlichkeit und schaute in Pavels Gesicht.

Ganz allein erfunden?

Nein, nicht allein. So etwas kann man nicht allein erfinden. Da waren auch andere beteiligt.

Mit Scheu, ja, mit Ehrfurcht näherte sich Luc den KIEMEN.

Du darfst sie in die Hand nehmen, ermunterte ihn Pavel, *und wenn du willst, auch in den Mund stecken. Wir könnten sie sogar ausprobieren. Im Wasser. Wenn du willst.*

Luc schüttelte den Kopf.

Warum nicht?

Luc hätte es nicht sagen können. Das kleine, graufarbene Ding da vor ihm war aus einer anderen Welt oder etwas, das hinüber half in eine andere Welt, in die Welt der Fische. Er konnte es sich nicht vorstellen, dass man damit lebte wie ein Fisch, Atemluft aus dem Wasser. Kein Wasserschlucken und kein Husten.

Die Angst, Luc hätte sie nicht benennen können. Er sagte: *Ich will, dass alle dabei sind. Du, der Professor Mathul und auch meine Mama.*

Natürlich. Du hast Recht, sagte Pavel, *ohne den Chef machen wir nichts, und ohne deine Mama auch nicht.*

Er griff schnell nach den KIEMEN, faltete sie zusammen und öffnete das Futteral.

Da kam die Neugier zurück, Lucs Neugier kam zurück, oder war es die Abenteuerlust, der Reiz des ganz und gar Ungewöhnlichen? Luc griff nach den KIEMEN, nahm sie in die Hand, drehte und wendete sie und betrachtete sie von allen Seiten.

Wie sieht man damit aus?

Ausprobieren, sagte Pavel.

Er nahm die KIEMEN und schob sie zwischen Lucs Lippen und Zähne wie eine Zahnspange. Luc atmete durch den Mund, und mit dem Atem spannte sich eine hauchdünne Haut über Zunge und Gaumen hinunter bis zum Rachen. Luc spürte ein leichtes Vibrieren im Mund.

Pavel holte einen Spiegel aus dem Schrank und hielt ihn vor Lucs Gesicht.

Na, was sagst du?

Luc schaute und schnitt Grimassen. Und schüttelte den Kopf.

Stumm wie ein Fisch, lachte Pavel, *so ist es richtig.*

In diesem Augenblick ertönte eine Stimme, eine Frauenstimme.

›*Luc*‹ rief sie, und noch einmal ›*Luc*‹.

Luc griff hastig mit beiden Händen in den Mund.

Meine Mama.

Ich komme schon, schrie er, legte, was er in Händen hielt, in Pavels Hand zurück, öffnete die Tür und sprang aus dem Wohnwagen.

Aber von den KIEMEN erzählen wir ihr nichts, rief ihm Pavel hinterher. Luc blieb stehen, drehte sich um und legte den Zeigefinger vor seine Lippen.

Vanessa schritt mit Luc die Stufen zum Speisesalon der TERME NERONIANE hoch und sah, dass an ihrem Tisch schon einer saß. Als sie ihn erkannte, wollte sie auf der Stelle umkehren. Aber Luc stürmte los, und Vanessa blieb nichts anderes übrig, als zu folgen.

Mathul hatte ein Glas Rotwein vor sich und prüfte den Vorhang, die Adhäsion des Weins an der Rundung des Glases. Der Vorhang senkte sich langsam, ein guter Wein. Mathul sah es und sah es nicht.

Da stand Luc bei ihm.

Schön, dass du da bist. Und deine Mama?

Vanessa kam langsam näher.

Ich habe, empfing er sie und hielt ihr den Stuhl, *ich habe die Rezeption angewiesen, meine Sachen aus dem Ospedale zu holen. Ich möchte den Abend mit euch verbringen.*

Vanessa nahm Platz. Und Mathul legte los. Er redete von Prototypen und Patenten und suchte die Welt, erklärend und entschuldigend, wieder herzustellen, wie sie am Mittag vor der Ankunft der Ingenieure war. Vanessa sah sein Mienenspiel und wie die Wörter, sich überschlagend, aus seinem Mund sprudelten. Er redet, dachte sie, wie einer, der sich hinter vielen Wörtern versteckt.

Luc stocherte in seinem Teller herum. Er spürte die seltsame Stimmung am Tisch, den Eifer Mathuls und die kühle Schweigsamkeit seiner Mutter. Selbst die Bediensteten, die sich nach den Essenswünschen erkundigen wollten, kamen sich ausgesperrt vor und zogen sich, rückwärtsgehend, unerledigter Dinge zurück.

Luc verteilte seine Sympathie ungleich.

Von dem, was Mathul über die KIEMEN berichtete, verstand er einiges – und verstand umso weniger seine Mutter, wie gleichgültig und teilnahmslos sie sich gab. Immer wieder warf er ihr einen Blick zu, sie musste den Mann doch verstehen. Luc wollte, dass am Tisch eine gute Stimmung wäre, wollte, dass sie über irgendetwas gemeinsam lachen.

Ich könnte, ging es ihm durch den Kopf. Ich könnte die Mäuse holen, Hermann und Dorothea zum Beispiel, zwischen den Beinen die Briefmarkensammlung und auf den Knien das Touchpad, und das Liebespaar spaziert über den Tisch. Da käme Leben in die Bude.

Ich möchte aufstehen, sagte Luc.

Wir sind gleich fertig, erwiderte seine Mutter und drückte ihn zurück auf den Stuhl. *Dann gehen wir aufs Zimmer. Du musst heute frühzeitig zu Bett und morgen bald aus den Federn, der Zug fährt um neun.*

Hermann und Dorothea, wenn ich die jetzt hätte.

Luc fährt mit dem Zeigefinger der rechten Hand über sein rechtes Knie und meinte das Touchpad unter den Fingern zu haben, Hermann klettert über die Stuhllehne, setzt sich auf Mathuls rechte Schulter, schnuppert an seinem Hals und an seinem Ohr.

Als Mathul sich beiläufig ans Ohr griff, lachte Luc laut.

Die beiden Mathuls am Tisch schauten erstaunt auf Luc. Was ist mit dem Jungen?

Und jetzt mit dem Zeigefinger der linken Hand über das linke Knie. Dorothea schwingt sich über die Stuhllehne auf Mamas rechte Schulter, schaut sich um und von oben herab in ihren Ausschnitt. Mama zupfte an ihrem Kleid.

Und Luc lachte wieder.

Ich glaube, es ist höchste Zeit, aufzubrechen, sagte Vanessa und schaute besorgt auf den Jungen.

Jetzt hat Dorothea ihren Hermann auf Mathuls Schulter entdeckt und will zu ihm hinüber, aber der Graben ist zu tief, der Abstand zwischen Mathul und Mama zu weit. Da müssen wir helfen, denkt Luc und fährt mit beiden Zeigefingern über beide Knie. Die Mäuse klettern über die Ärmel hinunter auf den Tisch, und Luc führt sie über die Tischplatte zu einem Teller mit den Resten einer Birne.

Da greift ein Arm über Luc hinweg auf den Tisch, der Arm eines Cameriere, und räumt die leer gegessenen Teller ab, auch den Teller mit den Birnenresten, entführt ihn über Lucs Kopf und stellt ihn auf ein Carrello. Luc dreht und wendet sich, ruft: *Hermann, Dorothea!*

Woher hast du denn diese Namen? wollte seine Mutter wissen. Mathul kniff ein Auge zu und Luc auch.

Hermann und Dorothea. So etwas weiß man.

Ich mache einen Vorschlag, rief Mathul, *aber dazu brauche ich dein Einverständnis.*

Er drehte sich mit dem ganzen Körper Luc zu. Was es auch wäre, Luc hätte jedem Vorschlag Mathuls zugestimmt. So wie Mathul hatte mit ihm noch keiner gesprochen.

Also gut, begann Mathul. *Ich möchte mit deiner Mutter einen Abendspaziergang machen. Das will ich aber nur, wenn Du damit einverstanden bist.*

Luc schlug das Herz bis zum Hals, er hätte am liebsten ja, ja, ja geschrien. Ich will, dass ihr miteinander geht und redet, und sagte nach einer Pause mit einem ernsten Gesicht: *Einverstanden.*

Danke. Aber deine Mutter kann den Abendspaziergang nur machen, wenn sie dich vorher zu Bett gebracht hat. Bist du damit einverstanden?

Luc nickte.

Gut. Dann warte ich in der Bar auf deine Mutter und wünsche dir eine gute Nacht.

Mathul stand auf, streckte seine Hand über den Tisch, und Luc schlug ein. Das war ein Pakt. Und feierlich.

Zwanzig Minuten später. Vanessa stand neben Mathul in der Bar, über den Schultern einen leichten Sommermantel.

Ich wollte Luc den Spaß nicht verderben, begann sie, *aber zuerst, Herr Mathul, hätte wohl ich gefragt werden müssen. Findest du nicht?*

Vanessa, es kann sein, dass ich heute nichts als Fehler mache, aber das Wichtige, das einzig Wichtige, worauf es jetzt ankommt …

Gehen wir, unterbrach ihn Vanessa.

Sie traten nebeneinander aus dem Hotel, gingen schweigend durch den Park und kamen zur Straßengabel mit der Laterne, eben jener Laterne, die schon einmal, an jenem Abend, eine Rolle gespielt hatte.

Robert Mathul blieb stehen und ergriff Vanessas Hände. Die Lampe hing genau über ihnen und warf Schatten und helle Flecken auf ihre Gesichter.

Vanessa, willst du es noch einmal mit mir versuchen?

Er ließ ihr keine Zeit zu antworten.

Du warst meine einzige Frau und wirst es immer sein. Ich bitte dich um deine Hand. Willst du, dass ich auf die Knie gehe?

Er lachte kurz und knickte ein, als träfe er Anstalten.

Robert, sagte sie leise.

Dann gab er ihre Hände frei, ergriff ihren Arm und drückte ihn fest an sich. Sie gingen schweigend eine Straße mit Pinien und Laternen hinunter.

Alles war erreicht, alles, was sie wollte. Der Mann ihres Lebens hatte zu ihr zurückgefunden. Sie hätte jubeln müssen, tanzen, ihre Arme um ihn schlingen, sich mit ihren Lippen an ihm festsaugen.

Aber war nicht ihre Nähe und die Wärme ihres Körpers Antwort genug? Sie ging angeschmiegt an seiner Seite.

Unter einer Laterne verlangsamte Mathul den Schritt und blieb stehen. Wieder ergriff er Vanessas Hände.

Da ist noch etwas, sagte er. *Ich liebe dich mit allem, was zu dir gehört. Und deshalb bin ich bereit, deinen Sohn Luc zu adoptieren.*

Er machte eine Pause und schaute erwartungsvoll in ihr Gesicht. Vanessa entwand sich langsam seinen Händen.

Ich habe dich eben nicht recht verstanden, sagte sie. *Was meintest du?*

Mathul, stolz auf seine Generosität, wiederholte: *Ja, ich bin gerne bereit, deinen Sohn Luc zu adoptieren.*

Vanessa trat einen Schritt zurück.

So, sagte sie. *Du bist gerne bereit.*

Mathul heiter: *Und es ist alles schon aufs beste vorbereitet. Mathul heißt er bereits, der Luc.*

So, wiederholte sie. *Du bist gerne bereit. Euer Gnaden wollen den Luc Mathul adoptieren.*

Mathul leicht verunsichert: *Vanessa, ich meine es wirklich ernst.*

Jetzt brach es aus Vanessa heraus: *Sag mal, hast du denn keine Augen im Kopf?*

Das sagte sie nicht laut, aber scharf und wie im Staccato.

Alle Welt sieht es, die Nachbarn am Tisch im Speisesalon sehen es, wildfremde Leute, und sie fragen den Jungen, nur du siehst es nicht. Luc ist dir aus dem Gesicht geschnitten, die Haare, die Augen, selbst die Farbe seines Teints, alle Welt sieht es, nur du siehst es nicht.

Du brauchst den Jungen nicht zu adoptieren, mein Lieber, nein, das brauchst du wirklich nicht, er ist nämlich dein Sohn, ja, dein Sohn. Und deine gnadenhafte Herablassung, ich bin gerne bereit, sagst du, ich bin gerne bereit – andersherum lautet die Frage, mein Lieber, andersherum, nämlich, ob Luc bereit ist und ob ich bereit bin. Und ich sage dir nein und nochmals nein! Mein Sohn Luc braucht keinen Vater, gnadenhalber. Er braucht überhaupt keinen!

Vanessa drehte sich um und machte Anstalten, den Weg zurückzugehen. Sie hatte sich mit ihren Worten eine Wunde zugefügt wie mit einem Messer oder einer Rasierklinge oder einer Nagelfeile, eine tiefe Wunde, die schmerzte und brannte.

Es war wie ein Aderlass, der das Angestaute frei gab, nach langer Zeit. Endlich.

Es ging sich leichter, fand sie, schon die ersten Schritte gingen leichter; sie legte ihr gewohntes Tempo vor und schlug den Weg zurück in die TERME NERONIANE ein.

Mathul stand wie angewurzelt und sah ihre Gestalt hinter der nächsten Straßenlaterne ins Dunkel tauchen. Was hatte sie gesagt? Alle Welt sieht es? Selbst wildfremde Leute?

Er holte sich die Begegnung mit Luc im Wohnwagen aus der Erinnerung zurück, wie Luc den Haarbüschel ergreift und dreht und er selbst, Mathul, der Versuchung kaum widerstehen kann. Ist das der Beweis? Und alle medizinischen Eingriffe ohne Sinn und Bedeutung? So kann doch Wissenschaft, auch die medizinische, den Menschen nicht hinters Licht führen.

Mathul wurde unsicher.

Nehmen wir einmal an, es wäre so. Nehmen wir einmal an, es wäre, wie sie gesagt hat, und Luc wäre mein Sohn, mein natürlicher Sohn. Was wäre so schlimm daran? Einen wildfremden wollte ich adoptieren, und bekomme den eigenen. Was wäre schlimm daran? Was denn? Gar nichts wäre schlimm daran. Ein Glücksfall wäre es, mein Gott, ein Glücksfall!

Mathul löste sich aus seiner Starre, tat einige Schritte, legte sich Worte zurecht, wollte es richtig machen, diesmal ganz richtig. Er schritt aus und war auf Vanessas Höhe.

Vanessa, bitte, hör mich an. Lass uns den Abend nicht wortlos beschließen. Wenn es so ist, wie du sagst, ist es doch gut so, dann haben wir doch allen Grund, glücklich zu sein. Vielleicht ist das Gefühl der Zuneigung, das mich mit Luc verbindet, ja, es ist so, ich habe den Jungen gern, und er mag mich, immer wenn wir uns begegnen, spüre ich es, ja, ich spüre es, und vielleicht ist die Zuneigung wirklich so etwas wie ein Beweis. Ich will es gerne glauben.

Du brauchst es nicht zu glauben, sagte Vanessa. *Es ist so, Robert.* Und sagte es mit weicher Stimme.

Mathul hielt den Atem an, sie spricht mit mir, jubelte er innerlich, sie hört mich an und spricht mit mir, spricht mit sanfter Stimme und stößt mich nicht zurück. Seine Hand suchte nach ihrer Hand, und als er sie hatte, hielt er sie fest, und sie ließ es geschehen.

Sie gingen langsam nebeneinander, ohne ein Wort zu sagen, und es war, als wollten sie jeden Schritt, jeden gemeinsamen Schritt auskosten. Der Weg konnte nicht lange genug sein, und sie fanden immer neue Wege, die nicht zum Hotel führten.

Und mussten doch zum Hotel. Vanessa hatte noch keine Koffer gepackt.

Dann standen sie am Rondell bei den römischen Säulen, den Kapitellen und den rankenden Rosen.

Und wie geht es weiter? wollte Vanessa wissen.

Ja, wie geht es weiter? fragte Robert.

Sie schauten sich an.

Ich fahre morgen mit Luc nach München, und dann, so nehme ich an, werden wir von dir hören.

Und morgen frühstücken wir zusammen, fuhr Mathul fort. *Danach, auch wenn's mir schwer fällt, bringe ich euch zum Bahnhof.*

Und lass dir Zeit mit deiner Antwort, ermahnte ihn Vanessa.

Mathul lachte.

Gute Nacht, Robert.

Mathul küsste ihre Hand, und als er sich aufrichtete, war Vanessas Gesicht ganz nahe. Er umfasste es mit beiden Händen und küsste sie auf den Mund. Vanessa schloss die Augen, dann drehte sie sich um und ging schnellen Schrittes zum Hoteleingang.

Mathul schaute ihr nach, bis sie im Foyer verschwand. Er war aufgewühlt, konnte nicht ins Hotel, nicht auf sein Zimmer. Er drehte sich um und ging durch den Park, und nach dem Park auf die Straße mit den Pinien und den Laternen. Er ging sie hinunter bis zur Mitte des Ortes.

Ich muss ein Haus mit Garten kaufen, blitzte es durch seinen Kopf, damit der Junge ein richtiges Zuhause hat, er muss spielen und Freunde einladen können. Und Vanessa braucht ein Studio. Also ein Haus mit Garten oder eine große Wohnung. Ich verkaufe ein paar Patente. Die Patente für die KIEMEN zum Beispiel. Die bringen eine Menge Geld. Und die weiten Reisen und langen Abwesenheiten …

Er ging in eine Bar, nahm einen Cappuccino und setzte sich ins Freie. Die Leute schlenderten plaudernd an ihm vorüber, er hörte ihre Gespräche, Lustiges, Unterhaltendes, viel Lachen. Ihnen geht es wie mir.

Eine wunderbare Welt.

16

Luc hörte, wie seine Mutter zurückkam. Er hörte alles genau, wie sie sich auszog, ins Bad ging, das Wasser, wie sie prustete, die Massage, den Lichtschalter. Er griff schnell an sein Kopfkissen, nein, da war nichts zu sehen, nichts vom Trainingsanzug und der Badehose, die er unter das Kopfkissen gestopft hatte. Als Vanessa aus dem Bad kam und an seinem Bett stehen blieb, atmete er ruhig und ohne sich zu rühren. Er schlief mit dem festen Vorsatz ein, um sechs wach zu sein, punkt sechs.

Er schlief unruhig. Immer wieder wachte er auf und sah auf die Uhr. Viertel nach sechs. Er fuhr hoch und sah, dass seine Mutter die Decke über den Kopf gezogen hatte, huschte ins Bad, kam im Trainingsanzug zurück, schlich aus dem Zimmer und drückte die Tür geräuschlos ins Schloss. Fango-Gäste auf den Gängen in Mantel und Kapuze wie Mönche. Der Angestellte an der Rezeption. Dann war Luc draußen. Der Himmel zeigte sich grau überzogen, feuchter Wind wehte, stoßweise, von der Adria her.

Er rannte hinüber zum Parkplatz, griff unter das linke Rad des Wohnwagens und sperrte auf. Die Mäuse schauten mit Knopfaugen aus den Käfigen.

Nichts für euch.

Er griff in einen Behälter, holte das Futteral heraus, öffnete es, zog die KIEMEN heraus, schob das Mundstück zwischen Lippen und Zähne, atmete ein und aus. Die künstliche Mundhöhle entfaltete sich zwischen Zunge und Gaumen, erzeugte ein Vibrieren zwischen den Zähnen, das Atemgerät arbeitete.

So hat es mir Pavel gezeigt, genau so.

Luc griff in den Mund, holte die KIEMEN heraus und steckte sie ins Futteral.

Er hatte sich alles zurecht gelegt. Heute, bevor es zum Frühstück ging, wollte er seine Mutter und Mathul zum Schwimmbecken bitten und ihnen zeigen, wie man krault, ohne nach Luft zu schnappen. Da würden sie Augen machen.

Ob die KIEMEN funktionieren?

Es käme auf einen Versuch an. Luc schaute auf die Uhr, dreiviertel sieben. Ich mache ein paar Schwimmzüge, damit ich mich nicht blamiere. Er steckte die KIEMEN ein und sperrte den Wohnwagen ab.

Es gibt eine Lücke im Zaun, durch die kommt man leicht aufs Thermalgelände, Luc kannte sie und schlüpfte durch. Noch war es ruhig in den Becken, nur stumpfblaues Wasser. Luc streifte den Trainingsanzug ab, stand in der Badehose, schob sich das Mundstück zwischen Lippen und Zähne, atmete ein paar Mal kräftig ein und aus, spürte die künstliche Mundhöhle im Rachen und das leichte Vibrieren, stieg in eines der Becken, warmes Wasser an den Beinen, am Bauch, an der Brust. Er stieß sich ab, machte einige Schwimmzüge, behielt den Kopf im Wasser und atmete, atmete durch den Mund, spülte mit jedem Atemzug Wasser durch die Mundhöhle, hinein, heraus, und mit jedem Atemzug kam Luft, kam Sauerstoff, soviel er brauchte. Luc begann mit den Beinen zu paddeln, mit den Armen griff er nach vorne und schaufelte das Wasser unter seinen Körper, kraulte ohne den Kopf zu heben und kam voran. Sauerstoff aus dem Wasser wie die Fische. Er war ein Fisch, mit einer wunderbaren Leichtigkeit im Kopf, und wusste bald nicht mehr, in welche Richtung er schwamm, wollte es auch nicht wissen, das freundliche, warme Element war um ihn, war in ihm, er schwamm nicht allein, andere schwammen mit ihm, andere Fische, bunte Fische, wie er sie in Aquarien gesehen hatte, und Wälder wuchsen herauf, schwankende Wälder, Dschungelwälder, und griffen nach ihm …

Alfredo war unterwegs, im zweiten Stock, zu Zimmer 219, der Professor Mathul möge bitte um halb acht zum Frühstück kommen, hatte die Dame auf den Zettel gekritzelt und ihm, Alfredo, fünf Euro in die Hand gedrückt. Den Weg zu 219 war er oft gegangen in letzter Zeit, hatte Botschaften gebracht und Gäste, der Professore war spendabel.

Ein Blick, beiläufig hinunter auf die Thermalbäder, zu jeder Tageszeit war der Blick anders und bei jedem Wetter. Heute war das Wasser in den Pools stumpf, daran änderten auch die blauen Kacheln nichts, der graue Himmel wollte es so.

Alfredo klopfte an die Tür, aber da wurde sie schon aufgerissen, Mathul schoss heraus, schob ihn beiseite, ziemlich unsanft, und eilte zum nächsten Gangfenster.

Ja, haben Sie denn das nicht gesehen, Alfredo? schrie er. *Da liegt jemand im Wasser.* Alfredo hinterher: *Tatsächlich, mein Gott, da liegt einer, da liegt wieder einer wie vor Wochen.*

Alfredo drehte sich um, der Professor war schon am Ende des Ganges und stürmte die Treppe hinunter.

Im Foyer stand Vanessa und ging Mathul entgegen: *Wir haben nicht viel Zeit*, sagte sie, *und Luc wartet sicher schon auf uns mit dem Frühstück.*

Mathul grüßte sie flüchtig und drängte an ihr vorbei zur Rezeption.

Schließen Sie die Thermalanlage auf, schnell, wies er den Angestellten an, *und kommen Sie mit.*

Der Angestellte griff mit fragendem Blick zum Schlüsselbund, zuckte die Schultern, dem Professore wollte er nicht widersprechen.

Gesicht nach unten, Arme und Beine gespreizt. Mathul kannte diese Körperlage, er hatte sie gesehen, in einem der Becken der TERME NERONIANE, und dachte an Pavel, ob vielleicht Pavel wieder … Aber Pavel war, wie er wusste, im Ospedale, noch bis Mittag, vielleicht war er aber auf und davon, vorzeitig ausgebüxt, hatte seine Neugier nicht zügeln können, hatte sich mit dem Prototyp davongemacht, ungeduldig das neue Gerät ausprobieren wollen – aber Pavel kannte doch die Tücken des gechlorten Wassers, wusste, dass die Zentrifuge den Sauerstoff wie das Chlor gasförmig freisetzt, hatte den Hustenreiz verspürt und die Erstickungsanfälle, nein, so unüberlegt … Oder ist es einer der Ingenieure, ich weiß ja nicht, ob sie schon abgereist sind; einer, voll und ganz überzeugt von seiner Ingenieurskunst, will es an Ort und Stelle wissen, will Aufsehen erregen und ist mit dem Prototyp ins gechlorte Thermalwasser gesprungen, ohne zu bedenken, dass …

Der Angestellte hatte aufgesperrt und schob die Tür zur Seite. Mathul an ihm vorbei und hinaus an das mittlere Becken, am Beckenrand ein Trainingsanzug, in der Mitte des Beckens ein Körper, ein kleiner Körper.

Mathul streift die Schuhe ab, reißt sich die Jacke und die Hose vom Leib, springt ins Wasser, ein paar Schläge mit den Beinen, mit den Armen, er ist bei dem Körper, packt ihn und zieht ihn hinter sich her zu den Stufen und dann hinauf an den Rand des Beckens. Ein kleiner Mensch, ein Kind, Mathul dreht den Körper um und – schaut in Lucs Gesicht.

Luc!

Er stößt den Namen mit einem gurgelnden Schrei aus: *Luc, Luc!*

Die Ober- und Unterlippen in Lucs Gesicht sind zurückgeschoben, die KIEMEN sichtbar. Mathul greift in den Mund, zieht sie mit schnellem Griff heraus und wirft sie zur Seite. Wie in aller Welt kommt Luc an die KIEMEN?

Am Boden ein kleiner, lebloser Bubenkörper.

Rufen Sie einen Arzt, sofort, vielleicht ist der Hausarzt da, fragen Sie im Ospedale nach dem Primario. Wir brauchen schnelle Hilfe, ich vermute Chlorverätzung.

Der Angestellte mit schreckensweiten Augen: *Der Junge ist ertrunken*, schreit er, *man muss das Wasser aus seinem Körper pumpen*, er wirft sich auf die Knie, stemmt die Fäuste auf Lucs Brustkorb und beginnt mit Pressbewegungen. *Das Kind ist ertrunken*, wiederholt er, *man muss das Wasser aus dem Körper …*

Mathul stößt ihn zur Seite: *Tun Sie*, fährt er ihn an, *was ich gesagt habe.*

Mathul prüft den Kreislauf an der Halsschlagader, hört die Herztöne ab, das Kind lebt, aber es ist nicht auszumachen, wie tief das Gift in die Atemröhre, in die Lunge, in den Kreislauf eingedrungen ist. An Chlorgas-Vergiftung, wusste Mathul, sind im Ersten Weltkrieg an der Westfront Tausende umgekommen.

Mathul hält den kleinen Körper mit beiden Armen fest und drückt ihn an sich. Er muss so schnell wie möglich in die Praxisräume des Hausarztes – da sieht er Vanessa.

Langsam kommt sie auf ihn zu.

Mathul drückt den kleinen Körper an seine Brust, er will etwas sagen und stößt schluchzende Laute aus, die sich wie unterdrückte Schreie anhören, stoßweise herausgepresst, sein ganzer Körper in zuckenden, stoßenden Bewegungen. Und weil er Angst hat, das Kind könnte ihm entgleiten, drückt er es fester an sich, Tränen in den Augen, das Gesicht maskenhaft verzerrt. Er hält Vanessa das Kind hin.

Und Vanessa?

Sie rührt sich nicht von der Stelle, ist versteinert, und keiner weiß, ob sie verstanden hat, was da passiert ist und was sich vor ihren Augen abspielt. Der Kopf des Kindes ihr zugewendet, sein Gesicht, das kleine, blasse Bubengesicht mit dem leicht geöffneten Mund und einem dünnen Faden aus Schleim und Blut. Sie hört das stoßweise Schluchzen und Schreien des Mannes und rührt sich nicht von der Stelle.

Unser Luc! Vanessa! Es ist unser Luc!

Stärker als das Bild vor ihren Augen und stärker als alle Wahrnehmung ist eine Erinnerung.

Darmstadt, Frankfurt.

Die Verzweifelte, Rasende wollte, dass der Mann leidet, der ihr das Kind vorenthält; sie wollte, dass er schreit, der Mann, so war ihr Wunsch, so ihre Verwünschung, so ihr Fluch; sie wollte, dass der Mann, der ihr das Kind verweigerte, seinen Schmerz hinausschreit, eines Tages. Das wollte sie.

Und jetzt?

Hat sich für Vanessa der Wunsch, die Verwünschung, der Fluch erfüllt? In diesem Augenblick? Hatte sie jetzt nicht alles, was sie wollte, oder war jetzt alles, was sie wollte, in die Brüche gegangen?

Sie hatten sich gefunden. Vanessa und Robert Mathul hatten sich gefunden, wieder gefunden, und in ihrer Mitte Luc, das gemeinsame Kind. Das gemeinsame Glück.

Der Bann schien gebrochen, der Fluch wirkungslos.

Nein. Ganz im Gegenteil.

Der Fluch wird wahr, er löst sich ein, zur Unzeit löst er sich ein.

Langsam fällt die Starre von Vanessa, sie geht die wenigen Schritte und nimmt das Kind aus Roberts Armen, will nicht wissen, wie es dazu kam, will nur das Kind. Nimmt es und trägt es in den Arztraum.

Mathul steht mit leeren Händen da. Er weiß nicht, was tun. Weiß nicht, wohin. Darf er Vanessa in den Arztraum folgen? Erträgt sie seine Gegenwart?

Er hat Angst, denn die Frage wird kommen, unweigerlich kommt sie, die Frage, und dann wird von den KIEMEN die Rede sein, von seiner Erfindung, seiner gottverfluchten Erfindung, dann muss er von den KIEMEN sprechen, die irgendwo am Rand des Beckens liegen und von denen er nicht sagen kann, wie sie in Lucs Mund gekommen sind.

Mathul ist wie gelähmt und kommt nicht vom Fleck; wie lange, das weiß er nicht. Dann bewegt er sich, geht langsam ins Foyer, unfähig, einen Gedanken zu fassen; weiß nicht, wo ansetzen und wo weitermachen, sieht Gäste kommen und gehen, hört sie sprechen, törichtes Geplauder, hört sie lachen, dummes, unerträgliches Gelächter.

Und dann ein Herr, plötzlich ein Herr, gottseidank, er ist gekommen. Mathul eilt auf ihn zu. *Primario*, ruft er, *Primario.*

Der Primario dreht sich auf der Stelle um, strahlt übers ganze Gesicht und geht mit ausgebreiteten Armen auf ihn zu. *Mein Gott*, ruft er, *so ein Tag, ich wollte Ihnen die Nachricht persönlich überbringen, so ein Glückstag, man denke sich, Professore, er schlägt die Augen auf und sagt ›Ich habe Durst‹, ist bei klarem Verstand, schlägt die Augen auf und sagt ›Ich habe Durst.‹*

Mathul unterbricht ihn: *Sie waren schon beim Patienten?*

Wenn ich Ihnen sage, Professore, ich gehe wie jeden Morgen in sein Zimmer, da liegt er mit offenen Augen und sagt, als wäre es das Selbstverständlichste der Welt, ›Ich habe Durst.‹ Wissen Sie, wie das klingt? Wie das in meinen Ohren klingt? ›Ich habe Duuurst, ich habe Duuurst‹, das schönste Belcanto, das ich je gehört habe!

Die Schwester gibt ihm zu trinken, und er trinkt, sag ich Ihnen, trinkt wie ein Loch!

Ach Primario, Mathul packt den Arzt an beiden Schultern, *mit dieser Nachricht machen Sie mich zum glücklichsten Menschen, mich und seine Mutter. Und Sie meinen wirklich, er wird es schaffen, seine Verätzungen auszuheilen und ganz gesund zu werden?*

Was heißt Verätzungen?

Der Primario fährt mit seinem Arm in großem Bogen durch die Luft und zeigt auf den Tresen: *Er wird wieder Dienst tun, hier an der Rezeption der TERME NERONIANE, in wenigen Tagen werden Sie ihn sehen, an seinem alten Arbeitsplatz.*

Mathul steht und schaut verständnislos. Der Primario schüttelt leicht den Kopf.

Was ist, Professore? Was haben Sie? Ich rede von dem Geschäftsführer Federico Berlingueri, unserem Patienten, der mir und Ihnen am Herzen liegt.

Mathul schlägt die Hände vors Gesicht, knickt ein und wendet sich ab. Mit tonloser Stimme sagt er: *Bitte, gehen Sie schnell hinüber ins Arztzimmer, man braucht Sie, höchstwahrscheinlich Verätzungen, Chlorverätzungen im Atmungsbereich, verlieren Sie keine Zeit, gehen Sie, gehen Sie schnell. Für den Fall, dass Sie mich brauchen, ich bin hier.*

Mathul lässt sich in einen Sessel fallen und vergräbt sein Gesicht in den Händen.

Nach einiger Zeit steht er auf, durchquert das Foyer, bewegt Türen, betritt das Thermalbad, geht auf das mittlere Becken zu, sieht einen grauen, faltigen Gegenstand auf der Umrandung des Beckens, bückt sich, hebt ihn auf, wendet ihn in seinen Händen hin und her, geht in die Toilette, wirft ihn in die Toilettenschüssel, zieht die Spülung, und als ihn das Wasser nicht wegschafft, holt er ihn wieder heraus, zertrampelt ihn mit den Füßen, zerreißt ihn mit den Händen, wirft die Teile einzeln in die Schüssel, zieht die Spülung und spült sie nacheinander hinunter. Danach verlässt er die Toilette, bewegt Türen, ist wieder im Foyer. Er lässt sich in einen Sessel fallen und vergräbt sein Gesicht in den Händen.

Merkt nicht, dass Alfredo vor ihm steht. Alfredo sagt *Professore* und noch einmal *Professore.*

Alfredo tippt mit dem Finger an seine Schulter. Mathul fährt hoch.

Sie sollen ins Arztzimmer kommen, prego.

Mathul steht auf und geht durch den dunklen, mit Mahagony getäfelten Gang zum Behandlungsraum. Er öffnet die Tür und sieht Luc auf der Liege, halb aufgerichtet, von seiner Mutter gestützt. Am Kopfende der Primario und der Hausarzt, letzterer mit einer Flasche Fiuggi-Mineralwasser in der Hand.

Wie kam es zu den Verätzungen? Wie ist das möglich? fragt der Arzt routinemäßig, ohne es wissen zu wollen, und schaut auf den Patienten, reicht ihm einen Becher und sagt: *Alkalisches Wasser neutralisiert die verdünnte Salzsäure, die sich aus dem Chlor in seinem Atmungstrakt gebildet hat.*

Und Luc öffnet den Mund. Tatsächlich, Luc trinkt aus dem Becher, den ihm der Arzt an die Lippen hält; einiges läuft wieder mit Speichel und Fäden von Blut aus dem Mund, seine Mutter wischt ihm das Kinn und den Hals. Luc schluckt und geht mit seinem Mund wieder an den Becher.

Er merkt, dass ihm das Wasser gut tut, sagt der Arzt und schaut hoch zu Mathul. *Dazu Cortison, mehr können wir im Augenblick nicht tun. Die nächsten Stunden, auf die nächsten Stunden kommt es an. Ich nehme den Jungen mit ins Ospedale*, sagt der Primario.

Vanessa energisch: *Der Junge bleibt hier. Ich habe eben gehört, dass man im Augenblick nicht mehr tun kann. Luc bleibt bei mir.*

Der Primario zieht die Schultern hoch: *Das ist Ihre Entscheidung. Sie wissen, wo Sie mich finden können.*

Er geht rückwärts zur Tür.

Mathul vorsichtig: *Ich habe eine camera familiare, ein Zweizimmer-Appartement, wir könnten Luc in mein Zimmer betten, und einer von uns, Frau Mathul oder ich, ist immer bei ihm.*

Vanessa schaut ihn an und schweigt.

Der Arzt: *Eine gute Idee! Sie wissen, er muss viel trinken, und achten Sie auf Puls und Blutdruck. Für die nächsten Stunden allerdings, der Arzt schaut auf die Uhr, sagen wir bis drei Uhr nachmittags, das sind die kritischen Stunden, bleibt der Junge bei mir im Behandlungsraum.*

Kurz nach zwölf, warmer Regen fällt aus einem grauen Himmel. Mathul steht unter dem Baldachin des Hotels, ein Taxi knirscht auf dem Kies. Ein Mann mit Reisetasche steigt aus, stützt sich auf einen Stock. Mathul möchte behilflich sein, doch der Mann wehrt energisch ab.

Die beiden setzen sich in den Salon, der Barkeeper bringt zwei Cynar mit Soda.

Und du hast keine Bedenken, ich meine wegen uns beiden hier? fragt Pavel.

Mathul winkt ab und hebt das Cynarglas: *Auf deine gesunde Rückkehr.*

Und auf deine nicht weniger, antwortet Pavel und leert das Glas in einem Zug.

Ich muss dir etwas mitteilen, sagt Mathul und schiebt sein Glas auf den Tisch. *Die KIEMEN sind völlig unbrauchbar.*

Mathul spricht ruhig und betont jedes Wort aus. Pavel schreckt hoch.

Mathul hebt die Hand: *Ich sage dir, völlig unbrauchbar.*

Woran liegt es?

Mathul winkt ab. *Die Sache mit den KIEMEN ist für mich erledigt, ich will damit nichts mehr zu tun haben.*

Und der Prototyp?

In den Abwässern der TERME NERONIANE.

Pavel springt auf und stützt sich auf die Tischplatte: *Das ist nicht wahr!*

Es ist wahr. Und noch etwas will ich dir sagen: Ich möchte auch die Sache mit den Versuchsmäusen zu Ende bringen. Und zwar schnell.

Robert Mathul!

So feierlich hatte Pavel den Namen seines Chefs noch nie ausgesprochen.

Robert Mathul, ich verstehe dich nicht. Ich kann das alles nicht verstehen. Du zerstörst den Prototyp der KIEMEN, du willst den großartigen Versuch mit den Mäusen abbrechen, Hals über Kopf, willst die Liebespaare womöglich aussetzen, nein, ich darf mir das gar nicht vorstellen, der Raubgier von Katzen und Greifvögeln überlassen. Und meine monatelange Arbeit, die vielen Versuche, alle Aufzeichnungen umsonst, zum Wegwerfen. Was wird dein Kompagnon dazu sagen?

Pavel macht eine Pause und spricht leiser: *Sie kannten mich am Schritt. Wenn ich die Tür aufsperrte, hingen sie an den Stäben, ihre schwarzen Knopfaugen glänzten. Und, hast du vergessen, den Mr. Edenberger haben sie uns vom Hals gehalten und den Commissario …*

Pavel hat feuchte Augen.

Weil du vorhin den Kompagnon, den Versuchsleiter erwähntest, erwidert Mathul, *er ist der nämlichen Meinung wie ich, oder besser, ich schließe mich seiner Meinung an. Er will den Versuch nicht fortsetzen, hat er mir gesagt, schon bei seinem Besuch hier in den TERME NERONIANE. Früher oder später hätte er dir seinen Entschluss mitgeteilt. Jetzt bin ich es, der dir die Nachricht bringt.*

Die Tiere sind kein Werkzeug, verstehst du, kein Werkzeug und nicht beliebig manipulierbar. Er sieht es so, und ich habe es auch eingesehen. Wir wollen ihnen die Freiheit geben, trotz der Katzen und Greifvögel. Er will es, und ich will es.

Und warum so plötzlich, und warum heute? fragt Pavel.

Mathul schaut lange auf Pavel, man sieht, dass er mit sich ringt. Soll er über das Vorgefallene sprechen? Jetzt? Mathul löst seinen Blick von Pavel, zieht die Schultern hoch, steht auf und geht wortlos davon.

Es ist Abend, der Regen hat aufgehört, tropft nur noch etwas von den Bäumen, kleine Pfützen spiegeln das letzte Tageslicht. Kein Abend für Spaziergänger oder Plaudergruppen im Freien. Das Leben hat sich ins Hotel zurückgezogen, in den Salon, an die Bar, zu den Sitzgruppen.

Robert Mathul steht am Fenster seines Zimmers. Kaum ein Laut ist zu hören.

Er hält den Atem an und hört den Atem aus dem kleinen Körper in dem großen Bett, unterlegt mit asthmatischem Rasseln und Keuchen. Mathul weiß, an dem Bett sitzt seine Mutter und hält die Hand des unruhigen Patienten. Vor einer halben Stunde haben sie sich abgelöst.

Robert Mathul zu sich: Du musst mit Vanessa sprechen, laut und hörbar sprechen, nicht in Gedanken nur, du musst es ihr deutlich sagen, du musst sagen, dass Luc das Opfer deiner Erfindung ist, du musst ihr die wahnwitzige Geschichte von den KIEMEN erklären, alles andere wäre Heuchelei, dreh dich um und sag ihr, was zu sagen ist.

Mathul will sich umdrehen. Eine Hand hält ihn fest, hält seinen Arm. Eine Stimme sagt: *Bleib stehen, wenn du in die Dunkelheit schaust, fällt es mir leichter, mit dir zu sprechen.*

Mathul spürt Vanessas Nähe, ihren Atem, die Wärme ihres Körpers.

Es ist nicht viel, was ich zu erklären habe, sagt sie, *aber es ist schwer. Ich muss es dir sagen. Ich habe Luc mitgenommen, weil ich mich … ich wollte mich … unser Sohn Luc ist das Opfer meiner Rache.*

Robert Mathul fährt herum: *Was redest du da!*

Vanessa korrigiert sich schnell: *Oder vielleicht das Gegenteil, vielleicht ist Luc das Opfer meiner Liebe. Meiner Rache oder meiner Liebe, ach, ich weiß es nicht, Robert, ich – weiß – es – nicht.*

Vanessa, bitte, hör auf!

Vanessa fest im Ton: *Luc ist das Opfer meiner Rache und meiner Liebe.*

Sie wiederholt: *Ja, meiner Rache und meiner Liebe. Mit seiner Hilfe wollte ich dich zurückgewinnen, und ich wollte, ach, das ist so unmöglich und gar nicht auszusprechen, wollte, dass du leidest – nicht so, nein, nicht so, nicht mit diesem Einsatz, nicht mit dem Leben und der Gesundheit unseres Kindes, nein, niemals, um nichts in der Welt.*

Vanessa hält sich mit beiden Händen an Robert fest.

Die Frau, die er liebt, an seiner Seite.

Er versteht nicht, was sie sagt, und versteht doch Wort für Wort.

Robert und Vanessa schauen in die Nacht hinaus, in die Dunkelheit. Lange Zeit.

In ihr Schweigen hinein das ruhige Atmen des Kindes. Luc ist eingeschlafen.

Die Scheinwerfer der TERME NERONIANE reißen die Fragmente der römischen Säulen und Kapitelle im Rondell vor dem Haus aus der Dunkelheit.

Robert hebt langsam seinen Arm und zeigt hinunter. *Siehst du*, sagt er, *siehst du die geborstenen Säulen und zerstörten Kapitelle aus Neros Zeiten? Das sind die Bruchstücke meines Lebens.*

Armer Nero.

Vanessa lächelt.

Und die Rosen? sagt sie. *Siehst du auch die Rosen, die roten Rosen?*

Über den Autor

geboren 1924 in Scheidegg im westlichen Allgäu. Studium der Germanistik und Geschichte. Promotion über Friedrich Hölderlin. Lehrer in Salem, Lindau und Rom. Em. Professor für Linguistik. Lebt heute in Lindau. Zuletzt erschienen von ihm die Romane »Tolfa oder Die Erweckung des Fleisches« (2004) und »Die Anhörung« (2007).